O AMOR ACABA

PAULO MENDES CAMPOS

O amor acaba
Crônicas líricas e existenciais

Seleção e apresentação
Flávio Pinheiro

Posfácio
Ivan Marques

Crônica
José Carlos Oliveira

2ª reimpressão

Copyright © 2013 by Joan A. Mendes Campos
Todos os direitos reservados.

*Grafia atualizada segundo o Acordo Ortográfico da Língua Portuguesa de 1990,
que entrou em vigor no Brasil em 2009.*

Capa
Alceu Chiesorin Nunes

Foto do autor
Badaró Braga/ O Cruzeiro/ EM/ D.A Press

Preparação
Jacob Lebensztayn

Revisão
Luciana Baraldi
Luciane Helena Gomide

Apoio de pesquisa
Instituto Moreira Salles
Os editores gostariam de agradecer imensamente às pesquisadoras Elvia Bezerra e Katya de
Moraes pelo trabalho de coordenação da datação dos textos reunidos neste volume.

Dados Internacionais de Catalogação na Publicação (CIP)
(Câmara Brasileira do Livro, SP, Brasil)

Campos, Paulo Mendes, 1922-1991
O amor acaba : crônicas líricas e existenciais / Paulo Mendes
Campos; seleção e apresentação Flávio Pinheiro; posfácio Ivan
Marques; crônica José Carlos Oliveira — 1ª ed. — São Paulo :
Companhia das Letras, 2013.

ISBN 978-85-359-2240-0

1. Crônicas brasileiras I. Pinheiro, Flávio. II. Marques, Ivan. III.
Oliveira, José Carlos. IV. Título.

13-01487 CDD-869.93

Índice para catálogo sistemático:
1. Crônicas : Literatua brasileira 869.93

[2022]
Todos os direitos desta edição reservados à
EDITORA SCHWARCZ S.A.
Rua Bandeira Paulista, 702, cj. 32
04532-002 — São Paulo — SP
Telefone: (11) 3707-3500
www.companhiadasletras.com.br
www.blogdacompanhia.com.br
facebook.com/companhiadasletras
instagram.com/companhiadasletras
twitter.com/cialetras

Sumário

Apresentação — O resto é aflição de espírito — Flávio Pinheiro, 9

A aurora, 17
Receita de domingo, 19
O amor acaba, 22
Folclore de Deus, 25
Ser brotinho, 28
O cego de Ipanema, 31
O medo, 34
Por que bebemos tanto assim?, 38
Réquiem para os bares mortos, 46
Anatomia do tédio, 49
A arte de ser infeliz, 56
A Luxúria, 59
Rondó de mulher só, 63
Lindas e feias, 67
Da mulher nua à mulher vestida, 70
Achando o amor, 73

De Gonzaga para Marília, 76

Olhar de mulher, 79

Bom gosto e vulgaridade, 83

Um homenzinho na ventania, 86

Prosa primitiva, 95

De repente, 99

Sobrevoando Ipanema, 101

Lua de mel, 105

O homem liberto, 108

Canto fúnebre do carioca, 111

Despertar de José, 114

Cuidado com os velhos, 118

Maturidade, 121

Um domingo, 124

Fim de semana em Cabo Frio, 126

O cão na catedral, 129

Três sujeitos íntimos, 133

Juventude de hoje, ontem e amanhã, 135

A puberdade abstrata, 144

Poesia do Natal, 147

Os reis magos, 149

Pequenas ternuras, 151

O inimigo, 153

Dentro da noite, 155

Gente boa e gente inútil, 157

Música, doce música, 160

O acidente, 164

Le monocle de mon oncle, 168

O vendedor de gravidade, 171

A Idade da Comunicação, 174

Congo, 177

Encenação da morte, 178

A emulação do desastre, 183
Memorando de um dia, 186
Metamorfose às avessas, 189
Para Maria da Graça, 191
Nutrição: notas de um diletante, 195
Perfil a lápis, 199
Como disse o homem, 202
Últimos apelos, 205
Depoimento, 209
Desquitados que se amam, 213
Aparição, 216
Em face dos mortos, 219
O reino das lembranças, 222
Uma casa kafkiana, 225
Sono e insônia, 229
Buro(câncer)cracia, 231
A vida, a morte, o amor, o dinheiro, 234
Imagens, 237
Fascinação da bagatela, 240
Amanhecer e anoitecer, 243
Versos em prosa, 246
Discurso à beira do caos, 249
Declaração de males, 253
Tens em mim tua vitória, 256
Na praia, 258
Coriscos, 260

Posfácio — A vida não vale uma crônica — Ivan Marques, 265
Leituras recomendadas, 277
Crônica — O amor começa — José Carlos Oliveira, 279

Apresentação
O resto é aflição de espírito

Flávio Pinheiro

É possível conciliar ceticismo e lirismo? O ceticismo descrê, desconfia; o lirismo crê e frequentemente confia demais. Na formidável prosa de Paulo Mendes Campos, ceticismo e lirismo são gumes do mesmo punhal, que fere fundo ou desbasta macio, dependendo do paradeiro da crônica. O niilismo o faria opaco. O pessimismo, enfadonho. Ceticismo não tem contraindicações literárias. "São seis os elementos: ar, terra, fogo, água, sexo e morte. Não, são sete: e lirismo." A definição reafirma o compromisso fundamental com a poesia. Na fúria dos elementos os sinais vez por outra estão trocados. O lirismo é cortante e o ceticismo sutura "desregramentos do espírito" que ele diz ter herdado do avô português. Seria simplificar demais reduzi-lo ao ceticismo e ao lirismo, mas é impossível decifrar sua originalidade sem partir dessas cores primárias para desvendar essa peculiar paleta literária, que ainda conta com indispensáveis tons de bom humor.

A degenerescência pegajosa e o apego a súmulas aforísticas comprometeram ao longo do tempo a reputação da prosa poética, mas na literatura brasileira ela alcançou culminâncias com

Paulo Mendes Campos. Com horror a vulgaridade e invejáveis recursos vocabulares, sua pontaria lírica era de alta precisão. É ela que faz impressionante aparição em "O amor acaba", inventário de rupturas do amor que vai das dores imanentes a perturbações fortuitas. O amor acaba "em apartamentos refrigerados, atapetados, aturdidos de delicadezas, onde há mais encanto que desejo"; "no filho tantas vezes semeado, às vezes vingado por alguns dias, mas que não floresceu, abrindo parágrafos de ódio inexplicável entre o pólen e o gineceu de duas flores"; "nos roteiros do tédio para o tédio, na barca, no trem, no ônibus, ida e volta de nada para nada". O amor também acaba "na acidez da aurora tropical, depois de uma noite votada à alegria póstuma, que não veio" ou "entre frisos de alumínio e espelhos monótonos".

A contundência de versos encadeados em prosa devolve ao gênero força genuína. Remete para a história dos melhores poemas em prosa que na era moderna descendem de Charles Baudelaire. No cenário brasileiro também frequentado por Manuel Bandeira e Carlos Drummond de Andrade em suas encarnações de cronistas, Paulo conseguiu um lugar singular, infenso a surtos de diabetes que acometeram o gênero. E não que o gênero, em seu melhor estilo, seja cativo dos poetas. Sándor Márai foi um grande prosador da literatura húngara do século xx. Em um trecho de seu romance *Divórcio em Buda* ele atira no mesmo alvo de Paulo, o fim do amor, e diz: "Quem poderia fotografar, registrar, tatear o instante em que algo se rompe entre duas pessoas... Quando aconteceu? De noite, enquanto dormíamos? No almoço enquanto comíamos? ...Ou muito tempo atrás, apenas não percebemos? E continuamos a viver, a dormir juntos, a procurar a mão do outro, o olhar do outro, como bonecos animados que continuam a se movimentar ruidosamente por um tempo, mesmo estando a mola de seu mecanismo quebrada".

No ano em que foi publicada (1964), a crônica "O amor

acaba" provocou reações imediatas. Uma semana depois José Carlos Oliveira escreveu no *Jornal do Brasil* a crônica "O amor começa" [*ver página 279 desta edição*]. Dizia na réplica: "...e se, uma noite, numa festa, embriagada mais pelos sentimentos contraditórios que lutam em seu coração do que a quantidade de uísque que se permitiu beber, se ela se põe a dizer coisas incompreensíveis em inglês, então as tuas suspeitas tinham fundamento: ao menos para ela o amor já começou". É prosa espichada contraposta à economia poética, tentando mostrar que, como a gratuidade da existência, o amor começa "obedecendo a mesma lei que o liquida... que, de quatro milhões em quatro milhões de anos, uma quantidade dada de fogo se congela em bolas autônomas, que rolarão durante algum tempo ao redor de um eixo proposto por ninguém e para nada".

Eram tempos em que a crônica, gênero visto como ligeiro e contingente, se permitia devaneios existenciais. Nesse elenco de cronistas, Paulo Mendes Campos fazia diferença, mesmo ao lado de gigantes como Rubem Braga e de cultores assíduos como Fernando Sabino, Antonio Maria e Carlos Drummond de Andrade, e ocasionais como Manuel Bandeira e Clarice Lispector. Bandeira dizia que o melhor de Rubem Braga era quando ele não tinha assunto. Paulo Mendes Campos em geral tinha assunto. Não que lhe faltassem atributos para escavar transcendências no que se enxergava na era pré-Braga apenas como trivialidades. Vide a crônica "Meu mundo por um pente". Mas em geral trocava o sonho pela realidade, o mundano pelo abissal. "O mundo não é divertido, afortunadamente", escreveu em sua "Declaração de males". "Somos os chatos da Via Láctea", e foi ainda mais longe em "Prosa primitiva": "O mundo está cheio de nossa moral infectada... Não demos certo". Aos 23 anos já tratava sua geração como "uma geração perdida".

Perdida para a hipótese de Deus — "se eu acreditasse em

Deus precisaria urgentemente falar com ele", zombava da própria empedernida incredulidade. Perdida para uma utopia brasileira. Viu a Belo Horizonte da sua juventude perder a inocência, a voragem urbana embrutecer o Rio de Janeiro, o paroxismo tardio do modernismo consumar Brasília. Perdida também para o álcool que arruinou mentes e fígados em mesas de bar. Mas entenda-se: sua questão com o álcool não era com o álcool mas com as ansiedades humanas, das mais insidiosas às mais produtivas. "O homem bebe como o poeta escreve seus versos, o compositor faz uma sonata, o místico sai arrebatado pelas janelas do claustro, o adolescente adora cinema, o fiel se confessa, o neurótico busca o analista", registrou em "Por que bebemos tanto assim?", que também poderia se chamar "Por que nos drogamos tanto assim?" ou "Por que comemos tanto assim?". E concluía: "O uísque não me interessa, o que me interessa é a criatura humana, esta pobre e arrogante criatura já confrangida por um destino obscuro". Tomou lições de abismo nos bares. Conheceu toda a estirpe de bêbados, os "sentimentaloides, untuosos, agressivos, prolixos, confidenciais, pedantes, questionadores, inoportunos, monocórdios, babugentos, ressentidos etc.".

Por sua temática muitas crônicas de Paulo Mendes Campos seriam classificadas como *essays* no figurino anglo-saxão, um padrão que conheceu esplendor em Thomas de Quincey, explodiu em mordacidade com Max Beerbohm, ganhou musculatura com George Orwell, sabor especial com E. B. White e contundência com H. L. Mencken. O gênero não morreu, embora hoje umas tantas vezes se repita como farsa. Está vivo em Louis Menand, que devolve à tona fluida erudição, ou em Janet Malcolm quando ela fuça fraquezas da existência com vívidas informações e observações que espicaçam o leitor e produzem algum desconforto. Escrevendo sobre dilemas humanos ou sobre seu fornido repertório de leituras da ficção, que vai de Ronsard a Joseph

Conrad, Paulo Mendes Campos produzia *essays*, sem método, sem notas de pé de página, sem maiores estofos teóricos. E fazia isso em textos prodigiosamente breves publicados em jornais (*Diário Carioca* e *Jornal do Brasil*, sobretudo) e revista (o grosso de sua produção ocupou as páginas da *Manchete*).

Curioso é que a lapidação desse estilo raro e tão particular é fruto de enorme esforço pessoal e formação errática. Paulo Mendes Campos nasceu em Belo Horizonte às duas horas da tarde do dia 28 de fevereiro de 1922. Veio à luz com os vagidos da Semana de Arte Moderna e por pouco não foi bissexto. Dos nove irmãos era um dos cinco homens. Estudou dois anos de Odontologia, um pouco de Direito, outro tanto de Veterinária. Fracassou na tentativa de ser aviador. Diploma mesmo, gostava de brincar, só teve o de datilografia. Ainda assim escrevia muito à mão. Em seu acervo há 53 cadernos que contêm de rascunhos de crônicas a elucubrações sobre palavras. "Devia ter estudado filologia", disse quando já tinha passado dos cinquenta. Publicou quinze livros. O último, *Trinca de copas*, em 1984. Quase todos eram compilações temporais que periodicamente reproduziam suas melhores peças. A simples republicação dos títulos originais nos privaria da ideia de que teve muitas facetas. Escreveu de poemas em prosa a crônicas esportivas, passando por crônicas de puro humor, e ainda por outras que enxergaram estranhezas do Brasil com fina argúcia.

Sempre fica no ar a pergunta: Por que não há mais crônicas como as de Paulo Mendes Campos? Qualquer saudosismo intoxicaria a resposta com o que todo saudosismo tem de pior: a ideia de que tudo no passado era melhor. Que o país com analfabetismo e ignorância calamitosos era mais inteligente. Que a vida era mais amena. Que as mulheres eram mais tentadoras. Que havia uma supremacia dos destilados escoceses sobre a pedanteria dos vinhos. Paulo Mendes Campos seria o primeiro a se insurgir contra respostas automáticas e simplificadoras. Em tom de parábola repetiria que nada do que é humano lhe é estranho, exceto a gratuita e simplória "alegria de viver". Favor não confundir ceticismo com infelicidade. Em "Na praia" fica muito claro que ele sabe o que é felicidade: "...mereço este dia de praia e sol, fechado por algum tempo nesta felicidade feita de egoísmo orgânico. Hoje eu não sofreria nem por mim mesmo. Nosso destino é morrer. Mas é também nascer. O resto é aflição de espírito". De tempos em tempos, e em qualquer tempo, há florações de talentos. Paulo Mendes Campos contribuiu enormemente – e não sozinho – para conferir à crônica, gênero classificado como menor, estatuto literário. Mas eis uma verdade que ainda é dita no mundo das letras com rara convicção.

O AMOR ACABA

A aurora

A aurora chegou vestida de cor-de-rosa, passou pela vidraça, passou através de minhas pálpebras, acordou meus olhos. Mas não me acordou a alma, que ficou dorme-não-dormindo, boba e semi-iluminada. Depois, ela, a aurora, foi esvoaçar sobre os telhados, e era como se aquilo estivesse acontecendo no passado. Meus olhos ficaram espiando aquela aurora doida que esvoaçava e se adelgaçava e deixava nascer de seu ventre róseo os primeiros passarinhos matutinos.

Como são vivos e novos os passarinhos enxotados pela aurora! Como a alma de um homem é boba e vadia! Como a doçura da preguiça de uma criatura que amanhece é infinita! Como às vezes, ao surgir o dia, o homem se descobre miraculosamente perdoado de todos os crimes, crimes não, de todas as coisas feias que cometeu. Que nem cometeu, que deixou acontecer. Quem nos perdoa, não sabemos. Talvez seja assim: o sofrimento se junta, vai se juntando dentro da gente, lacerando, doendo, até que um dia a dor é tanta que nos pune. Então, ficamos perdoados. Puros, recomeçamos de alma nova, passada a limpo como um exercício de escola.

Voltando à aurora, ela começou a sentir que morria. Ficou pálida. Um vento frio levantava as grinaldas da janela. As árvores começaram miraculosamente a dar folhas e frutos. Os pássaros se coloriram. Trens fumacentos avançaram sobre a cidade. Homens gritavam vendendo coisas. Ah, a aurora foi ficando palidíssima e morreu, morreu bem em cima de meus olhos, no instante em que as duas últimas estrelinhas eram riscadas do show noturno. Amanhecia implacavelmente.

Aí chegou a vez do enterro da aurora. O coche foi levado por andorinhas de sobrecasaca, foi levado para muito longe, para muito além de um monte escuro, e desapareceu.

Fiquei só outra vez. Por um momento quis que ela voltasse. Depois resolvi ser novamente um homem, com duas pernas, dois braços, dez dedos práticos, com uma cabeça que deve decidir onde devo pôr os meus pés. É meio mórbido ficar lamentando indefinidamente a perda de uma aurora, mesmo uma aurora especial como aquela, capaz de perdoar-nos os pecados.

Ergui-me da cama resoluto como um rei e fui lavar a cara. Escovei os dentes com um máximo de alegria. Abençoado sejas, irmão dentifrício, que me refrescas a boca.

Em jejum, acendi como sempre o primeiro cigarro. Que me dá tosse. Não importa. Abençoado sejas, irmão fumo, irmão fumaça que sobes para o céu.

Deitei-me na cama de novo enquanto os cavalos dos poemas antigos traziam o Sol em atropelada brilhante. Vi-os fortes e louros irromper pelo céu onde tinha morrido de morte linda a aurora. Abençoado seja o Sol. Abençoado seja o dia. Abençoado seja o descanso. Abençoados sejam os pássaros diurnos e noturnos. Abençoadas sejam as criaturas de todo o mundo. Abençoado o fogo; a terra; o ar; a água. Abençoada seja a aurora. Que me perdoa de meus pecados.

Manchete, 26/08/1967

Receita de domingo

Ter na véspera o cuidado de escancarar a janela. Despertar com a primeira luz cantando e ver dentro da moldura da janela a mocidade do universo, límpido incêndio a debruar de vermelho quase frio as nuvens espessas. A brisa alta, que se levanta, agitar docemente as grinaldas das janelas fronteiras. Uma gaivota madrugadora cruzar o retângulo. Um galo desenhar na hora a parábola de seu canto. Então, dormir de novo, devagar, como se dessa vez fosse para retornar à terra só ao som da trombeta do arcanjo.

Café e jornais devem estar à nossa espera no momento preciso no qual violentamos a ausência do sono e voltamos à tona. Esse milagre doméstico tem de ser. Da área subir uma dissonância festiva de instrumentos de percussão — caçarolas, panelas, frigideiras, cristais — anunciando que a química e a ternura do almoço mais farto e saboroso não foram esquecidas. Jorre a água do tanque e, perto deste, a galinha que vai entrar na faca saia de seu mutismo e cacareje como em domingos de antigamente. Também o canário belga do vizinho descobrir deslumbrado que faz domingo.

Enquanto tomamos café, lembrar que é dia de um grande jogo de futebol. Vestir um shorts, zanzar pela casa, lutar no chão com o caçula, receber dele um soco que nos deixe doloridos e orgulhosos. A mulher precisa dizer, fingindo-se muito zangada, que estamos a fazer uma bagunça terrível e somos mais crianças do que as crianças.

Só depois de chatear suficientemente a todos, sair em bando familiar em direção à praia, naturalmente com a barraca mais desbotada e desmilinguida de toda a redondeza.

Se a Aeronáutica não se dispuser esta manhã a divertir a infância com os seus mergulhos acrobáticos, torna-se indispensável a passagem de sócios da Hípica, em corcéis ainda mais kar* do que os próprios cavaleiros.

Comprar para a meninada tudo que o médico e o regime doméstico desaconselham: sorvetes mil, uvas cristalizadas, pirulitos, algodão-doce, refrigerantes, balões em forma de pinguim, macaquinhos de pano, papa-ventos. Fingir-se de distraído no momento em que o terrível caçula, armado, aproximar-se da barraca onde dorme o imenso alemão para desferir nas costas gordas do tedesco uma vigorosa paulada. A pedagogia recomenda não contrariar demais as crianças.

No instante em que a meninada já comece a "encher", a mulher deve resolver ir cuidar do almoço e deixar-nos sós. Notar, portanto, que as moças estão em flor, e o nosso envelhecimento não é uma regra geral. Depois, fechar os olhos, torrar no sol até que a pele adquira uma vida própria, esperar que os insetos da areia nos despertem do meio sono.

A caminho de casa, é de bom alvitre encontrar, também de calção, um amigo motorizado, que a gente não via há muito

---

* Gíria da época para *chique*. (N. O.)

tempo. Com ele ir às ostras na Barra da Tijuca, beber chope ou vinho branco.

O banho, o espaçado almoço, o sol transpassando o dia. Desistir à última hora de ver o futebol, pois o nosso time não está em jogo. Ir à casa de um amigo, recusar o uísque que este nos oferece, dizer bobagens, brigar com os filhos dele em várias partidas de pingue-pongue.

Novamente em casa, conversar com a família. Contar uma história meio macabra aos meninos. Enquanto estes são postos em sossego, abrir um livro. Sentir que a noite desceu e as luzes distantes melancolizam. Se a solidão assaltar-nos, subjugá-la; se o sentimento de insegurança chegar, usar o telefone; se for a saudade, abrigá-la com reservas; se for a poesia, possuí-la; se for o corvo arranhando o caixilho da janela, gritar-lhe alto e bom som: *"Never more"*.

Noite pesada. À luz da lâmpada, viajamos. O livro precisa dizer-nos que o mundo está errado, que o mundo devia, mas não é composto de domingos. Então, como uma espada, surgir da nossa felicidade burguesa e particular uma dor viril e irritada, de lado a lado. Para que os dias da semana entrante não nos repartam em uma existência de egoísmos.

Correio Paulistano, 04/08/1959

O amor acaba

O amor acaba. Numa esquina, por exemplo, num domingo de lua nova, depois de teatro e silêncio; acaba em cafés engordurados, diferentes dos parques de ouro onde começou a pulsar; de repente, ao meio do cigarro que ele atira de raiva contra um automóvel ou que ela esmaga no cinzeiro repleto, polvilhando de cinzas o escarlate das unhas; na acidez da aurora tropical, depois duma noite votada à alegria póstuma, que não veio; e acaba o amor no desenlace das mãos no cinema, como tentáculos saciados, e elas se movimentam no escuro como dois polvos de solidão; como se as mãos soubessem antes que o amor tinha acabado; na insônia dos braços luminosos do relógio; e acaba o amor nas sorveterias diante do colorido iceberg, entre frisos de alumínio e espelhos monótonos; e no olhar do cavaleiro errante que passou pela pensão; às vezes acaba o amor nos braços torturados de Jesus, filho crucificado de todas as mulheres; mecanicamente, no elevador, como se lhe faltasse energia; no andar diferente da irmã dentro de casa o amor pode acabar; na epifania da pretensão ridícula dos bigodes; nas ligas, nas cintas, nos brincos e nas silabadas femininas; quando a alma se habitua às províncias empoeiradas da Ásia, onde o amor pode ser outra coisa, o amor pode acabar; na compulsão da simplicidade simplesmente; no sábado, depois de três goles mornos de gim à beira da piscina; no filho tantas vezes semeado, às vezes vingado por alguns dias, mas que não floresceu, abrindo parágrafos de ódio inexplicável entre o pólen e o gineceu de duas flores; em apartamentos refrigerados, atapetados, aturdidos de delicadezas, onde há mais encanto que desejo; e o amor acaba na poeira que vertem os crepúsculos, caindo imperceptível no beijo de ir e vir; em salas esmaltadas com sangue, suor e desespero; nos roteiros do tédio para o tédio, na barca, no trem, no ônibus, ida e volta de nada para nada; em cavernas de sala e quarto conjugados o amor se eriça e acaba; no inferno o amor não começa; na usura o amor se dissolve; em Brasília o amor pode virar pó; no Rio, frivolidade; em Belo Horizonte, remorso; em São Paulo, dinheiro; uma carta que chegou depois, o amor acaba; uma carta que chegou antes, e o amor acaba; na descontrolada fantasia da libido; às vezes acaba na mesma música que começou, com o mesmo drinque, diante dos mesmos cisnes; e muitas vezes acaba em ouro e diamante, dispersado entre astros; e acaba nas encruzilhadas de Paris, Londres, Nova York; no coração que se dilata e quebra, e o médico sentencia imprestável para o amor; e acaba no longo périplo, tocando em todos os portos, até se desfazer em mares gelados; e acaba depois que se viu a bruma que veste o mundo; na janela que se abre, na janela que se fecha; às vezes não acaba e é simplesmente esquecido como um espelho de bolsa, que continua reverberando sem razão até que alguém, humilde, o carregue consigo; às vezes o amor acaba como se fosse melhor nunca ter existido; mas pode acabar com doçura e esperança; uma palavra, muda ou articulada, e acaba o amor; na verdade; o álcool; de manhã, de tarde, de noite; na floração excessiva da primavera; no abuso do verão; na dissonância do outono; no conforto do inverno; em todos os lugares o amor acaba; a qualquer hora o amor acaba; por qualquer motivo o amor acaba; para recomeçar em todos os lugares e a qualquer minuto o amor acaba.

Manchete, 16/05/1964

Folclore de Deus

Para Deus, tudo dos homens é o mesmo folclore: o cego Deraldo e Goethe, o inventor da roda e Einstein, Vitalino, de Caruaru, e Rodin, a *Saudade de Ouro Preto* e a *Heroica*; Lampião e Napoleão são rimas aos ouvidos de Deus.

O sabugo de milho vira foguete nas mãos do menino, mas o foguete vira sabugo nas mãos transespaciais de Deus.

Para Deus, tudo dos homens é a mesma simplicidade: Paulo corre atrás da bola; Eva Curie viu a ave; vovô Freud viu o ovo. Deus acha graça em nossos elementos.

Há doenças dispendiosas que se tratam anos a fio em hospitais suntuosos; há homens fortes que (só) carregam nos estádios o secreto câncer de viver; mas para Deus todas as doenças são dores de cabeça.

Para Deus, todos os homens são pobres: mendigos das esquinas de Wall Street, indigentes dos cartéis do aço, flagelados dos subterrâneos petrolíferos; mas Deus prefere os pobres sinceros, e os faz invisíveis.

Deus é o único hipnotizador: crescei e multiplicai-vos. E

os homens inventam passagens sobre e sob o rio, semânticas, paixões assassinas; mas, a uma certa hora, ele nos convence de que estamos mortos; de mãos cruzadas e olhos estarrecidos, a gente acorda.

Deus é a moeda clandestina em um país estrangeiro: pobres de nós se confundimos a sua efígie de ouro de lei com o perfil niquelado de César.

Para Deus, todos nós somos loucos metidos em camisas de onze varas: sobre os ombros do paciente ele coteja os graus da certeza neurótica do analista.

O que seguras em tua mão é aquilo que te prende; o que possuis é aquilo que te priva; mas Deus diz: bebe a água sem bebê-la; anda por toda parte sem ir a parte alguma.

Na semente, Deus é a árvore; na árvore, Deus é a semente.

Onde a palavra começa, a palavra acaba, e aí está Deus.

Para Deus, todos os homens levam nos bolsos objetos escondidos: selos antigos, uma esfera de aço, um anzol enferrujado, um canivete sem folha; por isso é preciso, de pena de nós mesmos, fazer força para não chorar. Pois todo menino enterra seu tesouro.

Deus é a luz, e assim a energia é a matéria multiplicada pelo quadrado da velocidade de Deus.

Deus dá nozes a quem tem dentes: ao funâmbulo estende a corda; o sofrimento, Deus dá a quem tem alma; a alegria, essa Deus a reservou para quem não tem nada.

Deus é o grande madrugador: ele estava de pé entre folhagens portentosas na aurora do mundo; e ele andava em ti enquanto dormias.

Mas Deus é também o grande boêmio: ele passou por tua noite quando bebias teu penúltimo copo de vinho; talvez não o viste, mas todos os teus sentidos se alertaram, e bebeste um gole inquieto e enxugaste teus lábios com o dorso da mão e sentiste saudade de tua casa.

Deus é a chave de ouro do poema; mas as outras treze chaves pendem de teu chaveiro; e os metais de tuas chaves abrem aposentos de frustração, onde não te encontras.

Deus é o guardião, a zaga, o meio apoiador, o ponta de lança e o entendimento misterioso entre as linhas; o ferrolho não prevalecerá contra ele; por isso as multidões vibram com o seu virtuosismo.

Para ele, o homem primitivo será o último homem, e o primeiro homem foi o único sábio. Sendo o centro do círculo, todos os pontos que formam o tempo são equidistantes de Deus.

Manchete, 26/05/1962

Ser brotinho

Ser brotinho não é viver em um píncaro azulado: é muito mais! Ser brotinho é sorrir bastante dos homens e rir interminavelmente das mulheres, rir como se o ridículo, visível ou invisível, provocasse uma tosse de riso irresistível.

Ser brotinho é não usar pintura alguma, às vezes, e ficar de cara lambida, os cabelos desarrumados como se ventasse forte, o corpo todo apagado dentro de um vestido tão de propósito sem graça, mas lançando fogo pelos olhos. Ser brotinho é lançar fogo pelos olhos.

É viver a tarde inteira, em uma atitude esquemática, a contemplar o teto, só para poder contar depois que ficou a tarde inteira olhando para cima, sem pensar em nada. É passar um dia todo descalça no apartamento da amiga comendo comida de lata e cortar o dedo. Ser brotinho é ainda possuir vitrola própria e perambular pelas ruas do bairro com um ar sonso-vagaroso, abraçada a uma porção de elepês coloridos. É dizer a palavra feia precisamente no instante em que essa palavra se faz imprescindível e tão inteligente e natural. É também falar *legal* e *bárbaro* com um timbre tão por cima das vãs agitações humanas, uma inflexão tão certa de que tudo neste mundo passa depressa e não tem a menor importância.

Ser brotinho é poder usar óculos como se fosse enfeite, como um adjetivo para o rosto e para o espírito. É esvaziar o sentido das coisas que transbordam de sentido, mas é também dar sentido de repente ao vácuo absoluto. É aguardar com paciência e frieza o momento exato de vingar-se da má amiga. É ter a bolsa cheia de pedacinhos de papel, recados que os anacolutos tornam misteriosos, anotações criptográficas sobre o tributo da natureza feminina, uma cédula de dois cruzeiros com uma sentença hermética escrita a batom, toda uma biografia esparsa que pode ser atirada de súbito ao vento que passa. Ser brotinho é a inclinação do momento.

É telefonar muito, estendida no chão. É querer ser rapaz de vez em quando só para vaguear sozinha de madrugada pelas ruas da cidade. Achar muito bonito um homem muito feio; achar tão simpática uma senhora tão antipática. É fumar quase um maço de cigarros na sacada do apartamento, pensando coisas brancas, pretas, vermelhas, amarelas.

Ser brotinho é comparar o amigo do pai a um pincel de barba, e a gente vai ver está certo: o amigo do pai parece um pincel de barba. É sentir uma vontade doida de tomar banho de mar de noite e sem roupa, completamente. É ficar eufórica à vista de uma cascata. Falar inglês sem saber verbos irregulares. É ter comprado na feira um vestidinho gozado e bacanérrimo.

É ainda ser brotinho chegar em casa ensopada da chuva, úmida camélia, e dizer para a mãe que veio andando devagar para molhar-se mais. É ter saído um dia com uma rosa vermelha na mão, e todo mundo pensou com piedade que ela era uma louca varrida. É ir sempre ao cinema mas com um jeito de quem não espera mais nada desta vida. É ter uma vez bebido dois gins, quatro uísques, cinco taças de champanha e uma de cinzano sem sentir nada, mas ter outra vez bebido só um cálice de vinho do Porto e ter dado um vexame modelo grande. É o dom de falar sobre futebol e política como se o presente fosse passado e vice-versa.

Ser brotinho é atravessar de ponta a ponta o salão da festa com uma indiferença mortal pelas mulheres presentes e ausentes. Ter estudado balé e desistido, apesar de tantos telefonemas de madame Saint-Quentin. Ter trazido para casa um gatinho magro que miava de fome e ter aberto uma lata de salmão para o coitado. Mas o bichinho comeu o salmão e morreu. É ficar pasmada no escuro da varanda sem contar para ninguém a miserável traição. Amanhecer chorando, anoitecer dançando. É manter o ritmo na melodia dissonante. Usar o mais caro perfume de blusa grossa e blue jeans. Ter horror de gente morta, ladrão dentro de casa, fantasmas e baratas. Ter compaixão de um só mendigo entre todos os outros mendigos da Terra. Permanecer apaixonada a eternidade de um mês por um violinista estrangeiro de quinta ordem. Eventualmente, ser brotinho é como se não fosse, sentindo-se quase a cair do galho, de tão amadurecida em todo o seu ser. É fazer marcação cerrada sobre a presunção incomensurável dos homens. Tomar uma pose, ora de soneto moderno, ora de minueto, sem que se dissipe a unidade essencial. É policiar parentes, amigos, mestres e mestras com um ar songamonga de quem nada vê, nada ouve, nada fala.

Ser brotinho é adorar. Adorar o impossível. Ser brotinho é detestar. Detestar o possível. É acordar ao meio-dia com uma cara horrível, comer somente e lentamente uma fruta meio verde, e ficar de pijama telefonando até a hora do jantar e não jantar, e ir devorar um sanduíche americano na esquina, tão estranha é a vida sobre a Terra.

Diário Carioca, 12/01/1958

O cego de Ipanema

Há bastante tempo que não o vejo e me pergunto se terá morrido ou adoecido. É um homem moço e branco. Caminha depressa e ritmado, a cabeça balançando no alto, como um instrumento, a captar os ruídos, os perigos, as ameaças da Terra. Os cegos, habitantes de mundo esquemático, sabem aonde ir, desconhecendo as nossas incertezas e perplexidades. Sua bengala bate na calçada com um barulho seco e compassado, investigando o mundo geométrico. A cidade é um vasto diagrama, de que ele conhece as distâncias, as curvas, os ângulos. Sua vida é uma série de operações matemáticas, enquanto a nossa costuma ser uma improvisação constante, uma tonteira, um desvario. Sua sobrevivência é um cálculo.

Ele parava ali na esquina, inclinava a cabeça para o lado, de onde vêm ônibus monstruosos, automóveis traiçoeiros, animais violentos da selva de asfalto. Se da rua chegasse apenas o vago e inquieto ruído a que chamamos silêncio, ele a atravessava como um bicho assustado, sumia dentro da toca, que é um botequim sombrio. Às vezes, ao cruzar a rua, um automóvel encostado à calçada impedia-lhe a passagem. Ao chocar-se com o obstáculo, seu corpo estremecia; ele disfarçava, como se tivesse apenas tropeçado, e permanecia por alguns momentos em plena rua, como se a frustração o obrigasse a desafiar a morte.

Mora em uma garagem, deixou crescer uma barba espessa e preta, só anda de tamancos. De profissão, por estranho que seja, faz chaves e conserta fechaduras, chaves perfeitas, chaves que só os cegos podem fazer. Vive (ou vivia) da garagem do botequim, onde bebe, conversa e escuta rádio. Os trabalhadores que almoçam lá o tratam afavelmente, os porteiros conversam com ele. Amigos meus que o viram a caminhar com agilidade e segurança não quiseram acreditar que fosse completamente cego. Outra vez, quando ele passava, uma pessoa a meu lado fez um comentário que parecia esquisito e, entretanto, apenas nascia da simplicidade com que devemos reconhecer a evidência:

— Já reparou como ele é elegante?

Seu rosto alçado, seu passo firme a disfarçar um temor quase imperceptível, seus olhos vazios de qualquer expressão familiar, suas roupas rotas compunham uma figura misteriosamente elegante, de uma elegância hostil, uma elegância que as nossas limitações e hábitos mentais jamais conseguirão exprimir.

Às vezes, revolta-se perigosamente contra o seu fado. Há alguns anos, saíra do boteco e se postara em atitude estranha atrás de um carro encostado ao meio-fio. Esperei um pouco na esquina. Parecia estar à espreita de alguma coisa, uma espreita sem olhos, um pressentimento animal. A rua estava quieta, só um carro vinha descendo quase silenciosamente. O cego se contraía à medida que o automóvel se aproximava. Quando o carro chegou à altura do ponto em que se encontrava, ele saltou agilmente à sua frente. O motorista brecou a um palmo de seu corpo, enquanto o cego vibrava a bengala contra o motor, gritando: "Está pensando que você é o dono da rua?".

Outra vez, eu o vi em um momento particular de mansidão e ternura. Um rapaz que limpava um cadillac sobre o passeio deixou que ele apalpasse todo o carro. Suas mãos percorreram os para-lamas, o painel, os faróis, os frisos. Seu rosto se iluminava, deslumbrado, como se seus olhos vissem pela primeira vez uma grande cachoeira, o mar de encontro aos rochedos, uma tempestade, uma bela mulher.

E não me esqueço também de um domingo, quando ele saía do boteco. Sol morno e pesado. Meu irmão cego estava completamente bêbado. Encostava-se à parede em um equilíbrio improvável. Ao contrário de outros homens que se embriagavam aos domingos, e cujo rosto fica irônico ou feroz, ele mantinha uma expressão ostensiva de seriedade. A solidão de um cego rodeava a cena e a comentava. Era uma agonia magnífica. O cego de Ipanema representava naquele momento todas as alegorias da noite escura da alma, que é a nossa vida sobre a Terra. A poesia se servia dele para manifestar-se aos que passavam. Todos os cálculos do cego se desfaziam na turbulência do álcool. Com esforço, despregava-se da parede, mas então já não encontrava o mundo. Tornava-se um homem trêmulo e desamparado como qualquer um de nós. A agressividade que lhe empresta segurança desaparecera. A cegueira não mais o iluminava com o seu sol opaco e furioso. Naquele instante ele era só um pobre cego. Seu corpo gingava para um lado, para o outro, a bengala espetava o chão, evitando a queda. Voltava assustado à certeza da parede, para recomeçar momentos depois a tentativa desesperadora de desprender-se da embriaguez e da Terra, que é um globo cego girando no caos.

Manchete, 12/12/1959

O medo

Teodomiro era desses bêbados impecáveis, se é que se pode conceder a um vício roaz os predicados da perfeição: não brigava, não discutia, não falava alto, não tomava dinheiro emprestado, punha todo o cuidado na aparência, a camisa muito limpa, a roupa bem passada, os cabelos penteados, um belo rapaz, de olhos escuros e brilhantes. Formou-se em medicina com bastante sucesso, se descontada sua falta de vocação e de tempo. Pois desde o último ano de ginásio que se dedicou à paixão do álcool, não turbulentamente, como os outros moços que bebiam de vez em quando, mas com seriedade e determinação. Era como se não pudesse fazer outra coisa. Bebia sozinho e em bares distantes, embora recebesse com amabilidade o amigo ou colega que o abordasse. Não praticando a profissão, vivia de jornalismo.

Contava vinte e oito anos quando começou a sofrer os primeiros sinais do *delirium tremens*. Certa madrugada, abrindo a porta da sala (morava com a sua velha mãe), viu uma vasta mesa com seis lugares de cada lado: doze homens vestidos de preto e chapéu na cabeça tomavam sopa em silêncio, sob o olhar atento de um mordomo, muito alto, que se perfilava em uma das cabeceiras. Claro que se assustou, tremeu, suou frio, sentiu vontade de gritar. No entanto, como já esperasse qualquer coisa daquele gênero, conseguiu dominar os nervos, atravessou a sala, cumprimentou com timidez os convivas, e pé ante pé foi trancar-se no quarto. Os doze cavalheiros soturnos não lhe responderam ao boa-noite, limitando-se apenas a suspender o ritmo das colheradas, para dirigir-lhe um olhar grave e frio, sem erguer a cabeça.

Em que lhe pese o vício, Teodomiro era um temperamento contido; acostumou-se a encontrar vez por outra em casa a silenciosa e sombria consoada. Dava boa-noite e ia para a cama, onde aguardava o amanhecer. Habituou-se a tal ponto que uma suspeita lhe infundiu um novo pânico: se uma noite surgisse mais um comensal, um estranho? Se, em vez de doze, deparasse com treze homens à mesa? Não que fosse supersticioso, mas a possibilidade do aparecimento de um intruso abriu-lhe no espírito a brecha por onde entrou incontrolavelmente o mais cruel terror. Desse medo entretanto não morreu Teodomiro: os convidados — já os considerava assim — continuavam sempre em número de doze. Ele os contava com o rabo do olho, ao entrar, e ia dormir, não digo descansado, mas na companhia de outros demônios familiares que lhe atormentavam os sonhos.

O verdadeiro medo, tão ilógico e descabido quanto o terror que lhe incutia o décimo terceiro conviva, sobreveio-lhe alguns meses mais tarde.

Do escritor austríaco Otto Weininger se conta que, em uma noite muda, ouvindo o ladrar pungente de um cão, descontraiu todo o mal que trazia dentro da alma; convencido desde então de que seria um criminoso nato, Weininger se matou aos vinte e quatro anos de idade. Também no mundo fechado de Teodomiro irrompeu um cão, um cão que latia nas madrugadas quietas e insuportáveis, longe, muito longe. O cão do jovem filósofo lhe trouxe pelo menos uma mensagem precisa; o cão que latia para Teodomiro levava-lhe um apelo abstruso, um grito rouco. Imperioso mas desolado, que dizia isto:

— Vem vê vovô. Vem vê vovô. Vem vê vovô.

Há uma comicidade infantil nesse recado que nos provoca o riso; mas em Teodomiro a voz do cachorro só provocava as forças obscuras, que se punham a agitar-se dentro dele como um bando de lebres em pânico. Eram as heranças ancestrais do terror que o grito animal lhe despertava com aquela insistência dentro da noite:

— Vem vê vovô. Vem vê vovô.

Teodomiro se lembrava pouco de seu avô, apenas de um homem grande, de barbas cinzentas, que o tomava às vezes ao colo e deixava escutar o tique-taque do relógio. Mas, se não o conhecera muito na infância, nem por isso deixou de sentir-se compadecido pelo apelo até as lágrimas atrozes. O cão ladrava-lhe até que as cordas vocais desafinavam em ganidos dolorosos. O avô precisava dele, o avô latia-lhe com angústia de uma várzea distante.

Uma noite, Teodomiro abriu a janela e respondeu ao chamado, primeiro como homem, com palavras de consolo, depois como cão, latindo-lhe alguma coisa desesperada. Como não se aplacasse o apelo, Teodomiro passou a curtir o dilema entre o dever e o terror, entre a compaixão e a incerteza: sentia-se na obrigação de acorrer ao chamado e tolhido ao mesmo tempo pelo medo. Crucificado entre a piedade e a covardia, destroçava-se em um pranto vil e violento de homem, acuado naquela zona restrita na qual um dos elementos do composto humano — o medo — se liberta como em uma reação química. Era o medo em estado puro, o medo em si mesmo, apartado das ambições, dos apetites e das vaidades da nossa natureza.

Mas, uma noite morta, quando o cão vociferava agoniadamente, Teodomiro reagiu contra a pusilanimidade, e foi andando com os olhos esbugalhados e misericordiosos; orientando-se pelos remotos latidos do cachorro, cruzou a cidade, ganhou os bairros, passou os últimos subúrbios, chegou a um descampado coberto de mato; perdia-se, voltava sobre os passos, acompanhava pistas falsas no vento, sempre em busca do apelo. Pedaços de sua roupa iam ficando pelo caminho, arrancadas, seu corpo sangrava, tropeçava, caía, levantava-se do chão para ouvir de novo o grito do cachorro.

— Vem vê vovô. Vem vê vovô.

Finalmente, exausto, tombou sem sentidos quando o céu começava a clarear. Horas depois, no pronto-socorro, despertando do coma, quis saber, do colega que se achava a seu lado, onde estava. O médico preferiu dizer-lhe que não era nada, repousasse apenas, indagando-lhe como se sentia. Teodomiro não respondeu logo. Abriu mais os olhos, disse mansamente:

— Estou muito bem; vou ver vovô.

O médico baixou-lhe as pálpebras sobre os olhos, já sem qualquer brilho, mas libertos do medo para sempre.

Manchete, 27/06/1959

Por que bebemos tanto assim?

Bar é um objeto que se gasta como camisa, isto é, depois de certo tempo de uso é sempre necessário comprar uma camisa nova e mudar de bar. É preciso escolher bem o nosso bar, pois tão desagradável quanto tomar um bonde errado é tomar um bar errado. O homem que toma o bar errado pode gerar aborrecimentos ou ser a vítima deles.

Não escrevo este artigo no bar. Não entendo pessoas que bebem para escrever. Georges Bernanos escrevia em bares com o risco de passar por bêbado, coisa que talvez tivesse sido (a afirmação é do próprio escritor católico) se as leis alfandegárias não taxassem tão alto os álcoois consoladores. A bebida consola; o homem bebe; logo, o homem precisa ser consolado. A dramaticidade fundamental do destino é o penhor dos fabricantes do veneno. Porque o álcool é um veneno mortal. Um veneno mortal que consola e... degrada o homem. Mas outro escritor católico (teve uma crise de irritação quando chegou a Nova York durante a lei seca), o gordo, sutil e sedento G. K. Chesterton, nega que o álcool degrade o homem: o homem degrada o álcool.

Chesterton foi um louco que perdeu tudo, menos a razão; é claro, por isso mesmo, que a criatura humana é o princípio da degradação de todas as coisas sobre a Terra. O álcool é inocente. Só um típico alcoólico anônimo seria incapaz de entender a inocência do álcool e a inescrutável malícia dos homens.

Depois de dois escritores, cito agora um falecido artista de cinema, Humphrey Bogart, que dizia: "Todo homem está sempre três doses abaixo do normal". *That's the question*. Na verdade, não é bem isso: bebemos para empatar com o mundo. O mundo está sempre a ganhar da gente, de um a zero, dois a zero... Bebe-se na esperança de igualar o marcador. Uma ilusão, sem dúvida, mas toda *la vida es sueño y los sueños sueños son*. Calderón de la Barca, se bebia, era escondido; saiba portanto, leitor, que a sentença seguinte foi adulterada por mim: "*Aún en sueños — no se pierde el beber bien*".

Uma das exclamações mais doces (Luis de Góngora y Argote) da poesia espanhola é esta:

*Oh bienaventurado
albergue a cualquier hora!*

Um dos aforismos pungentes (Baudelaire) da literatura é este: "É preciso estar sempre bêbado — de vinho, de poesia, de religião".

Uma expressão popular: beber para afogar as mágoas.

Bernanos, Chesterton, Humphrey Bogart, o falso Calderón de la Barca, Góngora e o povo estão perfeitamente certos: o homem bebe para disfarçar a humilhação terrestre, para ser consolado; para driblar a si mesmo; o homem bebe como o poeta escreve seus versos, o compositor faz uma sonata, o místico sai arrebatado pela janela do claustro, a adolescente adora cinema, o fiel se confessa, o neurótico busca o analista. Quem foge de si mesmo se encontra; quem procura encontrar-se afasta-se de si mesmo. Não é paradoxo, é o imbricamento humano. E este é uma espiral inflacionária cuja moeda, em desvalorização permanente, é a nossa precária percepção da realidade. Somos inflacionados pelo nosso próprio vazio: a reação nervosa da embriaguez parece encher-nos ou pelo menos atenuar a presença do espírito desesperado dentro do corpo, perfeitamente disposto a possuir os bens terrestres e gozá-los. Espírito e corpo não se entendem: o primeiro conhece exaustivamente a morte, enquanto o segundo é imortal, enquanto vive. Daí essa tocata e fuga a repetir-se indefinidamente dentro de cada ser, esse desequilíbrio que nos leva ao bar, à igreja, ao consultório do analista, às alcovas sexuais, à arte, à ciência, à ambição de mando e dinheiro, a tudo. As fugas e fantasias são tantas, e tão arraigadas, que se confundem com a própria natureza humana. Não seria possível definir o homem como um animal que nasce, alimenta-se, pensa, reproduz e morre; o que interessa no homem é o que sobra; o fundamental nele é o supérfluo. Uma jovem atirou-se sem explicação dum décimo andar, um cientista experimentou em si mesmo o vírus duma doença mortal, um artista passa vários anos de fome e incompreensão para realizar uma obra, os tranquilizantes são vendidos aos milhões, multidões acreditam na santidade duma menina, cresce o número de doentes mentais, o alcoolismo é um mal que se generaliza — estas são as manchetes que interessam à psicologia do indivíduo e da coletividade. Todos esses fatos, superficialmente plurais, possuem na base a singularidade da tristeza. É preciso beber. A natureza deu-nos a embriaguez natural do sono. Oito horas de sono não bastam. É preciso estar bêbado — de vinho, poesia, religião. É preciso estar bêbado de todas as mentiras vitais (a expressão é de Ibsen): de poder, de luxo, de luxúria, de bondade, de satanismo (o doutor Relling para consolar um pobre-diabo inventou para ele uma personalidade diabólica), de idealismo, de Deus, de violência, de humildade, de loucura, de qualquer coisa. O álcool é tão só a modalidade primária e comum à embriaguez. O bar é a primeira instância da causa do homem. O uísque (cachaça) é apenas uma das formas vulgares de todos os ritos milenares de encantamento.

O que comiam os centauros? O que transformava os homens em deuses? Que se comia durante as cerimônias dos Mistérios na Grécia? Provavelmente um cogumelo chamado *amanita muscaria*, incomparavelmente superior aos nossos melhores vinhos e aguardentes. O cogumelo leva-nos à morada de Deus — é o testemunho de uma médica e um banqueiro que o experimentavam várias vezes. Acredita Robert Graves que Sansão devia sua força aos cogumelos. A Sulamita refere-se aos cogumelos no Cântico dos Cânticos. Os indígenas mexicanos o usavam em suas festas rituais (culto ainda existente na província de Oaxaca). Portanto:

A embriaguez é religiosa, e o altar das religiões antigas inventou de certo modo a mesa do bar. Aí, o homem punha-se em comunicação com o espírito divino, ligava céu e terra, transcendia-se.

O homem entra no bar para transcender-se — eis a miserável verdade.

Entrei em muitos, bebo alguma coisa desde a minha adolescência, conheço bares em Belo Horizonte, Porto Alegre, Buenos Aires, Florianópolis, São Paulo, Rio, Salvador, Recife, Manaus, Brasília, João Pessoa, Petrópolis, Belém, Nova York, Lisboa, Vigo, Londres, Stratford-on-Avon, Oxford, Paris, Grenoble, Gênova, Pisa, Arezzo, Florença, San Gimignano, Volterra, Spezia, Roma, Nápoles, Paestum, Reggio di Calabria, Messina, Catania, Siracusa, Licata, Agrigento, Marsala, Trapani, Palermo, Taormina, Veneza, Hamburgo, Berlim (Ocidental e Oriental), Heidelberg, Düsseldorf, Colônia, Munique, Göttingen, Frankfurt, Bonn, Varsóvia, Estocolmo, Leningrado, Moscou, Surrumi, Ircútsqui, Pequim, Múquiden, Xangai, Santa Luzia e Sabará...

Em 1954, viajando pela Alemanha de automóvel, cheguei pouco depois da meia-noite à cidade universitária de Göttingen. No Brasil, uma cidade cheia de estudantes costuma tumultuar-se pela madrugada. Mas Göttingen àquela hora entregava-se a um repouso unânime. Sem sono, reservei um quarto no hotel, perguntando ao empregado onde poderia beber qualquer coisa.

— Ah, senhor — respondeu entre sentido e orgulhoso o alemão —, Goettingen é uma cidade universitária, não existe nada aberto a esta hora.

— O senhor está completamente enganado — retruquei-lhe.

Ele se riu bondosamente de mim: tinha mais de sessenta anos, nascera em Göttingen, conhecia todas as ruas da cidade, todos os bares, seria impossível encontrar qualquer venda aberta depois de meia-noite.

— O senhor está enganado — insistia eu.

Moeller, outro alemão, que viajava comigo, reforçou a opinião do empregado do hotel e começou a dissertar impertinentemente sobre as diferenças entre o Brasil e a Alemanha. Eu estava parecendo bobo — disse ele — não querendo aceitar sua germânica verdade: em Göttingen não havia um único bar aberto depois de meia-noite. A essa altura manifestei-lhes um princípio universal, pelo qual sempre me guiei:

— Pois fiquem vocês sabendo que em todas as cidades, todas as vilas e povoados do mundo, há pelo menos duas pessoas que continuam a beber depois de meia-noite; aqui em Göttingen há pelo menos duas pessoas que estão bebendo neste momento; vou encomendá-las.

Darwin Brandão, o terceiro homem nessa viagem, não me deixa mentir. Meio cético a respeito do meu princípio, mas solidário com o amigo, resolveu acompanhar-me, apesar do sarcasmo dissuasório de Moeller. Saímos para a noite morta de Göttingen, e vimos um gato, tão silencioso quanto os seus conterrâneos, ganhar às pressas o beiral dum telhado secular. Fomos andando pelas ruas paralisadas, eu tranquilo, e Darwin me espiando de banda. No fim duma rua comprida e oblíqua, vi um cubo iluminado, mais parecido com um anúncio de barbearia, e afirmei:

— É ali. — Nas faces visíveis do cubo estava escrito: Weinclub. Ao fim da passagem lateral, por onde entramos, demos com a porta fechada. Batemos em vão, e já íamos embora, desapontados, quando notei no corredor uma escada circular para o porão, cavada na pedra. No primeiro patamar, ouvimos música. Tomei um ar superior de vidente e desci o segundo lance. Empurrada a grossa porta de carvalho (o carvalho é mera suposição), recebi uma salutar lufada de música, de tabaco, de gente, de aromas etílicos. Foi como se eu reconquistasse o paraíso. O Weinclub dançava e bebia animadamente, repleto de jovens universitários e lindas universitárias de bochechas coradas e riso amorável. Não havia uma única mesa vaga, mas três segundos depois eu estava a beber um magnífico branco do Reno, e a explicar para os estudantes, que nos acolheram com simpatia, o princípio universal que rege a vida noturna. E eles, os mais talentosos matemáticos do mundo, futuros inventores de balísticos e outros inteligentíssimos engenhos mortíferos, acataram o meu pacífico princípio como um axioma luminoso. Foi um dos bares mais consoladores de minha temporada sobre a Terra.

Um bar legal precisa apresentar cinco qualidades fundamentais: boa circulação de ar, bom proprietário, bons garçons, bons fregueses e boa bebida. Isso é raríssimo de acontecer. Quando o garçom é uma flor de sujeito, o dono do bar costuma ser uma besta; se os fregueses são alcoólicos esclarecidos, o ambiente às vezes é quente e abafado; vai ver um excelente e confortável bar refrigerado, e boa porcentagem de uísque é fabricada no Engenho de Dentro. Para dizer toda a verdade, o bar perfeito não existe.

Barmen and jockeys are the only people who are polite any more, doutrinou um homem que consumia álcool em quantidades industriais, o romancista Ernest Hemingway. O barman, de fato, é um dos segredos do bar. Cada freguês deve sentir a ilusão de que o barman tem uma predileção especial por ele, e em nome disso será capaz de resolver qualquer problema. O incompreensível é que resolvem mesmo. O homem que chega a uma grande metrópole desconhecida é como um avião voando em solidão por dentro dum espesso nevoeiro. Mas, se esse homem pertence à comunidade internacional dos frequentadores de bar, cada barman é uma torre com a qual ele poderá entrar em contato a fim de orientar-se. Os únicos estranhos aos quais eu falo sem timidez, com perfeita familiaridade, são os barmen, e estes igualmente reconhecem logo em mim o freguês escolado, curtido em todos os amargos, navegador de longo curso.

Todo frequentador de bar tem o direito eventual de embriagar-se convenientemente uma vez por outra. Quem vende bebida deve ser linchado quando exige de seus fregueses comportamento de casa de chá. Aclarados nesse ponto, podemos afirmar que o maior inimigo do bar e do alcoolismo é o mau bebedor que bebe anos a fio e não aprende a beber, o bebedor diariamente chato, incapaz de entender o tácito acordo de amabilidade e contenção que existe entre todos os bons bebedores do mundo. Eu os conheço todos e os abomino. Conheço toda a imensa variedade da espécie (sentimentaloides, untuosos, agressivos, prolixos, confidenciais, pedantes, questionadores, inoportunos, monocórdios, babugentos, ressentidos etc. etc.). Ah, se um dia eu pendurar o meu copo numa prateleira, e passar a beber em casa, podereis estar certos, contemporâneos, de que foram os maus bebedores que me levaram a esse extremo!

Não defendo o alcoolismo, senhor Alcoólico Anônimo. Queira entender-me com um pouco mais de sutileza, se me faz o favor. Modestamente embora, falando do alto duma tribuna para uma plateia vazia, defendo é o homem. O uísque não me interessa, o que me interessa é a criatura humana, esta pobre e arrogante criatura, já confrangida por um destino obscuro, arrumada odiosamente em castas duma sociedade sanguessuga, uma sociedade engenhosamente arquitetada para triturar as classes de baixo a fim de transformar a matéria-prima em petróleo, aço, eletricidade, veículos, aparelhos domésticos, tecidos, alimentos. Segue-se a segunda fase do processo industrial: correias de transmissão levam estes bens terrestres ao alto-forno, que os transforma em palácios, iates, cavalos de corrida, joias, amantes de luxo, em todas as formas de prazer e domínio sobre a vida. Mas os ricos também bebem, e quanto! Bebem às vezes por má consciência, outras por má educação, e bebem porque todos os bens terrestres são fantasias que se desfazem de repente ao hálito da morte. Pois o que advogo no meu desespero-dialético é a melhor distribuição das fantasias terrestres. Será a única maneira eficiente de reduzir o alcoolismo. A máquina social cria sobre o indivíduo uma inumerável série de compreensões, que o desequilibram e infelicitam. O alcoolismo é uma das variadíssimas consequências desse extraordinário mal-estar coletivo. Transpondo a porta do bar, o homem age com toda a pureza e inocência, buscando fugir ao sofrimento, tentando cumprir a sua vocação para o prazer; se encontra no bar um novo mal, a degradação, o desemprego, a debilitação orgânica, a morte prematura, isto é outra história. A história triste das *drinking classes*.

Homenzinho na Ventania, 1962

Réquiem para os bares mortos

Me perdia à toa pelas grutas. À noite, conchas iluminadas, a ressoar em profundezas submarinas. Fugindo à tormenta, entrei uma vez no bar Nacional, e lá se erguia — portentoso — um velho alto e calvo a declamar os sonetos de Mallarmé. Foi uma visão definitiva.

Antros de perdição — sim, é verdade —, os bares são odiados por mães, esposas, filhos. A bebida quase sempre é ordinária; os moços que servem não prestam; os proprietários são ávidos.

Mas depois os bares morrem e de seus túmulos surgem os espelhos, os mármores, os painéis históricos e a matéria plástica das agências bancárias.

O tempo trança e destrança os velhos frequentadores, cúmplices dum espaço, de duas ou três anedotas, duma canção dissipada, comparsas duma certa mistura de luz e sombra. Então os velhos frequentadores são como peixes desentocados, e os bares antigos perdem as arestas, as escamas pontiagudas, os vômitos repugnantes. Ali os amigos foram mais amigos, os inimigos mais inimigos, as mulheres mais coniventes; e a vida tinha um programa.

Hoje sou um homem entornado. Mas no tempo do Alvear, por exemplo, alcei-me nas tristezas mais lindas de beira-mar.

Ama-se o bar morto porque se possui o dom — o dom é ilusão — de coagular o tempo. Habitamos essas gotas luminosas. Elas revolvem à nossa frente, aparentemente opacas. Mas, se aproximamos a visão, esses cristais começam a funcionar como um palco. Descortina-se em luz amarelada o bar do hotel Central: há ostras na bandeja, fatias coradas de rosbife e uma garrafa de Old Parr. São três à mesa: um mau pintor, um mau milionário e um mau almirante. Apesar de simpáticos, nunca nos falamos. Mas hoje (quando é hoje?) eu os visito com frequência nesse coágulo de treva e refulgência onde os três convivas se abrigaram da morte. À meia-noite, o milionário faz a barba com uma gilete nua, molhando o rosto em uísque.

O Vermelhinho, com um pouco de exagero, foi um entreposto de todas as motivações. Poetas negros — reaparecidos pela primeira vez depois do Simbolismo — defendiam do naufrágio da raça, apertando-os contra o peito, originais que nunca seriam publicados. Foi uma época de facilitário poético, com um crédito de esperança a perder-se de vista: não se fechava a porta da glória a ninguém. As estradas do país se entrecruzavam no Vermelhinho, que ainda guardava embrulhos e recados. A geração tomava batida com fervor e a esquerda festiva punha seus primeiros ovos, discretamente, nas cadeiras de palhinha. Acreditava-se em samba. A vida tinha um caminho, a vida tinha mais vinho nos juncos do Vermelhinho.

Em frente, no alto, entre vegetações grossas, ficava o bar da ABI. Ostentava em princípio um certo rigor suíço, prematuramente desmoralizado. Alemães, árabes, italianos, nordestinos, gaúchos, o velho Braga e os mineiros abrasileiraram depressa o terraço. Mais de uma senhora tornou-se mãe de repente entre as grossas vegetações; e instituiu-se por força o espeto.

Hoje sou um homem esvaziado de seu conteúdo. Vou atingindo a perfeição do vazio, seguindo sem muito receio por esses Tibetes da conformação. Mas cumpri as estações do caminho, paguei tudo aquilo que aprendi.

Bar morto, bêbado morto, caminho morto. Há azulões no crepúsculo ou uma saudade de azulões. É sempre safra de cajus quando me surge o Pardellas. Consumo de novo as tardes consumidas. Aí me sento com o charuto de Eustáquio, os óculos de Santa e um tomo das *Origens da França contemporânea*, conduzido por Zé Lins nas tardes de antigamente.

Ali a vida era conto e canto. Mas no Recreio velho as sombras se aglutinaram. Quem mastiga sem convicção peito de boi com molho de raiz-forte?

Recreio velho, rogai por nós. Túnel da Lapa, rogai por nós. Chave de Ouro, rogai por nós. Hoje sou um homem sem mais nada. Rogo por vós. Rogo por vós um céu, com o vosso firmamento, vossos luzeiros, vossos ornatos, vossos homens imaginosos, vossas freguesas perdidas. E depois me recolho do chão em que fui derramado e subo até vós.

Manchete, 08/10/1966

Anatomia do tédio

Todas as paróquias se parecem. Minha paróquia é consumida pelo tédio — diz um santo pároco de aldeia, criação do romancista católico Georges Bernanos; o tédio é um câncer, uma poeira pela qual passamos sem ver, mas que respiramos, comemos e bebemos, e que termina por cobrir-nos o rosto e as mãos. É preciso sacudir essa chuva de cinza. Por isso o mundo tanto se agita; ou habitua-se ao tédio, que é um desespero abortado, uma forma torpe de desespero — a fermentação de um cristianismo decomposto.

Quarenta anos depois dessa visão do *ennui* como corrupção anticrística, a aldeia global e a paróquia ecumênica continuavam devoradas pelo tédio. Mas pouco invocam santo Agostinho, Kierkegaard, Bernanos e outros exorcistas ao pé da cruz. Os morosos costumam buscar difíceis lenitivos zen-budistas, ao passo que os mais ativos e racionalmente confiantes consultam o psicanalista.

Uma resposta geral ao tédio como contagiante fenômeno coletivo pode ser achada em Erich Fromm. Entendido que estímulo é uma energia externa que nos provoca no sentido da ação, da emoção ou da mente, há três tipos de pessoas: 1) a pessoa capaz de reagir positivamente aos estímulos não se entedia; 2) a pessoa que precisa sempre buscar novos estímulos sofre cronicamente de tédio, mas não está consciente do mesmo; 3) a que falha na tentativa de obter excitação por qualquer estímulo normal é um indivíduo bem doente, às vezes com a consciência aguda de seu estado de espírito, às vezes inconsciente das causas desse sofrimento.

Pressuposto: o tédio é um dos fenômenos da maior importância na era tecnotrônica. Gera sofrimento, violência e destrutividade. Para Erich Fromm, entre o deleite passivo da violência (cinema, livros, TV, notícias) e a excitação, por comportamento sádico ou destrutivo, só existe um passo. A pessoa entediada, incapaz de alegria e de dor, organiza com frequência seu minicoliseu particular.

Se o diretor de uma revista quisesse convocar entre os mortos um expert em tédio, para uma revisão moderna do tema, eu o aconselharia a mandar um repórter correndo ao cemitério de Montparnasse, onde Charles Baudelaire está morto de tédio há cento e sete anos. E também de paralisia, que é pelo menos a materialização simbólica do tédio. Certo de que o trabalho é menos tedioso que o prazer, capaz de viver em qualquer parte, contanto que fosse fora do mundo, Baudelaire é um dos anatomistas do tédio, configurando para este uma estrutura filosófica que escapou aos românticos que o precederam no *mal du siècle*. E mais ácido ainda que seu diagnóstico da doença é o remédio que prescreve: estar sempre bêbado. Bêbado de quê? De vinho, de poesia e de virtude, a escolher.

Contra a civilização material, olhando com horror o crescimento moderno das cidades, Baudelaire foi de fato o vate ou profeta de nosso tempo, quando a megalópole, as drogas estupefacientes e o tédio viraram notícias de todos os dias. Futurólogo da alma contemporânea, reafirmaria decerto, redivivo, modernizado seu pensamento, que o progresso não está no átomo, na exploração espacial ou na parapsicologia, mas na diminuição dos traços do pecado original.

Admitindo ou não a validade do pecado, os mais lúcidos pacientes e os cirurgiões do tédio costumam sempre vincular a doença a uma etiologia moral ou psíquica. Os monges cenobitas dos primeiros séculos falavam de um diabo medonho que gostava de dar o ar de sua falta de graça nas horas quentes do dia. Era Acedia, ou Acídia, o demônio do tédio, da tristeza, da torpitude espiritual. Possivelmente Acídia hoje frequente muito menos as tebaidas do que as grandes cidades, com sua tentação facilitada pela monotonia do trabalho industrial, pelos formigueiros-dormitórios, pelo atravancamento dos transportes, pela padronização das personalidades, pelas filas, pelo ar enfumaçado. Acídia talvez seja em nossos dias a poluição do espírito, a poluição global. Nessa cultura estercada é que a torpeza espiritual do homem produz a flor plástica do tédio, embora seja imperativo de verdade reconhecer que suas florações mais visíveis e típicas não ocorram nas favelas e vilas operárias; nos balcões mais altos da sociedade é que vamos encontrar o que um rico poeta americano chamou o enfado celestial dos apartamentos.

(Pequena reflexão: num mundo que não mais consome poesia, os poetas começam a ser citados com certa insistência em estudos e relatórios de sociólogos e economistas, em projetos publicitários, em trabalhos científicos universitários, em reportagens jornalísticas, citados enfim pelos escribas, semi ou tecnocratas, que procuram dar um jeito racional ou razoável aos elementos cacofônicos do desconcerto moderno. Talvez porque a poesia — não racional — ratifique o que só agora parece chegar-nos pelo enfoque da razão.)

E voltemos ao tédio da nossa reportagem. O *Washington Post* dedicou há poucos dias longa matéria sobre este nosso tédio, *boredom* na língua inglesa, *Langeweile* dos germânicos, *ennui* dos franceses. Lembrou o suicídio do ator George Sanders (primeiro mártir do tédio contemporâneo), que deixou um chocante mas irrespondível bilhete nestes termos: "Suicido-me porque estou chateado e porque já vivi bastante". A publicação ouviu alguns especialistas, entre eles Werner Graf, professor de psicologia que passou dois anos nos porões da biblioteca do Congresso para arrancar da cuca e dos livros uma definição correta de tédio. "É um esforço incompleto pelo sentido. É um desejo de sentido a par da inabilidade de obtê-lo." Não é fome de estrutura, como disse outro, pois a própria estrutura pode causar tédio. Nem sempre é negativo; após estados de ansiedade, o tédio pode ser um sentimento positivo. Não é monotonia, já que tanta gente se diverte em atividades monótonas, como tricotar ou aparar a grama. A chave seria portanto a ausência de sentido.

O psicólogo Maynard Shelly, da Universidade de Kansas, conceitua o tédio como estímulo inadequado; o problema do tédio é que nós nos adaptamos ao grande número das formas de estímulos. Os filmes que excitavam ou chocavam na década de 40 não provocam mais nada, talvez provoquem tédio. Daí, o sexo e a violência. Quando a economia baqueia, quando falta gasolina, o tédio piora. E, com ele, a onda de crimes.

Com os psicólogos da revista americana concordaria em parte o escritor Alain, que vê no espírito de aventura do jogador um mecanismo de defesa contra o tédio; é a própria insegurança que interessa ao jogador; e como a guerra tem qualquer coisa de jogo, é o tédio que faz a guerra. (A Grande Guerra já deixou de ser um jogo, depois que a morte interrompeu as crônicas filosóficas de Alain.) Mas este mesmo já era quando afirma romanticamente que as dificuldades materiais e financeiras servem de escudo ao tédio. Quem já teve promissória vencida sem ter o numerário correspondente sabe que aí está uma das situações inexpugnáveis à penetração de estímulos mentais e emocionais. Já era também o tempo em que fazia praça uma frase deste gênero: o tédio da mulher só pode ser o homem com o qual ela vive. Pelo contrário: é possível que as mulheres mais amorosamente felizes é que sintam com mais pungência o desgosto do escritório, as delongas do transporte e a chata perplexidade de variar o trivial culinário.

Mulheres e homens vivemos uma época de faltas: falta de tempo, de sono, de repouso, de dinheiro, de amor, de convivência, de variedade, de coesão familiar, de comicidade, de cordialidade, de liberdades, de simplicidades, de natureza, de segurança, de estabilidade financeira. Vivemos, em contrapartida, uma época de excessos: excesso de ansiedade, de trabalho, de burocracia, de ruídos, de hostilidade, de monotonia, de pagamentos, de alarmes, de desagregação familiar, de tensão, de dramaticidade, de violência, de coerções, de complicações, de ameaças, de instabilidade. A intensificação de um desses fatores, ou a ação difusa de todos, só poderá dificultar a passagem dos estímulos que nos impelem aos atos vitais.

Talvez o entediado ache consolo em grandes homens. "Se os macacos soubessem entediar-se", dizia Goethe, o olímpico, "poderiam ser homens." Os imbecis não sofrem de tédio — garantiam os irmãos Goncourt. E quando Rosina suspira que o tédio a mata, o Fígaro responde: "Acredito, o tédio só engorda os idiotas".

Violência, cinema, automóvel, jogo, loteria esportiva, drogas, sexo, álcool, futebol, lancha, casa de campo, badalação, piscina de apartamento, clube, cartas fastientas, viagens, novo casamento — eis alguns remédios, mais ou menos triviais ou perigosos, que o homem moderno ministra a si mesmo contra o tédio numa sociedade que não é mais a horda polida de Byron, mas continua constituída de chatos e chateados.

Vivemos no país do dar um jeito e daremos talvez um jeito até no *taedium vitae*, ou *taedium cordis*, ou *spleen*; a filosofia prafrentex e o comportamento cordial, com algum dinheirinho no bolso, poderão ajudar o brasileiro a levantar um muro contra a morna incuriosidade do poeta europeu, e contra o mortal aborrecimento dos artistas americanos. Na própria saciedade e no fastio do nosso maior escritor, a par dos azedumes da cosmovisão machadiana, há uma rede de placidez, um remanso de chácara, uma honesta sensualidade de olho aceso para a mulher bonita e boca aberta para os quindins. Temos além disso o carnaval e a esperança de voltar a ter o maior futebol do mundo. Bagunçaremos o tédio. Tudo vale contra Meridianus, o diabo da vida-besta, o diabo do meio-dia.

Eça de Queirós talvez tenha pintado a distinção luso-brasileira (espanhóis e italianos podem entrar nesse saco), em relação aos outros, numa cena de *Os maias*.

Carlos Maia e João da Ega descem do solar do Ramalhete na primeira penumbra da noite. Seguem pela rua e filosofam. Carlos proclama a sua teoria da vida, a teoria definitiva que agora o governava: o fatalismo muçulmano; nada desejar e nada recear; nem se abandonar a uma esperança, nem a um desapontamento. Sobretudo não ter apetites (ou, para o nosso contexto, "não abrir a porta aos estímulos"). Ega concordava: convencera-se da inutilidade de todos os esforços, não valia a pena dar um passo para alcançar coisa alguma na Terra; se ali adiante estivesse a fortuna dos Rothschilds ou a coroa de Carlos v, não sairia daquele passinho prudente e correto. Nem eu! Acode Carlos, que logo se lembra de ter chegado de Paris com uma gana portuguesa de comer um grande prato de paio com ervilhas. Já era tarde para avisar a criadagem; tinham encontro marcado com amigos e estavam atrasados. Apareceu um "americano" (bonde de burros) e os dois saíram em disparada para apanhá-lo, enquanto Carlos ia dizendo:

— Que raiva ter esquecido o paiozinho! Enfim acabou-se. Ao menos assentamos a teoria definitiva da existência. Com efeito, não vale a pena fazer um esforço, correr com ânsia para cousa alguma...

E o Ega ajuntava ofegante, atirando as pernas magras:

— Nem para o amor, nem para o dinheiro, nem para o poder...

Os bares morrem numa quarta-feira, 1980

A arte de ser infeliz

O homem perfeitamente infeliz tem saúde de ferro; check-up e estação de águas todos os anos; seus males físicos são apenas dois: dor de cabeça (não toma comprimido porque ataca o coração) e azia (não toma bicarbonato porque vicia o organismo).

O pai e o avô do homem infeliz morreram quase aos noventa anos — e ele o diz frequentemente.

Banho frio por princípio, mesmo no inverno, e meia hora de ginástica diária.

O homem perfeitamente infeliz julga-se ameaçado: ao norte, pela queda do cabelo; ao sul, pela desvalorização da moeda; a leste, pelo acúmulo de matéria graxa; a oeste, pela depravação dos costumes.

Não empresta dinheiro; não deve nada a ninguém; toma notas minuciosas de todas as suas despesas; nunca pagou nada para os outros; não avaliza nota promissória nem para o próprio filho; tem manifesto orgulho disso tudo.

Não tomou conhecimento de qualquer revolução artística

ou literária depois de 22: gênio é o Rui; brasileiro é o Rui; saber português é o Rui.

Iniciar oração com o pronome oblíquo é para ele um crime contra o idioma pátrio, embora seja esta toda a sua ciência a respeito de gramática.

Em sua sala de jantar, um quadro a óleo: o ipê florido, moldura dourada, assinatura de Josimar ou Asdrúbal.

A força de vontade do homem perfeitamente infeliz é tremenda: deixou de fumar há onze anos, três meses, cinco dias. Se não deixou, poderá deixar a qualquer momento.

Racista, embora só o confesse aos mais íntimos; admite vagamente todas as religiões; não pratica nenhum culto, mas considera o catolicismo um freio.

Sem simpatia política em aparência, vota por instinto nos candidatos mais reacionários.

Antigamente, para ele, era muito melhor que hoje: um dos erros fatais do Brasil foi derrubar dom Pedro ii.

Acha-se (e infelizmente é verdade) insubstituível em seu trabalho; sem ele, o escritório não anda. Sempre o primeiro a chegar a enterros de parentes, amigos, conhecidos, colegas; também o primeiro a saber e divulgar que abriram e fecharam fulano, não há nada a fazer.

Ver televisão é o seu recreio mental mais importante; resolver problemas de palavras cruzadas desenvolve o raciocínio e enriquece o vocabulário — uma de suas teses preferidas.

O homem perfeitamente infeliz sabe o que é enfiteuse e pignoratício.

Conhece os preços de todos os gêneros e de todos os objetos usuais; está sempre de olho em qualquer transação imobiliária lucrativa; se possui imóveis alugados (quase sempre os possui), é mestre em fabricar um contrato desvantajoso para o inquilino;

mestre ainda em sonegar imposto de renda; dá aula sobre a maneira mais efetiva de se proceder a uma ação de despejo.

Sua psicologia: todo homem tem seu preço.

Sua economia: poupar os tostões.

Sociologia: o povo não sabe o que quer.

Filosofia: o seguro morreu de velho.

O homem perfeitamente infeliz ama os seus de um amor incômodo ou francamente insuportável.

Considera-se dono de excelente bom humor; em família, porta-se com severidade, falta de graça e convencionalismo; cita provérbios edificantes e ditos históricos; sua glória é poder afirmar, diante de alguém em desgraça: "Bem que eu te avisei!".

Arrola o futebol, o samba e a cachaça entre as vergonhas nacionais.

Não diz "minha mulher", mas "minha esposa"; a esposa do homem perfeitamente infeliz é muito mais perfeitamente infeliz do que ele, que nada percebe.

O mal profundo do homem perfeitamente infeliz é julgar-se um homem perfeitamente feliz.

Manchete, 02/04/1960

A Luxúria

Mineralmente casta e asséptica era a Terra. Por quantos milhões de anos os mares primevos aguardaram o milagre? Mas um belo dia o primeiro protoplasma pulsou no útero oceânico. A ele se dê o nome de Luxúria. Nascera a vida, nascera o pecado. Sem pressa, com a lentidão da certeza, a Luxúria foi ganhando a batalha. Construiu uma alga minúscula. Depois uma esponja. Um verme animado de esperança. Um molusco impado de orgulho. E todos foram progredindo para os graus mais adiantados da Luxúria, devagarinho; ao contrário do que se passa contigo, pois só poderás escrever sobre a Luxúria a grande velocidade.

Bom ou mau, o mundo que os homens olham é feito de Luxúria. Sabem disso os biólogos, os teólogos, os psicólogos. Concentra-te para dentro de teu segredo: aqueles mares insatisfeitamente esterilizados, depois aquele protoplasma contente de seu crime, e o verme, a esponja, o molusco, o primeiro crustáceo, o primeiro peixe, estão todos eles em giro milenar dentro de ti — e se chamam Luxúria.

Matéria é energia elétrica agrupada em sistemas atômicos; boa ou má, vital ou mortal, a energia nuclear também é Luxúria.

Entre a vida animada e a inanimada existe um abismo: a primeira é uma categoria imensamente mais avançada de Luxúria, a Luxúria que, do protoplasma inicial em diante, promoveu com entusiasmo as manifestações todas do reino biológico. Chegando à discutida obra-prima: o *Homo sapiens*, isto é, o homem que se sabe Luxúria.

O caminho da vida foi sempre tão problemático através da água, da pedra e do ar, que decerto teria se interrompido, não existisse a compulsão admirável da Luxúria. Decerto, o caminho de cada vida se interrompe ou pelo menos se complica quando lhe falta a compulsão admirável.

O êxtase luxurioso é o símbolo que a Terra promete. Os humanos e, por analogia, os seres viventes são aqueles que irradiam a ardência dessa esperança, a complexidade desse símbolo. O Paraíso e o Nirvana constituem a transcendência da obscura e intensa promessa vital. A iluminação budista, a contemplação cristã, a sensação oceânica de Freud, a integração cósmica dos psicotrópicos, tudo isso parece enraizar-se numa promessa vital mais baixa para florir em outra promessa vital mais alta. Para baixo, a raiz indica ao homem a escala descendente do prazer animal, o caminho retroativo do molusco, o verme; para cima, a promessa luxuriosa abre-se em flores sutis, liberta-se do corpo, menoscaba tempo e espaço, configura uma Luxúria sem pecado, sem sexo, sem carne, uma Luxúria que está lá, que é todas as coisas, uma Luxúria divina.

O homem é a sua Luxúria, que não é apenas um pecado capital de todas as religiões, mas existe a virtude da sobrevivência, na raiz da virtude existe a virtude da transcendência. Ela é a única novidade sobre a Terra. Sem ela, os homens sucumbiriam de tédio — imagem da coisa mortal. O homem dorme cansado (ou desinteressado) dos outros homens, dos objetos, das suas limitações, das montanhas, dos rios, das árvores. No seu sono um perdigueiro chamado Inconsciente caça grandes peças de Luxúria, as mesmas formas de vida que se renovam na atropelada noturna. Ao despertar, o homem volta a encontrar o prazer (ou a novidade) das montanhas, dos rios, das árvores, dos outros homens, do seu tempo-espaço. Eis aí o milagre da Luxúria, na qual a psicologia científica descobriu um pasto imenso e a psicologia poética um pasto imensamente maior.

A vida é atomicamente nupcial. A Luxúria não é só (nem principalmente) o relâmpago de amor entre dois passarinhos. Existe ab ovo. Faz o passarinho bicar a casca, está no canto, na cor, no voo, no charme do passarinho, na arquitetura inacreditável do ninho. A Luxúria é o passarinho todo; a biografia dele toda. Assim como é toda a ferocidade do leão. É a árvore e os parasitas que a envolvem, a folha, a flor, o fruto, a abelha, o mel, o urso que come o mel, o homem que mata o urso, a mulher que beija o herói que matou o urso.

Entre os modernos, isto é, depois de Roma, o poeta mais intuitivo da Luxúria talvez haja sido Walt Whitman. Entre pintores, lembrem-se Rubens, Renoir e, antes deles, Caravaggio. Não porque pintaram voluptuosamente a carne, mas porque praticaram a esperança dum símbolo. Van Gogh, sem pintar carne, foi um profeta (as profecias podem ser feitas para a frente e para trás) da Luxúria cósmica. Blake, Hölderlin, Strindberg, Lawrence, Dylan Thomas, dum modo ou de outro, adivinharam a transcendência da Luxúria. Já Baudelaire, como poeta, foi um devasso.

A devassidão, multiplicação desordenada duma força que equilibra o mundo, é o câncer da Luxúria, a reação em cadeia que desintegra. Sabe, pois: o que eclodiu no outro pode eclodir em ti amanhã.

Dir-se-ia ainda que a Luxúria é o matrimônio (perfeito, do ponto de vista humano) entre o Céu e o Inferno. Somos todos os filhos do casal: por isso corremos até o fim o risco de passar por um e por outro, chamuscando as nossas asas no fogo da beatitude ou do horror.

Manchete, 07/11/1964

Rondó de mulher só

Estou só, quer dizer, tenho ódio ao amor que terei pelo desconhecido que está a caminho, um homem cujo rosto e cuja voz desconheço.

Sempre estive duramente acorrentada a essa fatalidade, amor. Muito antes que o homem surja em nossa vida, sentimos fisicamente que somos servas de uma doação infinita de corpo e alma.

O homem é apenas o copo que recebe o nosso veneno, o nosso conteúdo de amor. Não é por isso que o homem me atemoriza, quando aqui estou outra vez, só, em meu quarto: o que me arrepia de temor é este amor invisível e brutal como um príncipe.

Quando se fala em mulher livre, estremeço. Livre como o bêbado que repete o mesmo caminho de sua fulgurante agonia.

A uma mulher não se pergunta: que farás agora da tua liberdade? A nossa interrogação é uma só e muito mais perturbadora: que farei agora do meu amor? Que farei deste amor informe como a nuvem e pesado como a pedra? Que farei deste amor que me esvazia e vai removendo a cor e o sentido das coisas como um ácido? É terrível o horror de amar sem amor como as feras enjauladas.

É quando o homem desaparece de minha vida que sinto a selvageria do amor feminino. Somos todas selvagens: são inúteis as fantasias que vestimos para o grande baile. Selvagem era a romana que ficava em casa e tecia; selvagens eram as mulheres do harém, as mais depravadas e as mais pudicas; selvagem, furiosamente selvagem, foi a mulher na sombra da Idade Média, na sua mordaça de castidade; mesmo as santas — e santa Teresa de Ávila foi a mais feminina de todas — fizeram da pureza e do amor divino um ato de ferocidade, como a pantera que salta inocente sobre a gazela. E selvagem sou eu sob a aparência sadia do biquíni, olhando a mecânica erótica de olhos abertos, instruída e elucidada. Pois não é na voluntariedade do sexo que está a selvageria da mulher, mas em nosso amor profundo e incontrolável como a loucura. O sexo é simples: é a certeza de que existe um ponto de partida. Mas o amor é complicado: a incerteza sobre um ponto de chegada.

Aqui estou, só no meu quarto, sem amor, como um espelho que aguarda o retorno da imagem humana. O resto em torno é incompreensível. O homem sem rosto, sem voz, sem pensamento, está a caminho. Estou colocada nesse caminho como uma armadilha infalível. Só que a presa não é ele — o homem que se aproxima — mas sou eu mesma, o meu amor, a minha alma. Sou eu mesma, a mulher, a vítima das minhas armadilhas. Sou sempre eu mesma que me aprisiono quando me faço a mulher que espera um homem, o homem. Caímos sempre em nossas armadilhas. Até as prostitutas falham nos seus propósitos, incapazes de impedir que o comércio se deixe corromper pelo amor. Quantas mulheres traçaram seus esquemas com fria e bela isenção e acabaram penando de amor pelo velhote que esperavam depenar. Somos irremediavelmente líquidas e tomamos as formas das vasilhas que nos contêm. O pior agora é que o vaso está a caminho e não sei se é taça de cristal, cântaro clássico, xícara singela, canecão de cerveja. Qualquer que seja a sua forma, depois de algum tempo serei derramada no chão. Os vasos têm muitas formas e andam todos eles à procura de uma bebida lendária.

Li num autor (um pouco menos idiota do que os outros, quando falam sobre nós) que o drama da mulher é ter de adaptar--se às teorias que os homens criam sobre ela. Certo. Quando a mulher neurótica por todos os poros acabou no divã do analista, aconteceu simplesmente o seguinte: ela se perdeu e não soube como ser diante do homem; a figura que deveria ter assumido se fez imprecisa.

Para esse escritor, desde que existem homens no mundo, há inúmeras teorias masculinas sobre a mulher ideal. Certo. A matrona foi inventada de acordo com as ideias de propriedade dos romanos. Como a mulher de César deve estar acima de qualquer suspeita, muito docilmente a mulher de César passou a comportar-se acima de qualquer suspeita. Os Dantes queriam Beatrizes castas e intocáveis, e as Beatrizes castas e intocáveis surgiram em horda. A Renascença descobriu a mulher culta, e as renascentistas moderninhas meteram a cara nos irrespiráveis alfarrábios. O romancista do século passado inventou a mulherzinha infantil, e a mulherzinha infantil veio logo pipilando.

Os tipos vão sendo criados indefinidamente. Médicos produzem enfermeiras eficientes e incisivas como instrumentos. Homens de negócios produzem secretárias capazes e discretas. As prostitutas correspondem ao padrão secreto de muitos homens. Assim somos. Indiquem-nos o modelo, que o seguiremos à risca. Querem uma esposa amantíssima — seremos a esposa amantíssima. Se a moda é mulher sexy, por que não serei a mulher sexy? Cada uma de nós pode satisfazer qualquer especificação do mercado masculino.

Seremos umas bobocas? Não. Os homens são uns bobocas.

O homem é que insiste em ver em cada uma de nós — não a mulher, a mulher em estado puro ou selvagem, um ser humano do sexo feminino — o diabo, a vagabunda, a lasciva, o anjo, a companheira, a simpática, a inteligente, o busto, o sexo, a perna, a esportista... Por que exige de nós todos os papéis, menos o papel de mulher? Por que não descobre, depois de tanto tempo, que somos simplesmente seres humanos carregados de eletricidade feminina?

Manchete, 27/04/1974

Lindas e feias

No meu tempo de menino, em minha cidade, havia de moças bonitas uma dúzia e mais três. Três que a gente não tinha muita certeza de escalar no time de cima. O número é estimativo mas a verdade é concreta. Minas ainda se espreguiçava na renda agropastoril. Confinada à montanha, precariamente educada e vestida, anemizada por sete mil preconceitos, a moçada mineira gozava uma juventude curta e sem brilho.

Moças bonitas, é claro, surgiram, raramente embora, nos mais imprevisíveis distritos, alumbrando os municípios. Em São João del-Rei, por exemplo, luzia uma garota meio pálida, como convinha aos madrigais, mas suavemente linda na aristocracia do seu perfil. Para os lados do Triângulo, em Uberaba e Uberabinha, falava-se de tempos em tempos em novas beldades despontadas.

Do norte, do sul, da zona da mata, Varginha, Carmo do Paranaíba, Montes Claros, Três Corações, Figueira do Rio Doce, de qualquer canto, próspero ou emperrado, podia chegar a notícia duma estrela de primeira grandeza.

Uma constelação esparsa iluminava a província de Marília.

As jovens se casavam com uma pressa natural e financeira; a expectativa ansiosa voltava, outras moças bonitas começavam a brilhar aqui e ali, por todo o áspero e melancólico território.

Em suma, a beleza feminina era um acidente individual, gratuito, raro e generoso como o talento. Não havia era condição social para a existência numerosa e permanente de mulheres belas. O milagre acontecia ou não acontecia; quando acontecia, o rapaz solteiro arregalava os olhos pedintes, na esperança privilegiada de desposar a donzela de peregrina beleza. Não o conseguisse, durante um ano e tanto era o rapaz venerado localmente como portador duma paixão magnífica e incurável. O cultivo da dor de cotovelo alheia pelas populações substituía a leitura de romances. Depois, o incurável se curava e casava com qualquer prendado bagulho, fecundando as Gerais.

Para o poeta, Minas não há mais. De fato, mudou muito. Fábricas, piscinas, campos de esporte, rodovias, aeroportos, foram modificando depressa o regime social. Exercícios físicos e dinheirinho e dietas cumpriram rigorosamente o seu dever: entre as gentes mais favorecidas já se distingue uma boa média de beleza e saúde.

Na fase poética da feiura, o mineiro descia para o Rio como a alma do purgatório ingressa no clarão do Paraíso: arrebatada pela quantidade e pela qualidade dos anjos. Já quando o trem noturno fervia sob o sol de Cascadura, os olhos de Minas desfrutavam as premissas dum andar diferente, ancas descontraídas, ritmos novos, formas que não se ocultavam sob as vestes, pernas fornidas e nuas, timbres de voz sem timidez — a carioca.

Às moças montanhesas faltava (se me entende, por favor) um vago toque de obscenidade, que é a raiz do magnetismo animal.

Era o Rio uma cidade fascinante e perigosa, feita de braços, coxas, seios, cabeleiras, lábios... Copacabana doía de tanta mulher linda. Nós, mineirões, disfarçávamos o terror (que terror?), esse que a mulher bela e desenvolta provoca nos homens sombrios e virtuosos de gestos. Nem só o céu, diz o mestre, talha a bondade, mas também a timidez. Éramos bonzinhos e secos. Os grandes pecados públicos não eram para Minas Gerais, e o Rio pecava às escâncaras, com alegria e confiança no perdão. Mas Minas daquele tempo, oh, Minas Gerais!

Jornal do Brasil, 13/05/1990

Da mulher nua à mulher vestida

Vamos e venhamos: como a geração moça está custando a tirar de vez a roupa! Que lento o striptease começado depois da Segunda Guerra! São vinte e tantos anos de espetáculo em busca do *gran finale* que as nossas índias ofereciam em 1500 no primeiro ato.

Vamos e venhamos de novo: muito psicólogo já se referiu à importância da roupa no disparo do mecanismo do desejo. Um deles foi Bernard Shaw. Os antropólogos citaram à saciedade o exemplo das tribos que andam vestidas e cujas mulheres se vestem para os rituais da fecundação.

Vou e venho, pergunto: e nós, os civilizados, fazemos diferente? Não vejo: nós, os civilizados, fazemos tal qual os selvagens; também nas grandes tribos do Rio, de Paris, de Nova York, as mulheres andam vestidas para a finalidade precípua do ritual da fecundação. Com uma ou duas diferenças: entre nós, o rito é diário, prolongado, tomando a maior parte do tempo; e muitas vezes, por outro lado, a fecundação é deliberadamente blefada.

Mas que as nossas mulheres se vestem de acordo com o figurino da fertilidade me parece fora de dúvida. Se esticamos uma parte da cerimônia e abreviamos a outra, isso não modifica a essência do rito. Do mesmo modo, se ludibriamos a finalidade do rito é porque o civilizado acha o prazer mais interessante que a fecundação, mais interessante do que fabricar braços novos para a caça e pesca.

Quanto à nudez, estamos indo, pouco a pouco, mas nitidamente, para o ponto de vista do selvagem. Digo ponto de vista no lugar de intuição, mas o resultado é o mesmo.

A humanidade está cansada de andar vestida, isto é, cansou-se de fazer do rito da fecundação — a roupa — a grande parte do espetáculo. Simplifica-se a peça mudando-se a mise-en-scène.

Don Juan fatigou-se do jogo de correr atrás duma dona Elvira vestida da cabeça aos pés; se esta se despe do vestido que o perturba, don Juan poderá mais tranquilamente ocupar-se dos negócios da Bolsa, da pesca submarina, do bate-papo no clube. Dona Elvira, por sua vez, já liberta das convenções que a atiravam (muitas vezes contra a própria vontade) nos braços de don Juan, poderá mais folgadamente cuidar a casa, ir à praia, frequentar o curso que lhe melhore o meio de vida.

Tal como os índios, ambos pretendem uma vida mais sadia, mais natural, menos complicada; ele vai à caça; ela cuida a casa; serenos; ninguém aborrece ninguém; certos de que, por um acordo simples, há de chegar sem complicações a hora da fertilidade ou do prazer.

Para atingir essa serenidade paradisíaca entre homem e mulher, a falta de roupa não é tudo, mas é muito. Com roupa é que não é possível; com roupa se perpetua a maldição que acorrenta Adão e Eva desde o fracasso original do Paraíso. Ela e ele buscam, não tanto a pureza, mas a tranquilidade perdida. Adão e Eva chegaram afinal à conclusão de que é estúpido consumir os séculos todos gastando o tempo na prática da sedução. O derradeiro incêndio do mundo há de encontrar o homem e a mulher como no início da criação: ambos nus no jardim, dois numa só carne, e sem se envergonharem.

Até lá, naturalmente, daremos algumas voltas: idas e vindas, remoinhos de transição, aproveitadores de ocasião, revoltas pudicas, incompreensões morais.

Havelock Ellis anotava que nas ilhas britânicas existia o tabu da nudez, mas que nem sempre foi assim. No século XVIII, mulheres de alta linhagem podiam andar nuas em certos distritos da Irlanda.

Samuel Pepys dá notícia de pessoas excêntricas que faziam isso até nas ruas de Londres. Já no princípio do século, o autor de *On life and sex* acreditava que o tabu da nudez começava a deslocar-se, anunciando portanto, com os novos costumes, uma nova moral.

Por mim, gosto de imaginar um desses períodos transitórios, quando o homem, já livre do tabu da nudez, ainda não tiver alcançado a liberdade total, adquirindo, por um momento histórico, como um vício, o tabu da roupa. Então haverá coisas absurdas, assim: o álbum de família, com suas damas embrulhadas em roupas, será escondido das crianças; a paquera de binóculo se fará no inverno; uma jovem dirá a respeito duma terceira: você precisava ver que pavor é a Teresinha vestida; no tempo frio, ao entrar a visita, a mocinha, apanhada em pijama de flanela, irá correndo para o quarto, de lá voltando em recatado biquíni; a mãe dirá à filha: "Vá tirar essa roupa imediatamente antes de sair"; o striptease será às avessas: a moça vem ao palco nua e, vestindo-se aos poucos, arranca murmúrios da assistência masculina, enquanto a plateia feminina resmunga: "Que descarada!".

E na festa que está para corromper-se em orgia, de repente, dominando o barulho, uma voz cínica e imperativa gritará: "Todo mundo vestido!".

Manchete, 07/07/1973

Achando o amor

Ele tem quinze anos, calça 42, usa cabelos razoavelmente compridos. Estava num bar do Leblon, na companhia de castigados adultos. Estes tomavam uísque; o rapazinho tomava a segunda coca média. Quando os homens-feitos já tinham falado sobre mulheres, o time do Flamengo, o custo de vida, reviravolta política dum país africano, desastre espetacular no Aterro, música da moda, o Silêncio entrou no bar e empapou tudo como gordura. Um silêncio hepático ou pancreático ou esplenético. O silêncio que intoxica os etílicos. Para agravar o oleoso drama, era aquela hora da noite, já um pouco tarde para o jantar doméstico e ainda um pouco cedo para a irresponsabilidade. O encaroçado *point of no return* dos boêmios.

Aí o jovem disse que estava juntando dinheiro para comprar um sabiá. Talvez não comprasse um sabiá, mas um curió. Ia para o colégio de ônibus porque sempre estava em cima da hora, mas voltava a pé. Não comia sanduíche no recreio. Sabiá tá caro! Vendedor de passarinho tem muito trambique. Ele chateou tanto um, ali naquela lojinha de Ipanema, pedindo abatimento para pintassilgo, que o homem acabou lhe ensinando onde se compra pintassilgo mais barato na cidade. Tinha em casa azulão, canário, bigodinho... Teve bicudo, corrupião, mainá... O triste é que passarinho morre.

Então os etílicos foram buscar passarinhos no fundão do tempo e começaram também a passarinhar. O bar noturno virou um viveiro de cantores e cores. O Silêncio voltou de novo, mais limpo, exorcizado.

O jovem retomou a palavra: o passarinho que mais o entusiasmou a vida toda não cantava nem era dicionário por não saber se o certo era chopim ou chupim.

O chupim põe os ovos em ninho de tico-tico, e é este que cria os filhotes. Tinha descoberto numa árvore da lagoa Rodrigo de Freitas um ninho de tico-tico com um ovo de chupim. Quando o chupim nasceu, o problema era mantê-lo vivo: arranjou um conta-gotas e, todas as tardes, depois das aulas, subia à árvore e descia alimentos líquidos pela goela do filhote. No momento certo, levou o chupim pra casa. O passarinho não ficava preso pelo menos grande parte do tempo, mas pousando num galho de arbusto decorativo. Saía às vezes para passear com o chupim e a cachorrinha: ele na frente, o chupim andando atrás, a cachorrinha saltitando em torno. Bastava um gesto e um assovio para que o chupim decolasse e viesse pousar em seu ombro. Espetacular! Pouco depois, passou a lançar o passarinho pela janela; ele sumia durante uma ou duas horas, pousando à tarde na amendoeira de defronte; um assovio, e o passarinho entrava pela janela, pousando no ombro do dono. Como um falcão amestrado! Mas era um chupim, um triste e feio chupim!

Uma tarde, quando o passarinho andava lá por fora, caiu a tempestade. O chupim não voltou. Ele ficou à janela até depois de escurecer; mas o chupim não voltou. Esperou ainda durante uma semana, sabendo que esperava sem motivo. Confesso que fiquei triste às pampas, disse o jovem.

Aí o Silêncio que entrou parecia uma enorme bola de sabão, uma coisa que não vale nada, mas que nos inquieta de leve quando se desfaz.

O jovem arrematou: É engraçado, eu senti por aquele chupim um negócio esquisito. Eu não tenho vergonha de dizer pra vocês: chorei por causa do meu chupim... uma coisa profunda mesmo... ora, eu amava aquele chupim... Agora é que tou entendendo: o que eu tinha pelo chupim era amor.

Manchete, 11/10/1969

De Gonzaga para Marília

Era uma vez, Marília, um homem que não podia esquecer, nem esconder bem escondido, um nome de mulher. Era um homem doido por essa mulher. Por isso não podia esquecer, nem esconder-lhe bem escondido, o nome. E como ele precisasse escrever de vez em quando o nome dela, passou a fazê-lo em pedaços de papel, mas entre aspas disfarçadas, como se fosse o nome de qualquer edifício ou dum navio. Depois, Marília, começou a usar cedilhas impertinentes, acentos impróprios, barbaridades ortográficas, inversões de letras, interrogações patéticas, reticências dubitativas... Mas, *ça va de soi*, Marília, não bastava, e ele costurou o nome por entre o forro do casaco. Sim, costurou. Mas o nome começou a reluzir por toda parte: no teatro, nas páginas do crime, nas colunas sociais, nos letreiros de cinema, nos artigos de perfumaria, nas latas de conservas...

O homem doido por uma mulher estava, Marília, ficando era doido de todo. Pelo menos, era o que diziam os vizinhos e os colegas.

E ele continuava a esconder o nome dela. Mas, se o escondia

nas calhas, as chuvas cantantes o expulsavam; se o ocultava no espelho do banheiro, com sabão de barba, vinham olhos indiscretos espreitar na fechadura; no seu coração, ah, seu coração era como porta giratória, por onde todos entravam e saíam, sem dar a mínima.

Marília, o homem teve uma ideia: escondeu uma letra do nome dela na areia de Copacabana, outra na estação do Rocha, outra em Del Castilho, num tronco de goiabeira, outra no lodo duma piscina em Friburgo, outra num programa de cinema, outra no belvedere de dona Marta, de onde se avista o Rio todo com assombro, Marília. Mas os ventos da cidade juntaram os fragmentos, e um avião no céu escreveu todo o nome com uma fumaça linda, e a televisão lançou um novo chocolate com o nome. Com o nome dela, Marília! Ele passou a ficar mais cauteloso. Só lhe escrevia o nome ao revés, nos banheiros sombrios dos quartos de hotel, no meio da noite, com um cigarro aceso, se por perto não passava ninguém.

Ih, numa linda manhã, o nome apareceu escrito na testa mesmo do homem, com as letras todas lá, fluorescentes, como um posto de gasolina na beira da estrada. O homem saiu correndo muito tempo, para muito longe, e chorou demais, e esfregou a testa, primeiro com areia, depois com seixos miúdos, depois até com cascalho grosso, e só voltou para casa um pouco antes do amanhecer, pálido, pálido, sem um dedo de pele na testa. Mas dessa vez ele dormiu, de tão cansado e triste, e nem sonhou.

No dia seguinte, Marília, sabe o que aconteceu? Quando ele sentou na cadeira do barbeiro, o nome estava de novo na cara, agora escrito em cima do lábio, como um bigode maluco. Para esconder o nome, ele deixou crescer um bigode de verdade, como o bigode de seu avô lisboeta. Quase três semanas descansou. Ao fim desse tempo, horrorizado, viu, viu que a sua mão não lhe obedecia mais, desandando a escrever o nome dela em todos os lugares, no dinheiro que recebia mensalmente no guichê, n'*O Globo*, nas folhas das amendoeiras, nos maços de cigarro, nos cartões de chope, nas toalhas manchadas de restaurante da cidade, nas passagens aéreas de Brasília, nos despachos que enviava à consideração superior. Ele era doido pela mulher, Marília, e tinha medo. Então, ele cavou um buraco bem fundo no fundo do quintal e lá dentro enterrou o nome. Depois rezou. Mas a terra começou a bater de leve como se lá dentro pulasse ainda um gato vivo. O bicho não queria morrer, Marília. E o pobre homem, suando frio, nas noites mais longas, ficava jurando que não sabia o nome dela, que tinha se esquecido, que não sabia, jurava que não sabia, nunca mais. Mas o nome, doído, vivido, revivido, partido em pedacinhos, corroído em ácido, queimado no fogo, afogado no mar alto, o nome renascia, pulsava, brotava, respirava, ardia, ressoava, mexia, o nome. E às quatro horas duma segunda-feira, quando ele batia com dois dedos na máquina um expediente, o nome começou a gritar, todo articulado em sua boca, com suas vogais suaves como o leite, com suas consoantes guturais e fricativas, o nome. Foi-lhe concedida uma licença especial para tratamento de saúde, é claro, e o homem embarcou para Buenos Aires a fim de espairecer, ver se olvidava. Em Buenos Aires, no Palermo Chico, apanhou uma bruta pneumonia e teve febre de quarenta, tomou penicilina, quase morreu de choque anafilático, mas não morreu. Ficou bom, bonzinho. Chegou a namorar a enfermeira, à qual costumava dizer, brincando: *"Hay momentos en que no sé lo que me pasa"*. Depois voltou para o Brasil, reassumiu suas funções, até o chefe veio cumprimentá-lo, e esqueceu completamente o nome.

Só que às vezes ele ainda se lembra.

Manchete, 13/05/1964

Olhar de mulher

Quem ama o feio bonito lhe parece. Esse conceito é relativo e dependente: vale como verdade apenas dentro de um grupo, em determinado espaço de tempo. Equivale dizer: quem acha bonita uma pessoa que parece feia à maioria não se dá conta de seu erro. Erro estatístico, histórico ou social, mas não estético. O sentimento estético, este é uma misteriosa disposição individual. Em outras palavras, a criatura bela é bela para um grupo, como resultado da soma de dois fatores: inclinações naturais comuns e convenções sutis que se transformaram em segunda natureza. Assim, paradoxalmente, quando o indivíduo acha bonita a pessoa que aos outros parece feia, só aí houve intervenção do senso estético. Possuir senso estético é exatamente a capacidade de poder achar bonito o que aos outros parece feio. Contrariar o gosto geral do clã é ter senso estético; concordar com ele é atestar uma boa conformidade biológica. Argumentar é enjoado, mas temos de concluir: quem ama o feio tem senso estético; quem ama o bonito tem senso social. Por isso mesmo, os concursos de beleza não deveriam ser julgados por um júri limitado, mas pela multidão; o membro do júri corre o risco de projetar na escolha o seu próprio senso estético (caso o possua), mas a multidão não errará nunca, escolhendo fatalmente a mulher encantadora, a mulher que fala ao erotismo da maioria de uma cidade, de um país, de uma raça. Sair disso é cair na estética, na arte, domínio no qual as idiossincrasias prevalecem sobre as tendências coletivas do indivíduo.

A mulher sabe instintivamente como ficar o mais parecido possível com essa imagem que a maioria faz da beleza. Toda mulher é a artesã de si mesma; a finalidade dessa disposição artesanal é estudar e retocar o seu tipo até que este corresponda ao tipo que os homens de seu clã admiram e as mulheres invejam. A essa abdicação de suas qualidades individuais, em nome de um perfeccionismo tribal, dá-se o nome de afirmação da personalidade. E o é. A contradição é aparente. A mulher afirma a sua beleza e personalidade à medida que for tão intensamente parecida com as outras todas que se destacam. Marilyn Monroe se tornou a deusa da religião erótica americana porque se parecia exatamente com todas as mulheres americanas. Era intensamente o que as outras eram; era um ser coletivo; um batalhão de mulheres corporificado em uma única pessoa; uma imagem que não destoava das paredes de todos os quartos americanos; a mulher que todos os americanos queriam e mereciam! Pobre moça! Creio não ter resistido à tensão crescente de pertencer a milhões de homens; ainda que fosse da cabeça aos pés talhada para eles. Mostrou, coitada, que também se morre do amor de uma nação.

Refletir sobre a beleza humana, estudar-lhe os acidentes históricos e geográficos, é uma humilhação. Todos que o fizeram de olhos abertos chegaram à mesma conclusão, à conclusão antiga, cansada e cansativa: quem ama o feio bonito lhe parece; quem ama o bonito jamais poderá ter a certeza de possuir antenas estéticas altas e sensíveis. Dentro do teu grupo, da tua cidade, do teu país, da tua época, olhando, comparando, podes aquilatar teu gosto pelo gosto geral; em termos absolutos, continuamos na escuridão.

A espécie humana não sabe o que é a beleza humana. O que não tem a menor importância, desde que cada um, para contentamento particular e coletivo, possua aquela faculdade que lhe permita amar como bonito o que também aos outros pareça bonito. Quem se opuser a isso, como já disse, passa para o campo estético e lhe aguenta as consequências. Um observador paciente, elogiado por Darwin, diz que qualquer índio americano responderia que a mulher bonita tem as seguintes feições: cara larga e chata, olhos miúdos, ossos do rosto altos, três ou quatro riscos pretos nas bochechas, testa baixa, queixo largo e chato, pele tisnada, nariz em gancho, peitos até a cintura. O próprio Darwin, ao analisar os caracteres sexuais secundários do homem, leva muitas páginas exemplificando a pluralidade do gosto estético: o que é deformidade para certos olhos seria excelência para outros; a cor branca, a Raquel Welch em pessoa, causaria repugnância a muitas tribos africanas. Ora, dirão, não se pode comparar o gosto selvagem ao gosto civilizado; não é verdade, pode-se; é pela espontaneidade primitiva que podemos deslindar um pouco o embaraço a que nos levou a sofisticação mental; além disso, dentro dos mesmos planos civilizados, a valorização da beleza muda ainda mais depressa do que a moeda; os chineses, para ficar em um exemplo, achariam odiosos os mais renomados narizes italianos do momento: as mulheres que encantaram Rubens e outros pintores ainda existem hoje em dia, mas, em vez de se exibirem na praia, frequentam os massagistas e passam fome, em nome da beleza que está na moda; até se poderia dizer, como Rubens ficou e seus modelos passaram, que os valores de um quadro são menos instáveis que os valores das formas e das cores da beleza feminina.

Mas voltemos a Darwin. É curioso que o grande sábio, ao arrolar as diferenciações do homem em relação à beleza, examine longamente como os grupos sociais e raciais reagem diante dos pormenores físicos: cabelos, orelhas, nariz, lábios, queixo, seios, bunda, coxas, pernas e pés. Pouquíssimas linhas reservam para o que nos parece, aos civilizados, uma radiação espiritual cristalizada em opala e outros minerais poéticos: os olhos. A referência diz do gosto do Extremo Oriente pelos olhos oblíquos. Mais nada.

Por quê? Aqui é importante notar que as citações de Darwin se fazem a povos primitivos, exatamente chineses e japoneses entrando como exceção, quando se trata dos olhos. As outras partes do corpo, para primitivos, são mais excitantes, mais agressivas. É razoável que esqueçam os olhos, delicados, onde se espelham as projeções de quem ama. Não entendo é que as gerações de hoje, de nossa raça, nossa cidade, nosso clã, olvidem também os olhos (das mulheres, para simplificar), segundo venho observando há algum tempo.

Nunca ouço um jovem fazer referências, a não ser casuais, aos olhos das moças. Falam das pernas, do busto, das linhas da beleza em geral: omitem os olhos como as tribos da Melanésia ou da Amazônia.

Isso, sim, me parece grave. Porque os primitivos não precisam dos olhos, fazendo do ato erótico um ritual de fecundação, para o qual as outras partes do corpo bastam como fontes de provocação instintiva. Mas nós, os civilizados, se abandonarmos os olhos, cairemos em árido formalismo amoroso. Nós precisamos dos olhos: são tudo que nos restam de primitivo na mulher moderna.

Os bares morrem numa quarta-feira, 1980

Bom gosto e vulgaridade

Andava de passagem pelo Rio um cavalheiro de incurável bom gosto. Finíssimo, simpaticíssimo, civilizadíssimo, moderníssimo, um desses homens que chamarei de adjetivos — ornamentais, diáfanos, vazios — em contraposição aos homens substantivos — carregados de sentido, mas pesadões e opacos.

Nada tinha eu a fazer entre a companhia que cercou o magnífico senhor, não fossem antigas obrigações cerimoniosas, que não chegam à crônica.

Cruzei o saguão do hotel, convencido de que as dívidas dessa natureza protocolar, para a mútua comodidade, são saudáveis com dois apertos de mão e cinco minutos de cordialidades sociais: como vai, que tal a viagem, o Rio está quente, quando pretende voltar (oh! por tão pouco tempo!) e, enfim, infelizmente tenho um compromisso inadiável.

Qual o quê! Enredei-me todo na polidez do cavalheiro, não no sentido de quem se deixa enlear na simpatia, mas no de quem, batendo as asas, cai na gaiola da boa educação.

Quando cheguei, já estava presente um ex-ministro, que

conhecia de retrato. Meia hora depois, a saleta de apartamento estava repleta: o pintor acompanhado de sua terceira ou quarta esposa, um arquiteto, a senhora feíssima, extraordinária soprano no consenso geral, o cidadão muito rico e muito à vontade, um velho que entendia de Giotto, um moço dando a entender que entendia de *Gestalt*, outro que falava francês e inglês admiravelmente, dois adidos culturais, a grã-fina de se tirar o chapéu, e mais duas ou três figuras da maior projeção.

Todo um programa a ser executado. Fomos a três museus, visitamos alguns painéis famosos, almoçamos à beira de uma piscina bordejada de mulheres caríssimas, jantamos em um restaurante refrigerado e francês. Houve música, pintura, arquitetura, digressões sobre o barroco, o ritmo, Matila Ghyka, citações de Koffka, Max Bill (que muitos conheciam pessoalmente), Mondrian (*le rapport essentiel étant donné par deux lignes droites se rencontrant à angle droit*)... Servimos escoceses imaculados e vinhos suaves em copos altos.

Às duas da manhã, devolvido à liberdade, zumbiam em meus ouvidos palavras importantes em várias línguas, movimento, harmonia, equilíbrio, neoplasticismo, *peinture métaphysique, nombre d'or, Staaliches Bauhaus*, espaço modulado...

Enfarado, respirei o ar desonesto da Lapa. Fui andando sem boas ou más intenções e achei a vulgaridade. Surpreendi-me, em primeiro lugar, pedindo uma cachaça no boteco da esquina, em um satisfatório e feliz movimento de vingança. Virei o cálice de um trago, atrás do balcão. Comi um pastel que tinha um sabor gorduroso e velho de infância. Mas não fiquei nisso, acabei entrando, como se não fizesse outra coisa todas as madrugadas, em um cabaré ordinário. Mau gosto esmerado, música ruim, mulheres ruins, ignorantes, usadas, malvestidas.

Uma das bailarinas, gorda, chamejante, feia, linda, veio sentar-se a meu lado. Por um momento, temi que ela desandasse a elogiar a "unidade tripartida". Com uma voz enjoada e mecânica, no entanto, perguntou-me se eu pagava uma cerveja. Pago uma dose. E ela começou a falar sobre a sua vida de absoluto mau gosto.

As prostitutas são expressões demagógicas da vulgaridade, pensei, sem entender bem o que eu pensava, ao dar um beijo na fronte da mulher, um beijo que podia ser um pouco de fraternidade alcoólica, mas que era igualmente um protesto contra a obsessão do bom gosto.

Dancei um samba, um bolero, rumbei uma rumba, e só não fui ao tango porque não sei, não posso, não dou conta de um tango. Mas pude voltar para casa com a certeza de ter readquirido um equilíbrio ameaçado.

Homenzinho na ventania, 1962

Um homenzinho na ventania

O homenzinho era pacato e triste letra *K*. Embriagava-se raramente. Era fraco e pobre, mas de certas manhas atrás da timidez. Morava na Glória, tinha filho de quinze anos e mulher fiel e feia.

Alegando crise de asma, fechou o ponto às três horas. Dez minutos depois, podia ser visto a pedir docemente uma cachacinha no Flor de Lótus. Às quatro, em outro botequim da Esplanada, golpeava o balcão com destemor: "Me dá uma vela acesa aí".

Serviram-lhe a cachaça. "Barra limpa?" O senhor não deve nada, informou-lhe o empregado. "Então, outra vela acesa aí." Às cinco e pouco, o homenzinho revelava, aos comedores de pastéis de outro boteco em pé, que era o dia de seu aniversário. Quarenta anos! Um bêbado cantou-lhe arrastadamente parabéns a você. "Duas velas aí."

Às seis, esperava os companheiros num bar. Mulher e filho o aguardavam para a comemoração. A essa lembrança, ingeriu duas aspirinas e quatro comprimidos contra acidez. Passou a beber uísque nacional.

Às cinco da madrugada, depois de ter dormido sobre a mesa,

quando três conhecidos o abandonaram, o leão de chácara duma boate do Leme tomava-lhe todo o dinheiro da carteira, insuficiente para a despesa. Hoje é dia de meus anos, tentou explicar. O gigante empolgou o homenzinho pela orelha e o atirou na calçada. A porta se fechou.

As forças que compõem o equilíbrio de todas as coisas pareciam desatadas sobre a Terra. Sem saber que sopravam sobre o Rio ventos de oitenta quilômetros por hora, nada entendeu o homenzinho, a não ser que estava sendo atraído para o mar. À primeira lufada, doeu-lhe o peito asmático. As árvores faziam ângulos agudos na tormenta. Quis andar, não conseguiu. Insistiu, foi empurrado para trás. Sua consciência se desfazia dentro do torvelinho. Devem ter jogado a bomba, pensou.

Era a fragilidade mesma contra a estupidez da ventania. Suava frio, cabelos arrepanhados, roupas em desalinho. Com esforço, tentou aproximar-se da boate; perdendo o equilíbrio, foi catapultado a três metros para trás, batendo de costas na amendoeira, que o reteve. A mão direita sangrava. Amêndoas arrancadas pelo vento o bombardeavam. Colando as costas ao tronco, agachou-se até sentar-se. Doía-lhe a espinha. Protegendo-se com os braços, começou a pensar na maneira de livrar-se da ventania.

A madrugada, embora meio escura, ardia-lhe nos olhos míopes. Depois de limpar o ferimento, levantou os óculos a fim de passar a ponta do lenço nos olhos. O vento arrebatou-lhe o lenço. Na ânsia de agarrá-lo, os óculos foram sacudidos sobre a calçada. Um dos vidros partiu-se na queda, o resto rodopiou na esquina e se deteve no hidrante. Sem óculos, o mundo ficou mais remoto e indeciso. Sua visão, medíocre desde a infância, era agora agravada pela embriaguez e pelo grande vento que confundia o mundo. Apertando as pálpebras, quis descansar um pouco, mas, se um sentido declina, outro se esperta, e passou a ouvir melhor o alarido, a algazarra das árvores, as contorções estrepitosas do mar, vidraças que se estilhaçavam, objetos que se despencavam, numa selvagem modulação de uivos, zunidos e assovios. Reabriu os olhos, tapou os ouvidos.

Espessas nuvens de pó em rajadas rudes. Folhas de papel, gravetos, galhos se projetavam sobre seu corpo. O homenzinho sentiu medo e gritou por socorro. Punhados de poeira entraram-lhe na boca; cuspiu, tossiu, convulsivo, vomitando sobre as pernas, sentindo a necessidade de chorar. Mas um homenzinho não chora.

Das vizinhanças chegavam ruídos de garrafas entrechocadas. Esperou que uma porta se abrisse. Nada. A arruaça do vento não lhe permitia localizar os tinidos. Gritou por socorro pela segunda vez. Voz débil, pulmões cansados. O vento violento encarregava-se de transformar em nada, num vagido pueril, que se esgarçava em mil fios inaudíveis, o apelo.

A lente intacta, presa à armação, continuava detida no hidrante. O sensato era buscá-la. Ergueu-se com dificuldade, sempre enganchado ao tronco, urinou a favor do vento, que rugia mais brutal e excêntrico, assanhando a rua. Uma tonteira enegreceu, e dessa vez era certo ser compelido como um espantalho que o mar engole. Por que não seguira para casa na véspera? Mas quem pode saber?

Esfolando-se todo, ganhou o chão outra vez. Girando, colocou-se de outro lado, de onde distinguiu o que sobrara dos óculos. Repelões enviesados começavam a desprender a armação da saliência na qual se enganchara. O vento ia atingindo a força plena que lhe fora prometida; o homenzinho entrava relutante no crepúsculo. A amendoeira começou a estremecer nas suas raízes, assim como deve ser um terremoto numa pequena ilha. Perturbado com a própria decisão, o homenzinho soube que iria naquele instante sair em busca da lente. Primeiro, enrolou-se em si mesmo como um tatuzinho; estatelou-se no chão como um lagarto;

começou a rastejar como uma cobra. Mar e vento gritavam. A empresa até o objeto era coisa de três metros. Percorrera a metade do caminho, quando um pesado galho abateu-se com brutalidade na sua cabeça. Rastejou ofegante, a mão atingiu a ponta dos óculos, a lente se desprendeu, rolando até a rua.

O homenzinho apanhou o vidro e reiniciou a viagem de volta, arrastando-se. Vibrava a amendoeira na torrente aérea. Através da lente sentiu o alívio de ver o mundo retornar a uma relativa nitidez. Mas a porta da boate se abriu e o leão de chácara apareceu, inspecionando a tormenta. Quando deparou com a figura suja e descomposta, um braço argolado à árvore, cara contraída, a mão segurando um vidro perto do olho, o ciclope foi tomado de animada fúria de riso, convocando os garçons ao espetáculo. Sem palavras, com um gesto pobre mas inteligível, o homenzinho pediu permissão para entrar. Aí está mais fresco, gritaram-lhe. Então um pouquinho d'água, balbuciou. *Just a moment, sir*", respondeu-lhe o maître, curvando-se. O homenzinho começou a arrastar-se até a porta. O maître atirou-lhe em cima um balde de água suja. O rapaz mais excitado com o bom humor do chefe ainda perguntou: "Melhorou a sede?". Cambadas disso-assim-assim, respondeu o homenzinho. O garçom apanhou um pano encharcado e lhe enrolou o trapo imundo na cara.

Os homens bateram a porta. Livrando-se do panejamento, pensava em nada o homenzinho. Fadiga, embriaguez, vento colérico, impotência, enjoo de estômago, mal-estar profundíssimo, insegurança total reduziram-no a uma coisa miserável, que respirava. Depois, chiando e gemendo, retornou à árvore, como uma lesma maltratada.

Sujo, aviltado, sem dinheiro, não teve coragem de chamar o táxi, tresmalhado, que passava. Chamar, chamou, mas com um ganido débil de quem não espera ser atendido.

Um balaio de taquara repicou pela rua como um dançarino

de balé burlesco. Atrás revolteava-se um caixote. Teve uma ideia. Segurando o caixote aos trancos, firmou-o contra a árvore, sentou-se no vão, todo encolhido, de costas para o vento. Já era alguma proteção, não o suficiente para acender um cigarro. Melhor, consolou-se, o fumo iria piorar-lhe a dor de cabeça.

Sede e asma o consumiam. Um jornal veio bater-lhe às mãos. Através da lente, viu que se tratava duma folha do segundo caderno do *Correio da Manhã* de 22 de agosto de... 1950. A data o imbecilizou um minuto, mas, com esforço mental, foi-se convencendo de que nada havia de extraordinário no fato de chegar até ele, na ventania desvairada, um jornal de mais de dez anos passados. "Fracasso absoluto do Flamengo." Perdera de seis a zero para o Bangu. Biguá e Juvenal. Garcia no gol. A derrota não o magoava mais, no entanto, a lembrança em si (o impossível do tempo) bordou no drama do homenzinho umas estampas patéticas de que não seria capaz em outra circunstância. Ele penetrava naquele instante o reino dos mortos: a dor moral, incomparável, colocava um bálsamo em suas feridas, as físicas e as nascidas da vaidade.

Na página oposta. Seu signo era Virgem: "Alguns ajustes se impõem se você quer continuar a progredir. Pouco menos de independência, mas maior segurança. Se sonha com o casamento, não hesite. Se já é casado, reserve-se a surpresa de porte. Se tiver projetos de viagem, não perca tempo".

Recortava o horóscopo com o dedo, quando viu uma forma parda junto da parede. Uma caderneta de endereços? Uma carteira de notas? Esquecendo as prudências, ergueu-se do abrigo e atravessou, cambaleando, a curta distância que o separava do objeto, precipitando-se sobre o mesmo como fazem os goleiros, quando a bola, ainda viva, fica a carambolar dentro da área.

Era uma carteira. Talvez contivesse a quantia suficiente para um táxi até a Glória. Preparava-se para rastejar até a base, quando o caixote desembestou-se pela rua, caindo no mar grosso.

Sentado sob a árvore, trêmulo, suando frio, abriu a carteira: as notas de cem mil cruzeiros — numerosas. Seu estado era por demais desarrumado para a visita do anjo da alegria, mas a visão do dinheiro, enérgica em si, veio deixá-lo mais bêbedo, mais perturbado, fazendo ressurgir em sua mente a turbulência da noitada. Levantando-se, começou a gritar os melhores palavrões para a porta da boate, dizendo que ia pagar sua dívida, que não ficava devendo nada a isso-assim-assim nenhum.

O vento atingira o auge do acesso; o homenzinho também. Mas ele ia fazer um gesto irrecorrível: puxou as notas todas, mais de dez, formando um leque. Fatal: o vento arrancou-lhe tudo de um só golpe. O homenzinho começou a rir, um riso sem graça, sem nada, sincero e duro, e pesadamente sentou-se. Estalava-lhe a cabeça, chiava-lhe o peito, doía-lhe o corpo. Vomitou bile amarga. A cruel convulsão o fazia gemer: "Ai, meu Deus! ai, meu Deus!".

Mas um homenzinho não chora, enrola-se no chão e espera a morte. Pelo menos, sente a esperança de desaparecer.

Descalça, em farrapos, suja com a sujeira, rindo-se, o saco de linhagem nas costas, para a colheita farta do papel, apareceu a mendiga. Dando com o homenzinho, ficou séria. Ele também sério, procurando descobrir por arte de que prodígio a mulher conseguia caminhar no furacão. Perdendo um pouco o equilíbrio, a mendiga riu-se de novo, prendendo o sorriso sem dentes durante algum tempo, na eterna expectativa da reciprocidade de todos os gestos do coração. Mas o homenzinho ficou opaco como um homem de pedra no jardim. Cônscio de seu papel superior do homenzinho letra *K*, desistiu da ideia de pedir à pobre coitada que lhe fizesse a fineza de dar um recado ao vizinho que tinha telefone. Aquela mulher não atingira o telefone, o ventarrão desfraldava-lhe a saia. A calça dela era azul, esburacada e imunda, mas azul. Eu, hein, riu-se a mulher, colocando o saco no chão;

eta vento sem-vergonha! Na verdade, o olhar canino do homenzinho é que a envergonhava, sem saber mais se ia ou ficava. "Nossa Mãe do Céu, parece até o fim do mundo!" Virando-se bruscamente: "Qué?". O homenzinho não viu nada, mas a mão da mendiga trouxe de um lugar oculto nas dobras da saia encardida um pão pequeno, um pão bonito e puro. "Qué? Tá quente ainda, bobo. Comprei agorinha mesmo." O gesto de oferta ficou paralisado. "Pega; tou com fome nada." O homenzinho resmungou conspicuamente: "Estou morrendo é de sede". "Água, como é que vou dá água?" E a mendiga se foi, comendo o pão. Antes de desaparecer na esquina, gritou: "Daqui a pouquinho o vento sossega, cê bebe água".

Tinha febre o homenzinho. Durante algum tempo não aconteceu nada, senão o vento e as coisas do vento, entre gravetos, galhos, folhas, latas, papéis, nuvens de pó, passou um tanque de guerra de brinquedo, reluzente na sua pintura, lançando fogo por um canhão de duas bocas. No apartamento térreo de defronte, amassado à vidraça, um rosto. A lente revelou uma garota deslumbrada com o parto da ventania. Desaparecido o brinquedo, a criança descobriu com alegria o homenzinho, acenando-lhe a rir. Muito pequena, era inútil tentar fazê-la compreender que ele precisava de ajuda. Se o vento despregasse o homenzinho da árvore e o carregasse para o mar, ela bateria palmas. Talvez. Quem sabe de fato o que se transmite da retina ao espírito de uma criança? Sabe-se que, de repente, agarrada por mãos invisíveis, a garota saiu voando de camisola vermelha, voando para trás como um beija-flor. Devia esperá-la sobre a mesa um imenso copo de leite morno. Talvez.

O homenzinho ficou só. Nas torres verdes dos aeroportos os homens mediam o vigor e o gênio do vento. Possível que entrasse em declínio dentro de um quarto de hora.

Um caminhão de feira, ao fazer a curva, foi agredido frontalmente pela ventania. Dois caixotes de laranjas tombaram. O motorista freou o carro, começou a recolher as frutas. Recuperadas quase todas, preferiu voltar ao caminhão, pois outros caixotes estavam ameaçados; ajeitou melhor a carga e partiu, sem lobrigar o homenzinho. Este rastejou até o meio-fio, apanhou uma laranja, descascou-a com os dedos trêmulos, bebeu-lhe o caldo, ávido. A sensação de alívio na garganta o comoveu; aqui, compadecido de si mesmo, um homenzinho chora. E o homenzinho chorou.

A comoção agravou o mal generalizado que o dizimava por todas as sensações que somam as parcelas de um serzinho humano. Taquicardia e falta de ar levam-no a ombrear-se com a morte. O infarto. Ou enfarte. Não que agora se importasse de morrer, queria morrer, mas sobre uma cama de lençóis limpos, assistido pela mulher, o filho e um médico. Consolo para corpo e alma; morte sem dor demais.

Tirou do bolso a carteira, olhou, como se fosse despedida, o filho, a mulher, ele, um homenzinho de roupa nova, sorrindo, fazendo quinze anos de casado, amando a brisa que refresca o trópico. A esta hora, o filho talvez o procurasse pelos botequins da Glória. A mulher em casa, distúrbios neurovegetativos, bordando a interminável toalha. Sou um crápula, descobriu afinal o homenzinho, que cultivava o jardim das palavras esdrúxulas. Logo ontem, quando fazia quarenta anos! Réprobo!

Guardou os retratos, pois o vento desbaratava as folhas mais novas da amendoeira. Olhou para cima, sentiu um golpe contundente no flanco esquerdo: dentro da gaiola despencada, ainda vivo, um sofrê. O homenzinho abriu a portinhola, tomou o corpo quente do passarinho na palma da mão. Do outro lado da rua, uma laranja. Segurando a ave na mão esquerda, começou a arrastar-se até lá, de novo excitado, murmurando: "Você não vai morrer, passarinho…".

Foi a mais dolorosa jornada. A fim de evitar os golpes bruscos sobre a mão esquerda, erguia-se nos joelhos, e de joelhos caminhava alguns metros, chiando de asma, gemendo de dor, chorando sobre a grande miséria que está perto de tudo: exausto, tombava de bruços, molhava o passarinho em lágrimas, até que lhe voltassem os restos de força. Atingida a laranja, o poder do vento estava contado. Guardou a fruta no bolso e empreendeu a viagem de regresso, a roupa dilacerada, mãos e joelhos sangrando, lágrimas de ódio, de compaixão etílica, lágrimas turvas, grossas. Na metade da rua, perdeu os sentidos, estendendo-se sobre o asfalto como um crucificado. As mãos se abriram, o passarinho rolou, piando, até parar de encontro ao rosto do homenzinho. Ou homem. Um monte de lixo, vindo de uma lata revirada, envolveu o seu corpo, na sagração da primavera de Copacabana. Voltando a si, abriu os olhos míopes, sem entender. Quando entendeu, virou-se devagar para o céu cor de ratazana e falou: "Chega, chega!".

Erguendo-se com vigor sobre os joelhos, terrível como um rei que perdesse as pernas na batalha, e ainda assim avançasse, chegou à amendoeira. Colocou o sofrê no bolso, descascou a laranja, pegou o passarinho, abriu-lhe o bico, por onde deitou algumas gotas de suco. Mas estava morto o sofrê. Morto, sujo de terra e sangue, consumado. No círculo de terra em torno da árvore foi cavada com as unhas uma cova.

O vento sossegava. O homenzinho abriu a boca e dormiu, chiando na infelicidade do acesso asmático.

Duas horas depois, o sol brilhava sobre o Rio. Acordou ardendo em sede. Pessoas passavam rindo, lojas abertas, tráfego estridente, tudo voltara à normalidade. Levantou-se doído, cambaleante, amargo, olhou através da lente, e começou a caminhar dramaticamente até a Glória.

Quando a mulher lhe perguntou, chorando, o que tinha acontecido, o homenzinho respondeu: "Nada".

Manchete, 21/10/1961

Prosa primitiva

O mundo está cheio de nós.

Não pertencemos ao reino.

O mundo quer ser invisível.

A flor, enjoada de nosso lirismo até a raiz, pretende consumir no silêncio o nome que lhe demos.

A integridade do mineral reage à nossa forma em desintegração.

A alma compacta do animal se incompatibiliza com as numerosas almas transitórias de cada homem, fluidas ou pegajosas, insinuantes ou bloqueadas de súbito, mas interminavelmente excêntricas.

O mundo está cheio de nós. Vê-se à luz do sistema solar o ridículo de nosso tempo; o curto compasso de nossos metrônomos.

Quando a moabita apanhava espigas de milho no campo de Booz, as constelações viram o fulgor do atol de Bikini.

Hesíodo começou a frase cujo final se cristaliza agora no inconsciente do menino poeta.

A primeira roda mal se encaixou na engrenagem do computador.

A pressa da nossa morte envergonha o universo; quem mede o que não existe será triturado desde a idade da razão.

O mundo está cheio da nossa razão.

A vida é o que existe e não é razoável.

Só o homem é indefensavelmente razoável na atonalidade extraordinária de tudo.

Separamos o orgânico do inorgânico.

O morto do vivo.

O quadrado do círculo.

O bom do mau.

O feio do bonito.

O alegre do triste.

O de dentro do de fora.

O mundo está cheio de nossa alegria e de nossa tristeza.

Estamos amputados do contexto, medindo, denominando, classificando.

O universo, que antes nos hospedou com indiferença, passou ao desprezo e talvez ainda chegue à repugnância final.

Nossas lágrimas não fecundam; o hálito de nosso riso não vivifica; talvez o nosso cadáver interesse ao cosmo, nada mais.

O cosmo está cheio de nós.

Pelo menos, por força de nossa incompetência, conseguimos ficar indesejáveis.

Os ratos nos espreitam com desconfiança. O gênio do homem nasce do terror.

O mar talvez tente expulsar-nos da praia; o propósito do sol é extinguir-nos; um dia, não suportando mais o vento, entraremos em processo de erosão.

O boi e o cavalo estão cheios de nós, o que lhes resta de nobreza.

96

Humaniza-se o porco em nossa intimidade e engorda.

O pássaro tudo faz para tornar-se invisível na gaiola.

A noite quer apagar nossos fachos; o dia quer redimir nossas galerias.

O cipreste hostiliza nosso rito funerário.

Na sala de Conselho de Ministros o arbusto está ausente.

A árvore jamais nos tomaria por símbolo de nada.

A ciência parte sempre da árvore abstrata. Só o louco deseja ser uma árvore.

Os melhores entre nós estão mortos ou vão morrer cedo.

Os piores ocupam com fervor o púlpito, a tribuna, a cátedra.

Somos os aflitos, os neuróticos, os enfermiços, os aduncos, os reenchidos de nós mesmos.

A presunção, casca de nossa ferida, coça sem parar.

Somos os chatos da Via Láctea.

E a Via Láctea está cheia de nós.

Ah, como são humanamente áridos os nossos símbolos! Como fabricamos dia a dia a humilhação e a violência do nosso exílio. Como é agônico e mendigo nosso amor! Dividimos, para reinar, as cores do espectro, as forças da matéria, a unidade da vida: somos a aristocracia do imaginário e da moral.

O mundo está cheio da nossa moral infectada.

Quem estiver satisfeito com a nossa moral atire beijos aos legisladores.

Os gatos se contagiam de nós — e não prestam.

Os cães se acovardam ou se fazem brutais — e não prestam.

As feras sentem asco de nossos olhos quadriculados.

O mundo quer ficar sozinho de nós.

As moscas nos preferem depois do óbito.

Construímos um altar; dos restos do altar fizemos um castelo; com as pedras do castelo estruturamos a fábrica; dos despojos da fábrica talvez façamos outro altar.

Ao Supremo Tecnocrata.

Nossa cultura é uma empreitada de demolições. Mas somos pobres e utilizamos o material arruinado.

O mundo aspira a uma desumanização integral de vales e montanhas e mares e ilhas e rios.

Sem os homens, o mato caritativo cobrirá os nossos nomes.

O ar está cheio de nós.

O fogo está cheio de nós.

O chão está cheio de nós.

Não demos certo.

Inventamos a missão absurda.

O mundo está cheio de mim.

Talvez ainda me sobre, última complacência, colhida na concha trêmula da mão, um gole de água.

Manchete, 02/03/1968

De repente

E de repente, caminhando nesse dia de novembro, atribulado de deveres, no ano trigésimo quinto de minha história confusa e malbaratada, quando todas as amarguras já bebi, nem de todo sábio, nem de todo bobo, não tendo outro propósito no espírito senão o de abrir bem os olhos, pegar os objetos, ouvir, provar os vinhos turvos, respirar este aroma vegetal de outras tardes antigas, receber, enfim, a dádiva dos sentidos e cumpri-la, aquecendo-me ao sol, molhando-me na chuva, banhando-me no mar, de repente, em meu caminho, cruzando por um cego embriagado e crianças de uniforme, imaginando com remorso que a gente esperdiça tempo demais a trabalhar sem amor, de repente, sem qualquer disposição para o jornalismo, grave e sereno às quatro horas da tarde, empenhado em não deixar o dia partir inutilmente, dedicando-me com toda a honestidade a enamorar-me do mundo, pelo menos deste momento irresistível, de repente ocorreu-me de novo o milagre, e doeu-me — coisa espantosa — uma saudade magnífica de Paris na primavera, os plátanos agitando as ramas no ar silente, os bancos à beira do rio, onde li e reli que sob a ponte Mirabeau corre o Sena, e a alegria sempre vinha após a pena, e era uma saudade mais de mim a vadiar pelas ruas e os bosques, indo e vindo pelo cais da margem esquerda, remexendo livros empoeirados, admirando a cor e o imponderável, brincando com as pontes todas o terno jogo da poesia, afeiçoando-me até morrer pela ilha de São Luís, as torres góticas encastoadas em luz de ouro, e outras cores, outras ramagens, ruas que me faziam por si mesmas, e o meu destino, os vinhos tintos do crepúsculo, as brisas eufóricas, uma saudade, disse eu, sem jeito, feérica, rue Gît-Le-Cœur, rue de Hautefeuille, rue de la Harpe, uma saudade que me dispersava, fatalizando-me suavemente, inclinando--me às águas quiméricas do tempo, como me perco no olhar de quem amo.

Diário Carioca, 13/11/1957

Sobrevoando Ipanema

Era uma quinta-feira de maio e a gaivota vinha das Tijucas, em voo quase rasante sobre a falésia da avenida Niemeyer, longas asas armadas na corrente aérea que virava do sul, lenta levando o seu corpo leve e descarnado, seu esqueleto pontiagudo, geometricamente estruturado para reduzir ao mínimo a resistência do ar e da água. À esquerda, rochas morenas e suadas, um pouco mais acima os automóveis coloridos, mais alto as escarpas de pedras pardas, à direita o azul, embaixo as espumas leitosas. Para sobrepassar o morro que se alteava, ela pegou uma corrente que ascendia, seguiu estática em linha reta, transpôs uma piscina verde, entrou pelo Leblon em voo silencioso no exato momento em que um frade vermelho raspava a botina pelo chão para fazer uma curva na sua lambreta. Ela distendeu um pouco mais as asas, como se fosse um lenço de linho panejando no céu, naquele equilíbrio supremo que alvoroçou o espírito de Da Vinci. Sob um caramanchão do jardim de Alá, um demente sentia-se perseguido, escondendo o rosto com as mãos. A gaivota, já almoçada, gratuita e vadia, fez uma parábola perfeita e foi olhar o garoto que pipilava euforicamente sobre a água turva do canal, ao lado de outro, que tinha um caniço e uma lata de azeitonas, onde se remexiam dois imponderáveis mamarreis. Um pé de vento deu um chute na árvore, atirando uma flor amarela sobre a cabeça de um escandinavo estendido em um banco de pedra, os braços abertos como um crucificado; o estrangeiro, que se extasiava de sol, sorriu comprometido com a delicadeza do momento e ajeitou a flor em sua lapela, para escândalo de duas babás pretas que iam passando com os seus uniformes brancos.

A gaivota adentrou-se um pouco mais para os lados do bar Vinte, a tempo de surpreender um fiscal da Light, com uma cabeleira bíblica muito mais espaçosa que o seu quepe, a mastigar vagarento uma sardinha engordurada. Infletindo outra vez para a direita, ziguezagueou por alguns segundos na turbulência de uma viração mais ativa, reequilibrou-se sobre a rua Prudente de Morais, reparou nos ciprestes erguidos como espinhelas gigantescas, no lustro verde das folhas das amendoeiras, nos coqueiros desgrenhados. Pela janela de um edifício, viu um piano com um veleiro e um homem rotundo a praticar uma sonatina de Schmoll. Voando e revoando, ora se inclinava para um lado, ora para outro, quando o retinir branco de uma ambulância estilhaçou o ar. Nesse mesmo instante, escanhoado e feliz, um marechal deixava a barbearia e cruzava, com pasmo e inelutável desgosto, por um moço de bengala branca, de andar extraordinariamente apressado, embora fosse cego e estivesse bastante bêbedo. Além do mais, o cego cantarolava um samba e mascava chicles. Mas a gaivota e o marechal, sabendo ambos à saciedade que o mundo inaugura a toda hora uma porção de segredos, e a vida é curta para decifrá-los, continuaram em suas rotas.

A gaivota deu bom-dia a um casal de pombos, perdeu um pouco de altura, e aí me viu à janela, a oferecer uma folha de couve ao meu canário; mas fingiu que não me viu. Foi é olhar os gansos frenéticos sob o abacateiro do quintal aqui próximo. Uma jovem se deslocava para a praia, tão esbelta, tão serena, tão irresistível, tão harmonizada aos acordes da paisagem, tão bem estruturada no espaço, tão matinal e marinha, tão suave, tão intangível e hierática, tão feérica na sua beleza castanha, que só não voou e virou gaivota porque não quis.

Adiante, homens de calças arregaçadas e bustos nus destruíram a golpes de marreta uma casa ainda nova, e onde um flamboyant aguardava paciente a eclosão das flores. A gaivota tomou a direção da praia, evitou em linha oblíqua um helicóptero que brincava de espantar os cardumes, e para refrescar o corpo entrou em voo vertical sobre a linha de espuma, aproveitando-se do mergulho para pregar também um susto em um filhote de papa-terra. Depois, foi roçando a cauda pelo mar, enquanto decolava, bateu as asas com energia, espacejou-se depressa, ganhou momentum, e se foi de novo planando com orgulho de pássaro de rapina através da manhã azuladíssima. Ao lado de uma senhora de coxas opulentas, havia um senhor espapaçado, soltando fumaça pela boca e pelo nariz, com sobrancelhas espessas e arqueadas como um escuro cormorão que viesse voando à contraluz.

Um menino magro, que levantava barragens contra o mar, viu a gaivota e chamou: "Vem aqui, gaivota…". Ela, no entanto, descaiu para as bandas das ilhas, onde duas traineiras resfolgavam em busca de peixe. O mestre do barco consultou o seu relógio de pulso e era meio-dia. A minha doida gaivota retornou no sentido da terra, cruzou por cima da areia, retificou o voo na altura do asfalto, colocando-se paralela à crista dos primeiros edifícios. Os pequenos escolares saltavam dos ônibus com suas merendeiras, os operários em construção civil embrulhavam as latas de comida e voltavam ao trabalho, um rapaz de máscara submarina exibia no Arpoador um peixe de prata que gesticulava na claridade. Um automóvel quase atropelou um mendigo barbudo e sujo, mas de blue jeans. A gaivota contornou as pedras, lançou um olhar a Copacabana e, navegando célere por cima dos edifícios, atingiu a lagoa Rodrigo de Freitas, sobrevoou uma favela cheia de crioulinhos barrigudos, impulsionou-se com mais vigor, foi voando, voando, silhueta silenciosa no espaço, perdeu-se no mar alto.

Sem dúvida, o mundo é enigmático. Mas, em sua viagem, ela absorvera alguma coisa mais simples do que a água e mais pura do que o peixe de cada dia, alguma coisa que está na cor e não é a cor, está na forma dos objetos e não é a forma, está no oceano, na luz solar, no vento, nas árvores, no marechal, na sombra que se desloca, mas que não é a sombra, o marechal, o vento, a luz solar, o oceano. Alguma coisa infinitamente sensível e unânime, que se esvai ao ser tocada, alguma coisa indefinidamente acima da compreensão das gaivotas.

Manchete, 23/05/1959

Lua de mel

No hotel da pequena cidade, enquanto eles se amavam, a tarde se estampou de vez sobre ruas e colinas; era uma tarde útil, quase antológica; na casa de saúde da encosta um enfermo se lembrou das vibrações de um domingo de cristal; uma andorinha pousou no fio: dó; mais uma andorinha: ré; uma terceira andorinha: mi; sol-lá-si ficaram dançando na piscina do oxigênio do coro da igreja, onde o frade franciscano ensaiava um novíssimo *Tantum ergo*; as vacas ficaram imóveis, construídas de argila; entre as franças da figueira, o menino via a vila, e o fruto da figueira de repente ficou doce; o chefe da estação olhou a sineta sobre a plataforma varrida e, nesse exato momento, ouviu uma pancada clara, indiscutível (mas sempre se pode pensar que foi o vento); na cadeia sem sol, o criminoso de morte acabava de esculpir a canivete um doloroso Cristo de pinho; o contabilista da fábrica enramava longas operações, sonegando imposto de renda; a lavadeira grávida depositou a trouxa sobre a pedra e umedeceu a boca na fonte; sobre o pontilhão passava o trem, levando passageiros e porcos; dentro do trem tinha um bispo, dentro do bispo voavam borboletas, dentro das borboletas tinha uma corda (que move o mundo); o prefeito municipal redigia a capricho um telegrama de congratulações ao excelentíssimo senhor governador do estado; o filho do promotor fez um gol com uma laranja seca; o farmacêutico concedeu sem resignação que seria muito difícil conhecer a Baviera, de onde emigrara seu avô; mas a farmácia ganhava depressa um frescor quase insuportável; a preta Mariana comprou sapatos brancos na loja; Hans Oliveira Bagenhoff, na classe, começou a ler sincopado: "Ora, entre Enganim e Cesareia, num casebre desgarrado na prega dum cerro, vivia a esse tempo uma viúva, mais desgraçada mulher que todas as mulheres de Israel"; um forde de bigode esperava, bufando, o burro passar, o burro esperava passar, lentamente, um pensamento cheio de capim; o padre secular, vigário de cima, abriu os braços com espanto e acreditou em Deus; o riozinho repetia de cor a lição de Heráclito; um pássaro preto, sobre o mourão da cerca, não conseguia assustar o verde pasto; a pedra do bodoque de Bicudo esborrachou o tiziu; uma aurora bailava nos cabelos da menina-moça mais sensível da cidade (e ninguém sabia); a mulher do carpinteiro sorriu para o marido da mulher do sapateiro; os legumes cresciam bonitos em todas as hortas, sem exceção, pois só os de origem teutônica plantavam no município; o médico lavou as mãos na bacia esmaltada; o velho neurastênico da cidade, antigo professor no Rio, chorou à janela, quando viu o carroceiro passar cantando; o sargento se reconheceu no cão sarnento e lhe deu um pontapé; a praça era clara como um pensamento claro e lenta como a lentidão; ninguém se dava conta: do pólen, das raízes, das germinações para o bem e o pior; havia cortinados limpos, ladrilhos lavados, pão fresco no forno; um urubu pousou no cimo do telhado do hotel, onde ela e ele se amavam (inútil: o amor é eterno); eles se amavam, isto é, se reduziam e ampliavam, exercitavam-se, aprendiam-se, compunham-se, desvirtuavam-se, desabriam-se, sobre-excediam-se, transpunham-se, inventavam-se, pressupunham-se, imparcializavam-se, acolhiam-se, desviviam--se, pastavam-se, intercediam-se, subentendiam-se, verdeciam-se, desentristeciam-se, revertiam-se, entreconheciam-se, corrigiam--se, afluíam-se, definiam-se, consentiam-se, compungiam-se, ingeriam-se, traduziam-se, reagradeciam-se, surpreendiam-se, engrandeciam-se, resolviam-se, socorriam-se, riam-se, mordiam-se, dissolviam-se, imortalizavam-se, encapelavam-se, responsabilizavam-se, inflacionavam-se, transfiguravam-se, recuperavam-se, participavam-se, esperançavam-se, frutificavam-se, escravizavam--se, libertavam-se, animalangelizavam-se — pois o amor, visivelmente, é cego.

Manchete, 30/06/1962

O homem liberto

E eis que onde menos se espera, neste Rio de Janeiro aflito, existe um homem que ultrapassou a barreira de nossa miserável condição, um homem liberto.

Primeiro, generalizemos. Que é um homem? Um animal acuado. Que é a vida humana? A tentativa de sair da armadilha.

Tudo é tentativa de sair da armadilha: religiões, ciência, trabalho, arte, amor, riqueza, poder, drogas estupefacientes, tudo.

Uma caricatura moderna me parece a síntese da contingência humana: dois homens lado a lado em pavoroso calabouço estão irremediavelmente argolados à parede, pelo pescoço, pelos pulsos e tornozelos; um se vira para o outro e diz: "O jeito agora é o seguinte...".

A vida de cada indivíduo e de todos os povos é isto: não perder a esperança, imaginar o jeito de sair do calabouço. Havia o frio, e o jeito era o seguinte: descobrir o fogo; havia a escuridão, e o jeito era descobrir o Pai. Hoje a Terra se faz moral e materialmente estreita, e o jeito é descobrir outros corpos celestes.

Dois duros aprendizados nos resumem: em primeiro lugar,

o de aprender a viver; já atingidos os primeiros estágios da sabedoria, temos de desistir, para iniciar o curso da morte. E para a morte o jeito é o seguinte... Houdini, aquele americano que se libertava de todas as cadeias e cadeados, e que andou buscando em sessões espíritas a saída para a morte, é uma grande figura simbólica da recuperação humana.

O preço da existência é o medo. O homem primitivo tinha medo, por exemplo, do trovão, e fazia sacrifícios à divindade. Os deuses cruéis multiplicaram-se na Grécia, e o homem tinha medo por exemplo da vingança que o transformaria em porco imundo. O demônio fez tremer de medo a Idade Média. A Renascença, um humanismo, até certo ponto desviou esse medo para o próprio homem, o príncipe que executava friamente as razões de Estado.

Diversos foram os remédios contra o medo: oferendas à divindade, exercícios espirituais, exorcismos, iluminação oriental, resignação cristã... Finalmente na Idade Capitalista as formas de conjuração do Terror ficam a cargo do médico de almas; o templo é uma sala apenumbrada; o altar ritual é o divã. O medo contemporâneo passou a ter dois nomes genéricos: se é suportável, chama-se ansiedade; se é intenso, chama-se angústia. Marx e Freud descobriram que o homem é uma ilha cercada de insegurança por todos os lados. É preciso sair da ilha. Como? O jeito é o seguinte...

Marx construiu o homem coletivo, purificado pela harmoniosa dependência social do arquipélago. Freud desenhou a estrutura do homem forte na sua solidão animal, o homem para o qual uma rosa é uma rosa, um desejo é um desejo, um raio é um raio, a morte é a morte.

"Esta vida", diz santo Agostinho, e o grifo é meu, *"se merece tal nome, é a prova de toda a raça humana ter sido condenada na primeira origem."* Redivivo, santo Agostinho questionaria em

livros imensos e engenhosos as doutrinas de Marx e Freud; mas não entraremos nessa polêmica.

O certo é que a vida é cheia de males, e é o próprio santo Agostinho que os arrola: afeições vãs e nocivas, preocupações mordazes, inquietudes, tristezas, temores, falsos contentamentos, discórdias, alterações, guerras, traições, aborrecimentos, inimizades, enganos, adulações, fraude, roubo, rapina, perfídia, soberba, ambição, inveja, homicídios, parricídios, crueldade, inumanidade, maldade, luxúria, petulância, desvergonha, desonestidade, fornicações, adultérios, incestos, estupros, pecados contra a natureza, blasfêmias, perjúrios, opressão de inocentes, calúnias, tramas secretas, prevaricações, falsos testemunhos, julgamentos iníquos, violências, latrocínios e outros males semelhantes, continua Agostinho, que sitiam e cercam a vida dos homens. Hamlet, no solilóquio, dá mais algumas achegas, duas a meu ver indispensáveis: as afrontas do amor desprezado e os agravos da idade.

Pois não estou fazendo piada, meu amigo, quando lhe digo que vi um homem liberto de todos os males, liberto principalmente de si mesmo. Foi em um bar em Copacabana. Sem religião, sem ideologia, sem psicanálise, sem ácido lisérgico, ele se libertara, vamos dizer, na raça, na marra. O homem estava meio bêbado, debruçado sobre a mesa de mármore. De repente levantou a cabeça como um senhor de si mesmo e transmitiu a fabulosa mensagem. Reparem na perfeição da síntese:

— Eu estou preparado! Estou preparado para a miséria!... para a traição!... para a dor de dente!... e o CÂNCER!

Manchete, 16/02/1963

Canto fúnebre do carioca

Sou o homem-fantasma. Tenho carne, tenho ossos, tenho identidade, mas pertencem ao outro. Sou o detetive do outro, buscando no ar os rastos de meus crimes suaves. Caçando nas ruas os vestígios de mim.

Outrora morei num reino à beira-mar. Rosas floriam no Flamengo, jovens eram os arranha-céus e os telefones, os recados me chegavam do largo do Boticário, do bar do Palace, do Joá, dos terreiros de Mangueira. Todos me chamavam, todos me queriam. Hoje não moro mais, estou só, curvo, com a minha sombra cobrindo a última parede a demolir.

Procuro e não encontro os meus verões passados. Havia um Rio transverberado, quase me lembro. E mulheres. Flora, Taís, Heloísa, onde estão as grandes regatas da enseada, os balões de junho, as casuarinas, os móveis de mogno, o gorgorão escarlate, a umbela do viático, as cheganças de Natal, as madrugadas diabólicas do High Life, onde estou eu?

Perdi-me na esquina da rua Gonçalves Dias em 1928, desabei com o morro do Castelo, afoguei-me nos mangues de 35.

Meus parentes emigraram na brisa da boca da noite, meu avô quis proteger meu futuro nos serões de São Cristóvão, meus tios morreram tuberculosos, minha avó virou folha seca do outeiro da Glória, minha mãe virou pedra em Botafogo, minhas namoradas, baças, desbotadas, foram removidas ex-ofício para o plano de Goiás.

Oh, quase me lembro, e quanto, dos caranguejos e violinos duma noite impermeável, da cocaína elegante, do Alcazar na rua da Vala, das ressacas nos rochedos do Leblon, das resinas aromáticas na igreja da Boa Morte, dos veludos fulvos da Imperial, das tardes olímpicas de São Januário, do gol de Valido, dos meninos que gritavam A Noite, das vésperas de amor, dos crepúsculos engasgados, dos refrigerantes das calçadas, dos meus chapéus de palha, dos meus bigodes eternos, do meu smoking a refulgir como rosa que se anuncia no espelho do quarto.

Não quando nasci. Talvez no tempo dos capoeiras do Monturo, quando o Delfim ficou doido, quando morreu o Nilo.

Tenho trinta? Quarenta? Sessenta? Noventa? Ou há trezentos e noventa e cinco anos existo? Trezentos e noventa e cinco anos de absurdas luminárias e aspérrima solidão.

Às vezes, não eu, mas a cidade, sou a cidade, desfiz-me em todos os acontecimentos da cidade: fui o suicídio da Boca do Mato, o estupro da floresta da Tijuca, os pardais da amendoeira do morro da Viúva, o capim vadio de Vila Isabel, a rua do Ouvidor com o seu enfado feliz, o mendigo de São Francisco de Paula, o carnaval da Galeria, a rua da Misericórdia com as suas placas orvalhadas, os Arcos, a nave da Candelária com o seu gigantesco defunto, os liquens da palmeira-real, o claustro de São Bento, o Livramento, o Arpoador, o morro da Babilônia. Fui a revolta do marinheiro preto, o quebra-quebra, a greve, o grito do estudante, o soluço no terreiro da Polé, as favelas com seus partos de dor, a faca da fome, a mutilação dos miseráveis, o despertar chuvoso dos subúrbios, o beco dos Barbeiros, a Saúde, fui coágulo de sangue, porta de necrotério, mão magra de menino negro, barraco derrubado na tormenta.

Estive em todos os pratos vazios, os cárceres do Estado Novo, estive no desespero de todas as gamboas, e ao longo das épocas brancas de cal assombrei os corredores da Santa Casa com os meus uivos, como uiva a lua cheia através das grandes prisões.

Meu pai, meu pobre pai emoldurado desde 1920 num retrato do Passeio Público… Onde estou, meu pai, para onde vou?

— Não estás, nem vais, meu filho: ficas. És apenas o fantasma dum fantasma.

Desfiz-me nas areias que a ventania levantou em 1918, evolei-me no sermão de lágrimas do Carmo, diluí-me nos serenos do largo da Lapa, desapareci com o ponto de cem réis, dissolvi-me em vinhos franceses, incendiei-me na cauda do cometa Halley, perdi minha rota nos nevoeiros de setembro, corroí-me nas maresias da barra, esvaí-me em tosse, esbati-me em treva, desbaratei--me nas encruzilhadas da macumba, fui mastigado pelos peixes, desintegrei-me numa catástrofe aérea, esfarelaram-me as unhas dos agiotas, atassalharam-me as marretas imobiliárias, sufocaram--me os malignos, beberam-me as sanguessugas, roeram-me os caninos dos vereadores, expungiram-me as mãos ávidas estrangeiras.

Meu pai, meu pai!

— Viraste nuvem, meu filho, viraste chuva, escorreste pelos telhados, pelas calhas, pelas manilhas debaixo da terra, desapareceste para sempre no mar oceano.

Manchete, 04/05/1960

Despertar de José

José rejubilava-se no ardor das estações: lambendo a pimenta do verão, chupando a laranja do outono, comendo o não fruto do inverno e o morango da fadiga primaveril. José tinha ciúme do nascente e do poente, vivendo entre a pompa mortuária da noite e o parto ensanguentado do dia.

José tinha fome de tudo: devorou caranguéis ensopados, pancrustáceos enormes, patatas, patatinhas, patatões, figadal de pireganso, rabelanguejos ao vinagranjo, zirrins, ziostras, antipásticas, raviviolivida, ribombocados, empaçados tártaros, mariscones bárbaros, *esmargots*, fricassuras de *caragôut, occhi turchini*, acofof, ogof, *cieli azzurri, trompe-l'oeil*, sangre, *membra disjecta*, mocorugas, mulier, müllerin, *soave fanciulla, femme incomprise, filet mignon*, paçoca; pois nada lhe saciava a gargântua.

José tinha uma sede (mas uma sede!): sorveteu pingalho à viola, meblises, suaragens, *mertensia virginica*, borguinhões, fulvinhos, marasmutes, *minnesangs*, cherrisques carvalhais, branhaques, midinettes, pomodoros, comodoros, todos os chumbos ardentes da consolação; pois nada lhe saciava a sede crua.

José ia pelo mundo com a cara da hiena velha a percorrer a noite: à cata de despojos; à espera desesperada duma esperança.

Mas também o mundo tem fome; e o mundo comia os olhos de José, os rins, o fígado, ah, que grande fígado, o pâncreas, o coração meio roído. José não prometeu, mas resistiu.

Deu para interrogar a matéria: a paciência da madeira o fazia espreguiçar; o fogo o enrolava lentamente; a pedra bloqueava-lhe o coração abutre; mas a água sempre se bebe; mas o ar sempre se respira.

José organizava a seu jeito os números e as formas: a espiral o aterrorizava naturalmente; o círculo o induzia a uma despachada humildade; o côncavo o despojava; a perfeição do 3 lhe convinha.

José confiava na força da escuridão, nos pressentimentos, nas inocências díspares, no realismo *fantastique*, no bumerangue do mal, na malícia do carbono.

José principalmente se desorientava nas encruzilhadas femininas da Terra: no vórtice castanho da ravina, nas axilas da encosta, no nevoeiro nu da córnea quando vai de leve garoando na tarde paulistana, no sol que brota do joelho, no *kümmel* dos lábios úmidos, nas espadilhas da mansuetude, no *tout comprendre*, no *c'est tout pardonner*, na truta alabastrina, na túrgida colina litúrgica, na curva do devaneio, no estuário dos dedos, no delta do dorso, no arquipélago de Sardas, na fronteira de tensão, no anvale de afogo, no trêmolo ventral, no anticlinal, na nova caledônia, no capão do mato, na hulha azul dos zolhos, na hulha castanha, na hulha verde, no débito fluvial, no atol de Bikini, na maré de águas-vivas, no vertevelo esquinado, no marulho das lembranças quando vai de leve ainda garoando na tarde paulistana, na transumância, no ápice de onde via aonde, aonde macho algum alçou, acamados que são em neve eterna — os píncaros femininos da Terra. Pois José se consumia literalmente em símbolos e mulheres, em tômbolos alvos, talvegues, rochas extrusivas, divagantes, curvas de nível, alísios, contra-alísios, aquícolas, binômios urbanos, insulíndias, tudo.

José sofria agudamente de mulheres: alsas como alças, haspas como harpas, grálidas, traumáticas, eurálidas, dramáticas, gordafonas, *così fan tutte*, foicemegres, megres, antimegres, timbrelíricas, bisteccas, iarapeias vesúvicas, argentesas, frangentinas, portuguaias, cuxaslungas, ecumênicas, emegrandes, mimosas, zínias, acácias, agaprantos, jacintinhas, muguets, *marguerite*, *margherita*, margarita, *daisy*, margarete, rosa, *rosae, rosae, rosam*, rosa, rosa, bovarys, bogaris, blue jeans, gordafinas, magrafinas, fufafinas, bellezas, *buenas noches*, dentucinhas, gentizinhas, apressadas, violentas, míopes, etíopes, marutas, esquináticas, dióculos, diósculos, *mezzo a mezzo, mezzo forte*, miaus, piu-pius, au-aus, minestras, finestras, larmoyantes, burlettas, burras, ivres, volksvirgens, ubbriacas, borrachas, betrunkens, intelectuais, pizzicatas, pálidas, polidas, puídas, putativas, sujasmins, brasilenhas, queimadas, geladas, nordestímidas, pororocas, históricas, histéricas, cibernéticas, teleguiadas, mineirundas, columbófilas, cleópatras, cleopatras, joanas loucas, louras roucas, ingrids, brigittes, amorecos, amargosas, amarelas, terra cotta, terra culta, terra firma, terra nova, *terza rima*, tricoteiras, fricoteiras, *tutti frutti*; pois nada lhe saciava o brasileiro coração.

Com tentáculos, antenas, pseudópodos, José quis agarrar a distância, a ciência, a alma, o fantasma, a emoção, a sensação, a cor, a têmpera do mundo. E não conseguiu.

Mas José era entrefolhado de simplezas montanhesas e foi assim que um belo dia madurou. Aí José descobriu: o mundo, a sobriedade. O caminho. Não agarrar mais nada. Um mundo espontâneo através de José. Nada mais olhar agudamente. Entrever com um olhar direto. Um compasso entre o quente e o frio. O bem e o mal embolados. Dor e alegria no mesmo dente. Vida e morte no mesmo corpo. Uma visão. Um entendimento. Um discurso terrestre. Ação. Vocação. Contemplação. Recolhimento. Segundo o caminho. Eliminando os intermediários. Pisa-se a terra sem sapato. Bebe-se a água na concha da mão. Unanimidade. Pois José, já inebriado de sobriedade, está se desembaraçando de si mesmo. José.

Manchete, 28/07/1962

Cuidado com os velhos

Um professor criou um neologismo para uma arte (ou ciência) nova: *eugeria*, velhice feliz. Os gregos não tiveram o otimismo de juntar os dois elementos dessa palavra.

Andam a mexer muito com os velhos. Que a ciência procure dar-lhes meios efetivos de temperar a saúde, que as leis fixem recursos que lhes poupem penúrias e humilhações, que as famílias os acolham com respeito. Mas querer iludi-los com estimulantes morais, discutir as tristezas deles em público, isso é impertinência. Cuidá-los como crianças, engabelá-los, isso os ofende.

Envelhecer... Meu mestre, frade franciscano, dizia-nos que mesmo o mais santo dos papas gostaria de ser mais moço. Mas o homem tem que aguentar as consequências humanas com orgulho ou raiva: só um velho palerma, indigno da verdade, iria acreditar que não é velho, que a velhice não existe, que a vida é sorriso.

Os velhos honrados sabem como se arrumar a um canto com pudor e gravidade. Deixá-los. Não precisam de nós, que os aborrecemos com as nossas frívolas consolações. Respeitemos o silêncio da idade; e que nos respeitem mais tarde ou daqui a pouco.

Violar a intimidade da velhice com frioleiras sentimentais, não. Pretender reanimar um espírito mais vivido e amargado e experiente que o nosso é de uma importunidade impiedosa.

Tantos gestos afetivos lesam mais que confortam, tantas solicitudes desastradas arranham feridas latentes. Nosso amor pela pessoa velha não deve ser uma opressão, uma tirania a inventar cuidados chocantes, temores que machucam. Façam o que bem entendam, cometam imprudências, desobedeçam a conselhos. Libertemos os velhos de nossa fatigante bondade. Que exagerem, se lhes der vontade, na comida e na bebida, esqueçam de tomar o remédio, fumem, apanhem sol, chuva, sereno. Não chatear demais os velhos. É nas imprudências que ainda encontram o gosto da vida. Não ter muito juízo é a sabedoria da velhice. Poupemos a eles nossa aflição. É por não desconhecerem as manhas da vida que tomam de vez em quando uma pitada de insensatez. E é por egoísmo que os moços, sobretudo os filhos, vigiam os velhos como se vingassem a infância.

Algumas frases devem ser banidas: "Está na hora de dormir"; "O senhor deve estar exausto"; "Amanhã eu levo a senhora ao médico à força"; "Fique sabendo que está proibida de ajudar a cozinheira"; "Onde já se viu um homem da sua idade deitar no ladrilho"; "Olhe bem antes de atravessar a rua"; "Vá pela sombra"; "Tome o remédio direitinho"; "Cuidado na escada"; "Quantas vezes já lhe disse para não sair sem agasalho"; "A senhora não precisa fazer nada, que eu sei fazer tudo sozinha…".

Esse tatibitate sentimental fere os velhos mais que a velhice. Palavras más, nascidas de um sentimento de amor mal administrado. Mostram que não basta ser bom, é preciso distinguir as bondades que não doam. Não basta gostar para impor-se como senhor. A alma do homem não é tão simples que só o exercício do afeto seja suficiente para satisfazê-la.

Respeitemos os velhos sem antipatia, sem o sadismo de certos tipos de ternura.

Mas a verdade é que o mundo está cheio desses sentimentalões estabanados, que entram na intimidade dos outros derrubando e quebrando tudo.

Manchete, 31/12/1966

Maturidade

Não me lembro de ter entrevisto qualquer definição de maturidade nos desenfadados piqueniques meus pelos bosques da psicologia. Erich Fromm, invertendo os termos da equação, diz que a saúde mental é atingida quando o homem se desenvolve até a plena maturidade segundo as características e leis da natureza humana.

Equivale dizer que maturidade é pleno desenvolvimento. Certo. Mas quais as características e leis da natureza humana? Sendo a nossa natureza o resultado de leis instintivas e faculdades adquiridas pela razão, temos de concluir que o homem, contrariando a evidência aritmética, é a soma de duas parcelas heterogêneas: instinto e razão, *simius* mais Homo sapiens.

Um matemático bem-humorado diria que a falência individual e coletiva do homem advém dessa adição absurda: o sublime mais o grotesco, o angélico mais o repelente, o herói mais o pusilânime… Não chegaremos nunca ao conhecimento de nós mesmos, e muito menos à conjuração de nossas forças contrariadas. Nenhum indivíduo — prosseguiria o matemático — chegará ao paraíso da saúde mental; nenhuma sociedade construirá a civilização limpa; somos e seremos contrafeitos frutos de uma aberração aritmética; a confusão psíquica prevalecerá; a capacidade de criar o tumulto, que sempre interrompe as tentativas de estabelecer a ordem, é um desígnio humano; banidos de um jardim animal, nossa condição cósmica e subjetiva é a terra de ninguém; em suma, nossa própria razão demonstra que somos um erro.

Deixemos a desapontada certeza do matemático e continuemos a somar as bananas e maçãs da natureza humana.

Minha dificuldade em saber o que é maturidade, dada a premissa de Erich Fromm, consiste no fato de me ser impossível determinar em cada criatura o quanto entra de maçã e quanto entra de banana, o quanto entra de razão e quanto entra de instinto.

Ignoro também até que ponto a razão se exaltou à custa de uma minimização do instinto, e até que ponto, e dentro de que circunstâncias, esse instinto é componente indispensável de uma boa saúde mental. Ou de plena maturidade.

Desconheço ainda, por mim e pelos sábios que me ensinam, até que ponto, a fim de manter a saúde mental, devo submeter minhas forças instintivas ao interesse social das convenções e às minhas conveniências pessoais. Nenhum especialista poderá me assegurar quais são as proporções e os limites ideais de tudo isso. Na verdade, a terra de ninguém é alarmantemente movediça.

Não, não sei, jamais saberei o que é a maturidade. Mas sei reconhecer a imaturidade, quando a mesma se manifesta. Reconheço-a antes de tudo em mim, que cheguei esperançoso à idade de não mais merecê-la. Mas o milagre não se deu.

Por vezes tive a boba e boa ilusão de estar chegando lá, à maturidade. Controlei alguns demônios menores; outros de moto-próprio me deixaram; senti valorizar-se em mim o sentido da justiça e a tentação da fraternidade; meu egoísmo se reduziu, dando mais espaço à compreensão do outro, abri os olhos às minhas complacências indevidas e os fechei o mais que pude aos rigores de juízo enraizados no ressentimento. Demissões, mutações e aquisições se operavam em mim, que esperava, deliciado, a maturidade.

Mas a maturidade não veio. Esvaziei-me no desengano. A princípio com uma tristeza, depois com uma espécie de contentamento venal, chegando quase à indiferença insípida, vi que a maturidade não veio.

Há em mim grandes partes deterioradas; umas poucas fibras já umedecidas na doçura do outono; e há em mim — o que é irreparável — grandes estrias verdes que me fatigam e desvairam.

Manchete, 03/02/1968

Um domingo

Diante da lagoa Rodrigo de Freitas, eu nada tinha a fazer, nem a pensar nem a sofrer. Era domingo. Reconhecia as coisas. A cor da água, que parece olho baço, a cor da relva, a cor do eucalipto, a cor do firmamento, que era uma cor de líquido azul. Estava sentado com os olhos abertos, num banco de pedra. Se um pardal esvoaçava, virava o rosto para vê-lo e amá-lo melhor. Acompanhava a marcha comercial das formigas. Sorria às crianças que passavam com amas pretas vestidas de branco. Um peixe resvalou à flor da água: do céu baixou um raio de sol e feriu o dorso do animal; o reflexo veio em linha reta até meus olhos, e inventei, então, a teoria dos triângulos: há triângulos radiosos em todos os espaços. Sol, peixe, homem. Pois nunca ninguém está só diante duma coisa, existindo sempre a testemunha que, participando de nosso oaristo, completa o nosso diálogo. Tudo no mundo é trindade.

É bom que um homem, vez por outra, deixe o litoral misterioso e grande, querendo contemplar uma lagoa. O mar, este é terrível e resiste à nossa sede com seu sal profundo. Sim, são belas as palavras do mar: hipocampo, sargaço, calmaria. *Oceanus*. No entanto, uma lagoa, muda e fechada, compreende as nossas pequeninas desventuras, o efêmero que nos fere. Nenhum poeta seria tonto a tal ponto de escrever ao lago uma epopeia, uma saga. Nele podemos esquecer apenas os nossos naufrágios.

Do lugar em que estava, o Cristo se erguia de perfil. As montanhas formam um alcantilado que os aviões de São Paulo cruzam com uma elegância moderna. Amo essas montanhas uma a uma, com exceção apenas do morro do Cantagalo, cujo volume é desagradável e pesado.

O domingo se aquietara, quando passou zunindo um automóvel vermelho. O ar continha cubos translúcidos e dentro deles revoavam urubus. São as aves mais feias do céu mas têm um belo voo alçado e tranquilo.

Um pequeno barco a vela seguia o caminho invisível do vento. Depois, surgiram outros barcos, todos brancos e silenciosos. Acrescento que nada mais bonito existe do que um barco a vela. E havia também as casas dos pobres do outro lado, construções admiráveis, no ar. O milagre da pobreza é sempre o mais novo e o mais cálido de todos os milagres. Todas as palavras já foram ditas sobre a miséria mas a alma dos ricos é cheia de doenças.

O sol foi acabando. Levantei-me do banco e fui embora. Pensando: há domingos que cheiram a claustros brunidos pelo esforço dos noviços. Aquele, entretanto, tinha um perfume de outono.

Manchete, 15/05/1954

Fim de semana em Cabo Frio

Estava tudo mais que perfeito. Cabo Frio é tão fácil. Paisagens se desdobravam como cartas de baralho. Meu corpo funcionava com regularidade. Sístoles, diástoles, inspiração, expiração, equilíbrio de energias, a escrita do sono em dia. Física e moralmente, a saúde me visitava.

Nova e limpa era a cabana, o chuveiro não estava enguiçado, o cobertor aquecia, o restaurante, se salgava nas contas e repetia indefinidamente o elepê de Nat King Cole (que sujeito mais chato!), tinha peixada e vinho.

Em frente, amendoeiras, uma piscina à beira-mar, um barco decorando a praia do clube, um campo de golfinho, ah, tinha até um campo de golfinho.

No outro clube, o do Canal, o Werneck era uma flor de anfitrião, o pessoal de serviço aprendeu logo os nossos nomes, poupando-nos o aborrecimento de mexer em dinheiro, o uísque, autêntico, as batatinhas feitas na hora, e ninguém se ria demais ou se mostrava.

No meio do canal, uma rede armada para os peixes, garças

em lento movimento, um casarão antigo do outro lado, a capoeira com verdes e amarelos dum desbotado bacanérrimo.

As mulheres tomavam sol, reconciliadas com os maridos, num silêncio intumescido de gratidão; ah, se os maridos as levaram para o fim de semana em Cabo Frio, eram mesmo uns sujeitos excelentes, perdoados de todos os egoísmos e ausências do passado.

Jogamos futebol, voleibol, ganhamos tudo, na mais delicada cordialidade, o Alim improvisou um picadinho na casa dele, todos corados e cansados o suficiente para se esperar da vida uma novidade.

As crianças, ah, as crianças! Estavam esfuziantes, tão emolduradas no momento que nem dava para pungir o espinho de se organizar tão raramente um programa daqueles.

Céu limpo, aragem, dinheirinho no bolso, luz, tanta luz.

Num paredão avançado para dentro d'água, ostras em penca ao alcance das mãos.

O gim é um veneno delicioso de manhã, sobretudo a bordo do *Pitangola*, sobretudo quando a gente suspende os remos e assiste à seguinte sequência: *long-shot* duma menina-e-moça estirada na relva, louríssima sem escândalo, branca sem acidez, com um maiô vermelho de duas peças; perto, um menino atira pedras numa placa de madeira que indica o caminho para o hotel; o peixinho louro diz ao menino para acabar com aquilo, era a filha do dono do hotel; o moleque responde com duas pedras na mão; a garota se levanta, agarra o menino e lhe dá uns tapas merecidos; o garoto se safa, apanha calhaus maiores e volta a destruir a placa; a garota dá um pique de cem metros pela estrada, segura o menino, baixa-lhe o sarrafo, aplica-lhe uma chave de braço e o conduz à polícia; depois retorna e se estende de novo sobre a relva; o *Pitangola* aproxima-se; close da cara da menina, angelicalíssima.

Tudo perfeito, tudo mais que perfeito.

Uma sauna rápida, seguida dum mergulho no canal, liga o

inferno ao paraíso, e só através do contraste aprendemos a dor e o gozo.

A dor e o gozo.

Era horrível o fim de semana em Cabo Frio. Duma imparcialidade desumana. Dentro do meu bem-estar físico e psíquico, estava arrasado. Que tinha eu com tudo aquilo? Que tem o ser humano com o bem-estar?

Ou me entendem agora ou nunca: quero dizer o seguinte: o sol, o azul, o à toa, essas coisas estraçalhavam meus fantasmas, perdia-me deles. Sem minhas atribulações, sou o atribulado, a própria atribulação; sem minhas angústias, sou a angústia; sem minhas infelicidades, sou o infeliz. Descobri isso finalmente. A felicidade, madame, é horrível. Que horror, era horrível! Espapaçado ao sol, entre amigos, na juventude do fim de semana, com a aragem, as ostras, o peixinho de vermelho, o golfinho, a plenitude das crianças, eu não sei, não chego até lá, me desencaminho, acabo me doendo até os ossos. Sem sofrer, sofro demais. Assim, tudo, Senhor, menos ser feliz. Minha libertação não é essa, essa eu não aguento. Tudo, menos achar que a vida é boa. Deus me abandonou à felicidade, e me dei mal.

Afortunadamente, domingo ao crepúsculo, fiel crepúsculo, no restaurante apenumbrado, antes do regresso, as fúrias e as penas voltaram ao meu coração. Eu as deixei entrar com alívio, e elas se assentaram todas em torno de mim. E prosseguiram, graças ao bom Deus, em assembleia permanente.

Manchete, 03/08/1963

O cão na catedral

Era um domingo de duro estio, e o cão, lúcido a partir da faiscante madrugada, depois de ter percorrido um exaustivo zigue--zague pelas ruas do centro, zonzo de calor, viu, com a sua débil capacidade visual, um halo de sombra incrustado na massa de luz que atormentava o mundo. Era a porta. O corpo todo pulsando na recuperação da fadiga, a língua suada e amarga, o cão entrou na catedral, onde se celebrava uma missa de corpo presente.

Como quem é transportado dormindo para o outro mundo, como quem abre uma porta no silêncio e dá de chofre com criaturas nuas, o cão entrou na catedral. Os olhos, não predestinados para a visão, acomodaram-se com alívio na penumbra. Com as narinas violentamente excitadas, ele começou a ser, em vez de senhor, a vítima do olfato.

A primeira impressão era de um odor incomparavelmente amplo, desmedido, como se todos os demais odores só existissem para construir as parcelas do espaçoso aroma que ele poderia percorrer em infinitos sentidos. Deslumbrado com a súbita e vertiginosa versatilidade do faro, o cão moveu devagar as narinas em todas as direções, volteou à esquerda, à direita, circulou sobre o seu próprio eixo a pretexto duma pulga, ergueu o focinho para o alto. Inclinou-se em seguida como se espreguiçasse a fim de resvalar por cima de sua cabeça flechas consecutivas de cheiros intensos.

O movimento brusco de encontro à impotência esmagadora dos aromas — ridícula tentativa de enquadrá-los nas experiências passadas — convenceu o cão de que as grandes manifestações da natureza sobrepassam aos gritos a alma (lama) canina. Imobilizou as quatro patas sobre a laje fresca dum velho túmulo e resolveu achar antes de tudo, humildemente, bonito. O peito arfava na angústia da caminhada matinal em busca de lixo e cadelas. A língua porejava, os olhos se cerravam, não só do prazer que os aveludava, mas do medo de que o enxotassem daquela medida nova, fosse lá o que fosse: paraíso de ilusão ou inqualificável inferno dos cachorros. Valia a pena.

Desse modo prossegue a imagem: sobre o retângulo tumbal dum arcebispo, com uma inscrição latina de caracteres esguios esculpidos há século e meio, um cão de subúrbio, acostumado à fome e à pedra, sem história, sem destino, um cão ordinário investe sobre o antes, o agora e o depois, cheirando com vigor alucinado o universo.

O universo é feito de grandes massas aromáticas que se deslocam velozmente, umas equilibrando as outras, só resultando da incrível harmonia a desagradável certeza da iminência duma catástrofe rápida, pórtico fulgurante e retumbante do silêncio inodoro.

Ou não? A lama do cão (alma), farejando os desvãos odoríferos do espaço, borbulhava de untuosos adjetivos que o enchiam como um ralo na enxurrada. Assim, a falta de literatura do cão no momento, por uma via transversa, encontrava a terra antípoda, isto é, a tentação da linguagem, a pior, a mais perecível, a mais vaga. Mas era a primeira vez que acontecia.

E enquanto ia acontecendo, os cheiros se armavam em cima do cão que estava numa pose de cavalo monumental por cima do túmulo. Construíam, contraíam-se, seguiam uma direção elementar, e, quando parecia que iriam definir-se num ponto qualquer esclarecedor, descontraíam-se, fugiam em nervuras finas, misturavam-se a novos olores, que, por sua vez, retomavam os motivos precedentes, imbricavam-se em nuanças espetacularmente compassadas, rendilhavam-se em exalações menores, rolavam em naves de odor neutro, mas perfeitas e necessárias, sistematizavam-se em contrastes súbitos de doce e acre, de segurança e risco, de forte e frágil, de gratuito e impregnado de consequências, de fragrante e náusea, de recendente e tímido, de capitoso e graveolente, cheiros repassados de cheiros, paralisados momentaneamente em retábulos úmidos, a viajar em audaciosas arestas, a difundir-se em pistas claras e escuras, a seriar-se em balaústres argentinos, em métopas douradas, cheiros de todo o universo, de sexo e morte, cheiros a arquitetar-se na imensa abóbada em fuga, feitos de cansaço de homem, de carne luminosa de criança, de pelos suados e velhos, de mênstruos que se paragonavam, sombras corpóreas, algodão, couros diferentes, vivos e mortos, cheiros que desciam da ogiva branca dos lírios, de círios em colunata ao redor do cadáver, de rosas admiravelmente concêntricas, incenso em espiral, brilhantinas hostis, perfumes em tropel, entalhes redolentes não se sabe onde, arcebispos em pó, o hálito sutil dos séculos idos e vindouros — fragrâncias e pestilências a buscarem um estilo, uma ordem muito acima das narinas terrestres dum cão vadio.

Tudo somado, o cão sentiu a vertigem e latiu na catedral. Três vezes o cão latiu enquanto prosseguia o ofício do homem morto. Depois, tendo ferido os olhos nos vitrais, ganiu, deu alguns passos para a frente, e foi estender-se, humilhado, sobre o túmulo de outro arcebispo, esse morto há mais de dois séculos. E aí, já farto do poder olfativo, foi remoendo antes de dormir os inexplicáveis da existência, imaginando o que pode imaginar um cão: um ser feito de si mesmo, de nada, um ser criador de todos os cães e de todos os aromas. Foi quando o sacristão o enxotou para o inferno da rua inundada de luz.

Manchete, 28/12/1963

Três sujeitos íntimos

Nicodemus, Nicomedes e Nicobar eram três irmãos. Nicodemus viu o ovo; Nicomedes viu a Eva; Nicobar viu a ave. Nicodemus era datilógrafo amador rapidíssimo; Nicomedes estudou a fisiologia dos sonhos; Nicobar aprendeu a tocar de ouvido o poeta Garcia. Nicodemus confiava mais na ira do Deus vivo que em Sua misericórdia; Nicomedes andava depressa e promoveu greves de bonde; Nicobar tinha medo de cães e música erudita. Nicodemus se lembrava com terror de seu avô Nicolau, morto aos oitenta e nove anos, nu, em Minas, pulando de um telhado; Nicomedes não aprendeu a dar laços de gravata; Nicobar apanhava no ar qualquer objeto que se despencasse, mas nunca deu resposta a uma carta. Touro, Capricórnio, Peixes. Nicodemus não despia o casaco dentro de casa, fumava no escuro, com horror de que alguém tocasse a campainha de madrugada; Nicomedes praticava o suicídio quinquenal; Nicobar bebia demais.

Nicodemus, Nicomedes e Nicobar eram três irmãos. O primeiro falava francês; o segundo falava coisas — pura, púrpura, grande duque imerso em cinza — para não ficar louco; o terceiro, se falava, era tocado por um anjo, que o silenciava.

Nicodemus, Nicomedes, Nicobar eram três máquinas humanas, três partituras partidas, três telegramas anônimos. Dum pedaço de madeira, Nicodemus compunha um crucificado; de contrários aglutinados, Nicodemus se ria; com uma palavra embrulhada, Nicobar se afastava.

Nicodemus, Nicomedes e Nicobar eram três mastins: Sumedocin, Sedemocin, Rabocin. Três irmãos mastins. Sudemocin meditava; Sedemocin inventava; Rabocin imaginava. Gania, grugulejava, crocitava. *Vinculum*, vínculo, vinco. *Polypum*, pólipo, polvo. *Strike, struck, stricken*.

Nicodemus, Nicomedes e Nicobar só tinham duas coisas em comum: o fogo profundo que acende os objetos, consumindo-os; e a lembrança silenciosa de Nicolino: Onilocin.

Manchete, 11/11/1961

Juventude de hoje, ontem e amanhã

A juventude é estranha porque é a velhice do mundo passada indefinidamente a limpo. Uma geração lega à outra um magma de erros e sabedoria, de vícios e virtudes, de esperanças e desilusões. O jovem é o mais velho exemplar da humanidade. Pesa-lhe a herança dos conhecimentos acumulados; pesa-lhe o desafio do que não foi conquistado; a inadequação entre o idealismo e o egoísmo prático; pesa-lhe o inconsciente da raça, esta sessão espírita permanente, através da qual cada homem se comunica com os mortos.

No encontro de duas gerações, a que murcha e a que floresce, há uma irrisão dramática, um momento de culpas, apreensões, incertezas. As duas figuras se contemplam. O jovem é o velho; o velho é o jovem; o jovem é o passado do velho, e este é o futuro que o jovem contempla com horror, o futuro que terá de evitar, pior que a morte. Assim, o momento desse encontro é um espelho cujas imagens o tempo deforma, sem que se desfaça, para o moço e para o velho, a sinistra impressão de que as duas figuras são uma coisa só, um homem só, uma tragédia só, significando instinto de prazer, humilhação da inteligência, entorpecimento da ação, decomposição e morte.

O poeta Percy Bysshe Shelley poderia ser o padrão do adolescente de todas as épocas, do adolescente que os outros comentam. Nasceu de família respeitável e rica, foi bonito, sincero, revoltado, idealista, violento, amoroso, amigo, apaixonado pela vida e pela morte, inteligente, confuso e, sobretudo, de uma sensibilidade crispada.

A vida do poeta estava balizada desde o nascimento; mas, intransigente com a sociedade que lhe prometia o conforto e a glória, Shelley inverte todas as etapas do itinerário. Em Eton, mais interessado pela química e pela eletricidade do que pelo esporte, é chamado de doido. Em Oxford, insiste em não aceitar a opinião de ninguém, redige uma necessidade do ateísmo e é expulso da universidade. Casa-se aos dezenove anos com Harriet, uma jovem de dezesseis, e começa uma vida errante, atormentada pelos ressentimentos familiares e sociais. Enquanto a mulher espera o segundo filho, foge com outra moça. Convida a primeira mulher a viver com ele e a outra, mas Harriet se mata.

Shelley não é um monstro: seus atos são a consequência lógica de suas ideias, da lealdade às suas crenças; sentimentalmente, é de uma delicadeza fora de série. E enquanto escreve versos musicais, fecundados de amor cósmico, esperança e idealismo social, atira-se feroz contra o conformismo do clero, a monarquia, as leis vigentes, o farisaísmo universal.

Amava o mar, os barcos, o perigo, e morre em naufrágio aos trinta anos. Foi um gênio, mas o fogo adolescente que trazia era tão intenso que não conheceu a maturidade. E a frase de Matthew Arnold sobre Shelley pode servir de alegoria a qualquer adolescente:

"Um anjo ineficaz a bater suas asas no vazio".

Quando acaba a adolescência começa a juventude? Tecnicamente, a adolescência acaba quando se para de crescer. Psiquicamente, a juventude começa na fase mais alta da adolescência. Esses limites se tornam mais imprecisos em nosso tempo: jovem é aquele que, bem ou mal, pensa por si próprio. Um psicólogo americano escreve:

> O rapaz ou a moça dirige-se a um quarto da casa, tranca a porta e lá permanece durante quatro ou cinco anos. De detrás da porta chegam horríveis ruídos de choques, lamentos de desespero, uivos de desafio, gemidos abafados. Mas ninguém pode entrar. Um dia, a porta se abre e dela irrompe uma jovem mulher ou um homem. A adolescência acabou.

Imaginemos um ser humano monstruoso que tivesse a metade da cabeça tomada por um tumor, mas o cerebelo funcionando bem; um pulmão sadio, o outro comido pela tísica; um braço ressequido, o outro vigoroso; uma orelha lesada, a outra perfeita; o estômago em ótimas condições, o intestino carcomido de vermes...

Esse monstro é o Brasil: falta-lhe alarmantemente o mínimo de uniformidade social. Profissão entre nós mais incerta que a de sociólogo só a de estatístico: as generalizações no Brasil nada valem, as médias aritméticas são grotescas, a busca de um padrão social é uma vaidade que não podemos ostentar. Dizer, por exemplo, que a taxa da renda brasileira per capita é de tantos dólares anuais, ou que o índice de mortalidade é x, é o mesmo que calcular o peso médio de todas as espécies animais do país.

Assim, liminarmente, o termo *juventude brasileira* não existe. No máximo, já forçando a mão, podemos localizar aqui uma juventude burguesa. Assim mesmo, devemos lembrar a distinção que aparta os caminhos da burguesia jovem das duas maiores cidades: São Paulo e Rio. Que se dirá do resto!

O Rio, por si mesmo, é o confronto social de duas cidades: zona norte e zona sul. A primeira produz, a segunda consome; braço e cabeça; corpo e alma; infraestrutura e supraestrutura. O jovem ambicioso da ZN tem por meta mudar-se para Copacabana ou Ipanema; o moço da zona sul só conhece o Rio até o Maracanã. A personalidade da juventude dos subúrbios é forte, mas impregna o Rio imperceptivelmente, sem publicidade, a zona sul arrecada as graças todas e se faz passar pela própria cidade.

O fator social decisivo da zona sul é a praia. Esta funciona como inelutável denominador comum. O jovem ou a jovem de Copacabana, qualquer que seja sua condição econômica, compra uma roupa de banho e "mora" na praia. Nessa arena resplendente e livre só conta ponto a favor o encanto pessoal: beleza do corpo, esportividade, simpatia, vivacidade de espírito, capacidade de improvisação, alegria de viver. O resto tem de ser disfarçado como se fosse defeito: riqueza, cultura, origem familiar, seriedade de propósito. Os reis e rainhas da praia são os/as grandes praças, cobras do surfe e da caça submarina, os doidões, os engraçadíssimos, os touros de forte e as lindas de morrer. Tanto faz que ele tenha ou não tenha um emprego, que esteja ou não seguindo um curso; tanto faz que ela seja filha de tradicional família ou de tradicional *entrepreneuse* de escravas brancas, morenas e mulatas.

Na terra de ninguém da praia há uma fascinante demissão de leis, classes e preconceitos: valem a aparência, a nudez da fantasia, a espuma da onda. Quem for admitido ao círculo dos bacanas (há uma turma no desembocar de cada rua), com dinheiro ou sem dinheiro, tem acesso a todos os programas. Os mais categorizados desses círculos básicos frequentam o círculo do Posto; este por sua vez fornece elementos ao círculo máximo, de todo o bairro. A hierarquia prevaleceu, mas sempre respeitando a falta de princípios precedente; não é preciso ser um rapaz direito para ser rei da zona sul; basta ser um rapaz bacana.

Essa anarquia original marca a sociedade do Rio desde que se vazou o túnel Alaor Prata; por um lado, as convenções de classe são aqui menos consistentes do que em qualquer outro lugar: depois de adulto, o carioca continua se comunicando fácil com todo mundo; por outro lado, a liberdade que o jovem carioca pobre encontra na praia costuma constrangê-lo mais tarde. Há um momento em que toda uma geração se casa e desaparece: o rapaz que não se preparou para a vida e não teve pai rico se esforça por prolongar a juventude, a democracia da praia; seu plano é viver de expedientes rápidos, sem prejuízo do banho de mar, do bar, da pescaria, das festas; enquanto conserva um pouco da graça da juventude, ele se defende; depois entra no funil da decadência saudosista, tocada de uma simpatia melancólica, mas acabando com frequência na embriaguez diária ou no suicídio.

Sem o comunismo da praia, São Paulo é uma cidade de classes estanques. Os jovens se aproximam uns dos outros pela identidade do gosto, do estudo, da profissão, da conta bancária, do nível social. Os transviados lá existem, mas são transviados mesmo, de procedência e destino etiquetados como qualquer mercadoria. A juventude burguesa também se diverte, mas o visgo da classe é forte. Apesar de Brasil, São Paulo é uma estrutura social. A juventude paulistana entra no *status* de vida adulta com naturalidade, esclarecida sobre aquilo que lhe reservou... o destino. Daí, dessa certeza, a frequência muito menor de desequilíbrios individuais; daí, principalmente, a natureza fechada da sociedade paulista, não só da alta sociedade, mas de todos os escalões. O paulistano desconhece a anárquica osmose da praia, esse tipo carioca de vida, no qual a juventude é uma vasta colônia animal, retirando do sol, da imprevidência, da confraternização epidérmica, o alimento viral de cada dia. Em São Paulo, constrói-se (ou se deixa construir) a vida; no Rio, consome-se a vida (ou se deixa consumir).

A supremacia da comunicação visual sobre as outras é um dado inevitável para o entendimento da psicologia coletiva de nosso tempo. Depois da fotografia, da revista de grande tiragem, do cinema, da televisão, acabamos todos condicionados pela imagem física do outro. As chamadas virtudes morais desceram ao porão. Inteligência, saber e personalidade só valem, um pouco, quando podem servir de título-legenda a uma figura atraente. O charme de um penteado pode abrir caminho a uma carreira política; o busto perfeito pode criar uma cantora; um par de pernas faz uma atriz dramática; dois olhos verdes podem favorecer uma reputação literária ou artística.

Vivemos o fastígio das cores e formas humanas. As gerações novas sofrem ostensivamente dessa conversão de valores.

Do ângulo eugênico foi ótimo: o culto do corpo queima as etapas duma longa seleção natural. Do ponto de vista psíquico, a primazia do corpo retarda e deforma a integração da personalidade. As consequências desse desvio me parecem profundas. O jovem de hoje é, em maior ou menor escala, um amputado. Não importa tanto que ele/ela subestime as qualidades morais ou intelectuais. O que o jovem perde de mais valioso nessa contemplação exclusiva (ou quase) da imagem física é a força de ser, a multiplicidade do ser, a plasticidade do ser, a sutileza do ser, a vitalidade do ser, a beleza do ser, a grandeza do ser, a dramaticidade do ser...

A juventude está fazendo tudo para desligar a tomada da alma. Em duas décadas se criou um abismo entre dois séculos.

Sobretudo através de seus fabulosos escritores — Balzac, Victor Hugo, Saint Beuve, Baudelaire, Verlaine, Rimbaud, Dickens, Emily Brontë, Tolstói, Dostoiévski, Tchékhov, Eça de Queirós, Machado de Assis... —, de seus fabulosos artistas — Renoir, Cézanne, Van Gogh, Manet, Toulouse-Lautrec, Degas... —, o século XIX foi uma viagem ao céu e ao inferno do ser humano. O jovem moderno está a quilômetros dessas enrodilhadas análises que trouxeram das profundezas, no esplendor de vícios, sofrimentos e abnegações, a imagem visível do homem, a imagem mais vulnerável, mais viva e mais palpitante que o corpo.

O corpo ocupa hoje todo o trono: o interesse pela força vital não vai além das ramagens altas do charme pessoal. Mas não é apenas em relação ao outro que o jovem se desliga da verdade humana: ele acaba por se desligar de si mesmo, estancando a todo custo suas mais profundas manifestações de humanidade. E quando, apesar de tudo, essas camadas remotas jorram na superfície, sem o hábito da terminologia adequada, o jovem simplifica a complexidade de seu estado espiritual em meia dúzia de expressões: está mandando uma brasa... está gamado... está na fossa...

Marcel Proust não seria tolerado no Castelinho, mas é possível que Hemingway teria sido lá um cara legal às pampas.

Outro resultado do culto corporal é agravar uma tendência natural do jovem eterno: o narcisismo. Essa juventude de Ipanema e do Guarujá é tão perfeita fisicamente que não pode querer amar: quer inspirar admiração, veneração, amor. Quando o amor, *malgré tout*, força passagem, é um tropeço na passarela.

Quando eu era o tema e não observador, li febrilmente um livrinho de François Mauriac sobre *Le jeune homme*. Ao relê-lo agora, a febre é trocada pela admiração isenta.

A liberdade sexual que se vai hoje conquistando, a consciência social que se vai multiplicando, o número crescente de jovens que se vão marginalizando são as distinções que mais intensamente separam os moços de hoje e os de minha geração. Pois, ficando essa minha geração de entremeio, não vejo diferença essencial entre o jovem de Mauriac (o opúsculo é de 1926, creio) e a juventude carioca e paulistana de hoje. Dá-se em geral ênfase demasiada às diferenças superficiais e aparentes: o biquíni, a minissaia, o jeito de dançar do momento, as manias delirantes por isso ou aquilo. O próprio Mauriac, apesar de mostrar compreensão para os vícios da juventude, revela-se um tanto escandalizado pelo novo hábito dos *twenties*: os coquetéis! É quase sempre assim: o que nos choca ou encanta é o pormenor.

Muito em breve, o mundo poderá conhecer (diz o sociólogo do futuro) uma liberdade de costumes inimaginável. Não importa. A liberdade política e econômica será limitada; o rapaz libertário de hoje será amanhã um pai quadrado; a juventude terá como sempre de empurrar os mais velhos para obter espaço.

Os principais aforismos do católico Mauriac continuarão valendo para muitas gerações. Resumo alguns: não foi dado a todo homem o dom de ser jovem; reconhecemos o jovem pela indeterminação; é o tempo da desordem e da santidade; tempo da tristeza e da alegria, do desrespeito e da admiração, da ambição e do sacrifício, da avidez e da renúncia; para o adolescente o pai é um déspota, a mãe uma pobre mulher; só em si mesmo ele descobre o infinito; é a fase na qual se toma com facilidade o partido heroico; a juventude é um deus de milhões de faces: o realizador de pesquisas sempre achará as respostas que desejar; jovens, místicos sem Deus; o dinheirinho de bolso é necessário; o desespero também é uma carreira; esses artistas jovens que propõem à nossa admiração um nada (*néant*), querendo nos fazer acreditar que esse nada é o objeto que buscavam; ter vinte anos é tão importante que ter vinte e um não é a mesma coisa; dois instintos lutam dentro do jovem, o de viver em bando e o de ficar sozinho; as amizades instantâneas; é a juventude que cria essa confusão da voluptuosidade e da morte, como se a morte fosse para os jovens o fruto proibido, o mais longe das mãos e, portanto, o mais desejável; mesmo os jovens mais equilibrados adoram arriscar-se (o furor da velocidade em automóvel); os pais que dizem "meu filho é incapaz de uma baixeza"; pelo contrário, é preciso acreditar na possibilidade de tudo; o muro de timidez, de vergonha, de incompreensão, de ternura machucada, que se ergue entre pai e filho, ensinemos aos jovens que somos todos nós monstros, à medida que recusamos a nos criar; ensinemos aos jovens que o homem nasce caos e que o jogo da vida consiste em nascer desse caos uma segunda vez.

O essencial é nascer desse caos uma segunda vez. Para preencher, por dentro e por fora, o espaço da liberdade.

O homem será jovem quando for livre.

Manchete, 06/01/1973

A puberdade abstrata

Sempre me encantou a liberdade dos cegos correndo para a morte. Música de redenção cobria-me de emoções praieiras. Flores altas, espontâneas, desmentiam a vida. Ondas com que o mar brincava nas rochas informavam o sagrado, aventuras que se desatam de santa rebeldia. Galhos espiralados contra o céu, sabor de terra no meu sangue, tudo subornava em mim a fidelidade dos eleitos.

Deitei-me. Como os antigos, sobre a fonte da virgindade deitei-me. O amor orlava meu sigilo como um sussurro de mitos guerreiros.

Dentro de mim a solidão se povoa, o esplendor das vertentes.

Dos deuses movia-me o pensamento a crueldade nativa. Depois os grandes deuses deixavam de existir: sobre os descampados penetrava a chuva insidiosa dos desânimos.

Redescobria uma criança. Seus sonhos eram oblíquos. À noite os insetos devoravam-na. O instante basta para compreender a vida. Senti-la é o princípio de uma eternidade. A tessitura das amizades é nostálgica, e esse início de fogo consome nossa face. Gatos e coisas silenciosas recebem o melhor de nosso culto.

Ah, possivelmente nunca será demasiado tarde para quem pergunta. Não havíamos então recusado o escárnio da misericórdia? Sofremos. Tempo e beleza empolgam um único pêndulo, a vida e a morte. Na noite um símbolo recomeça: somos escravos das alegorias.

Não podemos perder.

O azul se distribui sem limites, as bocas vão bebê-lo. Por ele, os simples e os sábios morrem de morte mais lúcida e simpática. Na noite, os olhos ficam ainda abertos, vigilantes da estrela.

Deixai que eu fale. Permiti-me a ventura. O verbo copia a alma. Tudo que a alegria consente é bom. Deixai que eu fale. Calai a palpitação metálica da máquina.

Murmura no meu sono o vaivém dos desejos. Eu me aproximo e falo.

Somos mais ricos que o decantar da luz sobre a folhagem entreaberta. E estranhos à vida. Os códigos nos omitiram. Como um bando de garças superamos o episódico. Sobrevoamos o mistério algo simples da várzea.

Onde a emoção é maior do que a forma, aí está o enigma, sombra que não é sombra, carne miraculosa. Nela nos entrelaçamos: homens, pedras hirtas, grandes rios.

O amor é sempre o mesmo.

O indecifrável tange os mesmos homens.

Deus proteja de todas as vinganças.

Comungamos nas nascentes. Somos o inverso de um reino que acaba.

Unirei assim meu corpo às ideias que adivinho. Darei meu sangue às ribeiras. E todas as vezes que sentir nos cegos o apelo da morte rezarei ao sol.

Uma relação principia. Estamos para o engano como os gnomos para a floresta: é preciso encantar.

Não como os desertos de amplitude saciada. Uma interpretação menos dolorosa... Vivemos!

Vivemos! — responde o vazio das vagas. Vivemos!

Sobre as cortinas pousa o primeiro pássaro de luz. Instala-se uma diversa harmonia.

De mim para o mundo há uma espera. Do mundo para as abstrações mais completas, a música.

A noite se encosta aos muros caiados procurando a aurora.

Nesse intervalo, toda poesia atende ao mesmo nome, qualquer...

Manchete, 03/04/1971

Poesia do Natal

Há pessoas sensíveis e tímidas como os elefantes: quando a falta de saúde as desequilibra, quando uma doença qualquer vem colocá-las em uma situação de inferioridade em meio às outras, escondem-se e se fecham em um silêncio de bicho.

Há pessoas antigas, belas e fora de moda como os grandes relógios de mogno; não combinam com as nossas mobílias de madeira compensada; não cabem em nossos apartamentos, em nossas ideias, em nossas emoções; nós as respeitamos, intimidados, porque os compassos de um relógio antigo marcam dois tempos irreconciliáveis.

Há pessoas lúcidas, devoradas por uma bola de fogo; capazes de uma tristeza seca, sem o consolo do enternecimento; e, no entanto, muitas delas nunca leram sequer uma página de Stendhal; consomem-se sozinhas, nessa deslumbrante e cruel supremacia do espírito.

Há pessoas (e não minto, eu vi) que, ao tomar um bonde, são esmagadas pelas inexoráveis relações cósmicas; a energia é igual à frequência da radiação multiplicada pela constante de Planck; e esta (ó espaços constelados!) é 000000000000000000000000006624.

Há pessoas e pulmões excelentes e sem poesia, que fazem lembrar, todavia, o pobre Anto: em Paris, sentem saudades da pátria; na pátria, sentem saudades de Paris.

Há pessoas maltratadas dia a dia, hora a hora, instante a instante, pela sede de justiça. Ah, como sofrem! Ah, como se crispam! Ah, como desejam a aparição de Nêmesis!

Há pessoas que configuram a terra como um recado que se transmite de orelha a orelha, de homem para homem, de coração a coração. Dormem inquietas, e levantam-se ao primeiro apelo da aurora, e vão ver, através do nevoeiro da vidraça, se a verdadeira ave de fogo vem voando.

Há pessoas que morrem tão devagar, tão sem vontade, que envenenam o carinho de toda a família. Coitadas!

Há pessoas que ficam doendo com a lembrança de outra pessoa, entra ano, sai ano, virando e revirando o caleidoscópio, olhando como caem e se dispõem as cores e os cristais do sofrimento.

Conheci uma pessoa que fechava os olhos no cinema quando aparecia a corrida de cavalos. Tinha uma piedade enorme dos animais.

Há pessoas que têm olhos grandes e assustados como os de santa Luzia, que padeceu o martírio sob o cônsul Pascassiano.

Muitas pessoas. Artur, que fugiu para a África; Hermano, que perseguiu a baleia; Maria, que entendeu o sentido do sol rubro entre névoas; Jaime, que se correspondia com os objetos; Maurício, que descreveu Maria em livro; Vladimir, que foi uma tormenta; Menezes, detroçado na colina; José, João, Antônio...

Com elas todas, divido o pão e a triste poesia do Natal; com elas compartilho o meu vinho, o vinho intenso da terra.

Manchete, 17/12/1955

Os reis magos

Existiam no Oriente três homens maduros, Gaspar, Melquior, Baltazar, que acreditavam em tudo; e porque viam em tudo uma linguagem estrangeira, eles se movimentavam entre os textos radiosos da esperança. E só acreditavam que estivéssemos no mundo, nem que o nosso tempo fosse o tempo, nem que a nossa vida fosse a vida, mas que o mundo, o tempo e a vida fossem portas trancadas, e a chave fosse a imaginação do homem. Pois é preciso imaginar para crer.

Gaspar, Melquior, Baltazar sabiam que o mundo significa outra coisa: e, se um grito de gralha se perde acima dos abetos, não é um grito de gralha, mas um augúrio para o sonho do homem: e se o próprio sol há de morrer, e o homem vive na escuridão, a verdadeira luz precisa ser adivinhada. Pois a luz que nos alumia também não é a verdadeira luz.

E enquanto todos ansiavam angustiadamente por um milagre, Gaspar, Melquior e Baltazar já estavam satisfeitos de todos os milagres que se realizam cada dia; o milagre do dia e da noite; o milagre da água, da terra e do fogo; o milagre de ter olhos e ver; o milagre de ter ouvidos e ouvir; o milagre de ter um corpo; então, já satisfeitos de viver em um mundo de milagres, eles viram a estrela que os aliviava das maravilhas de todos os dias, pois era uma estrela inventada, uma estrela que os outros homens não viam.

E os três reis magos seguiram a estrela ao longo de duras noites de inverno; e, chegando a Belém, a estrela parou acima do humilde lugar onde se encontravam um menino e sua mãe. E, abrindo os cofres de ouro, incenso e mirra, eles adoraram o símbolo que se fez carne, prostrados diante do nascimento, da glória, da crucificação e da morte.

A vida deixou de ser um milagre. E Gaspar, Melquior e Baltazar puseram-se em marcha em busca de seus reinos, contentes de terem visto uma criança que não era um milagre.

Pequenas ternuras

Quem coleciona selos para o sobrinho; quem acorda de madrugada e estremece no desgosto de si mesmo ao lembrar que há muitos anos feriu a quem amava; quem chora no cinema ao ver o reencontro de pai e filho; quem segura sem temor uma lagartixa e lhe faz com os dedos uma carícia; quem se detém no caminho para contemplar a flor silvestre; quem se ri das próprias rugas ou de já não aguentar subir uma escada como antigamente; quem decide aplicar-se ao estudo de uma língua morta depois de um fracasso amoroso; quem procura numa cidade os traços da cidade que passou, quando o que é velho era frescor e novidade; quem se deixa tocar pelo símbolo da porta fechada; quem costura roupas para os lázaros; quem envia bonecas às filhas dos lázaros; quem diz a uma visita pouco familiar, já quebrando a cerimônia com um início de sentimento: "Meu pai só gostava de sentar-se nessa cadeira"; quem manda livros para os presidiários; quem ajuda a fundar um asilo de órfãos; quem se comove ao ver passar de cabeça branca aquele ou aquela, mestre ou mestra, que foi a fera do colégio; quem compra na venda verdura fresca para o canário; quem se lembra todos os dias de um amigo morto; quem jamais negligencia os ritos da amizade; quem guarda, se lhe derem de presente, a caneta e o isqueiro que não mais funcionam; quem, não tendo o hábito de beber, liga o telefone internacional no segundo uísque para brincar com amigo ou amiga distante; quem coleciona pedras, garrafas e folhas ressequidas; quem passa mais de quinze minutos a fazer mágicas para as crianças; quem guarda as cartas do noivado com uma fita; quem sabe construir uma boa fogueira; quem entra em ligeiro e misterioso transe diante dos velhos troncos, dos musgos e dos liquens; quem procura decifrar no desenho da madeira o hieróglifo da existência; quem não se envergonha da beleza do pôr do sol ou da perfeição de uma concha; quem se desata em riso à visão de uma cascata; quem não se fecha à flor que se abriu de manhã; quem se impressiona com as águas nascentes, com os transatlânticos que passam, com os olhos dos animais ferozes; quem se perturba com o crepúsculo; quem visita sozinho os lugares onde já foi feliz ou infeliz; quem de repente liberta os pássaros do viveiro; quem sente pena da pessoa amada e não sabe explicar o motivo; quem julga perceber o "pensamento" do boi e do cavalo; todos eles são presidiários da ternura, e, mesmo aparentemente livres como os outros, andarão por toda parte acorrentados, atados aos pequenos amores da grande armadilha terrestre.

Manchete, 04/06/1966

O inimigo

Era forte e bravo, misturado de cores e de raças, senhor violento de seu mundo, debaixo da mangueira. Bico pontudo, e ágil, crista sangrenta, esporões cruéis, destruiu galos e frangos colocados em seu caminho. As galinhas — pobres histéricas — submetiam-se ao rei.

O galo não se intimidava diante do incompreensível ser humano. Avançava em quem ousasse transpor a porta de madeira, alçava-se no ar, ave de rapina, escarlate.

Durante algum tempo, a empregada aceitou o desafio do galo, com a coragem com que as pessoas chamadas simples enfrentam os animais, como se da ferocidade deles participasse um sentimento humano informado por extrema arrogância. Falam os humildes aos bichos e os entendem; assim, não admitem neles a rebeldia.

Mas também a empregada acabou por se cansar de combatê-lo dentro do galinheiro com a vassoura. A missão cotidiana de enfrentá-lo ficou a cargo do menino, palmo de gente, dez anos. Que tinha imaginação bastante, armado de um pau, para passar o dia todo a ameaçar o galo. O galo saltava, os olhos avermelhados de cólera, penas eriçadas.

O duelo tinha um sabor moral, apenas. Mas nenhum dos dois se fatigava. Eram dois guerreiros. Que importa se uma cortina de arame nos separa do objeto de nosso ódio? Mais perseverante que o amor. O indispensável é manter uma atitude combativa, fitar nos olhos o fulgor do inimigo, feri-lo com o nosso desprezo.

O galo também não compreendia o acontecimento que aos homens igualmente descaminha — o tempo —, que a todos envelhece e do esplendor faz a tristeza.

Um dia, a direção do lar providenciou um galo jovem. O bravo se ergueu, irado, diante do intruso. Armas ferozes, não viu mais nada.

O frango negou-se à crueldade da luta, tirou o corpo e deixou-se, aos poucos, possuir pelo fogo da raiva. De um golpe certo vazou o olho do rei. Aturdido, o galo desconheceu-se. O pequeno tripudiou sobre a sua humilhação; furou-lhe o outro olho.

Cego, laivado de sangue, em pânico, o herói de uma vida correu, desarvorado. Como corre um galo cego.

A cozinheira, de coração doce e resoluto, cortou-lhe o pescoço e fez galo cozido.

À mesa, comentou-se o episódio com piedade e ironia, e o assunto acabou, brusco, com uma referência à senectude (foi a palavra) da carne.

Manhã do dia seguinte, armado como sempre, o guerreiro, logo depois do café com pão e ovos quentes, saiu para o quintal à procura do galo. Convencido de que este não mais estava, desaparecera, começou a chorar. Tinha perdido o seu primeiro inimigo.

Manchete, 31/12/1955

Dentro da noite

Você corria por dentro, eu corria por fora; você em pista de grama, eu em pista de areia. Você era uma égua de raça, meu amor, e se chamava Helena de Troia, eu era um cavalo de criação nacional e meu nome era Black & White. Você era do vermelho--castanho daquela rosa de veludo chamada príncipe negro; eu era todo preto, manchado de branco no pescoço. Éramos dois belos animais, e estávamos emparelhados na frente, numa atropelada cheia de ritmo, muito longe dos outros que nos perseguiam inutilmente, num corpo a corpo incomparável.

Não, ninguém nos montava: corríamos libertos por uma campina, desaparecemos debaixo das árvores de um bosque, chegamos a uma planície onde existia apenas um anúncio de gasolina americana. E além desse descampado, sentimos, sem dizer nada, com os nossos olhos ternos e grossos de cavalo, que o mar ao longe estava batendo e tremia, as ondas se empinavam em desafio, crinas de espuma eriçadas, relinchando no vento. Era um mar mais estranho que o mar, cavalos de água se erguiam e desmanchavam, nós corríamos de encontro a ele em um galope igual.

Ah, o mar não deteve a nossa corrida, mas avançamos sobre as ondas, as nossas patas mal tocando a água verde, livre sobre o mar livre, focinho com focinho, ilharga contra ilharga, passamos debaixo do arco-íris e decolamos. Voávamos perto das vagas que molhavam a nossa boca com suas gotas salgadas quando de repente anoiteceu sem qualquer solidão. Apenas o teu olhar manso e rutilante de animal na escuridão. Sentia o calor do teu grande corpo e meu coração me feria como se um punho fechado batesse com força em meu peito.

Sim, sei perfeitamente, qualquer Freud de porta de venda pode explicar o meu sonho; mas nunca poderá roubá-lo.

Houve um momento em que nos envolvemos num turbilhão de estrelas pequeninas. E nada mais.

Diário Carioca, 04/08/1959

Gente boa e gente inútil

Conheci um rapaz que, há uns vinte anos, ganhou uma bolsa para estudar anatomia patológica nos Estados Unidos, e nunca mais voltou. Americanizou-se? Encantou-se? Ficou rico? Não, nada disso, mora numa cidadezinha gelada quase na fronteira do Canadá, tem um ordenado que lhe basta apenas para as despesas fundamentais, não se diverte, gasta os dias e boas horas da noite metido num laboratório. Foi incorporado aos pesquisadores do câncer. Notaram-lhe o talento, pediram-lhe que ficasse, ele ficou. Brilhante entre os mais brilhantes alunos que passaram pela Faculdade de Medicina de Belo Horizonte, desistiu do futuro, largou tudo, fez-se anônimo e pobre, ingressou num claustro leigo, só deixando o seu trabalho para gemer um pouco de frio e de saudade do Brasil, antes de dormir.

Homens como o doutor Albert Schweitzer, capazes de trocar um destino artístico ou literário por um devotamento humanitário, são os santos de nosso tempo. A frieza de um laboratório, no entanto, ainda me parece um mundo mais estranho e árido do que a África Equatorial Francesa. Amar os homens por detrás de um microscópio, sem sentir nunca a reciprocidade do gesto generoso, é fantástico e humilhante para mim, tíbio comodista.

Os fatos são duros. Aperta-se o cerco contra o câncer nos Estados Unidos e em outros países. A conquista do espaço interplanetário não é tão emocionante quanto esta luta contra a morte. Antigamente, as epidemias chegavam de repente e dizimavam povos inteiros. As pestes modernas tomam aspectos modernos. As estatísticas sabem que quatrocentos e cinquenta mil americanos serão vítimas do câncer este ano; destes, duzentos e sessenta mil estão condenados à morte. Sabe-se ainda, por exemplo, que no norte dos Estados Unidos diminui a mortalidade por leucemia, mas no sul a incidência mortal vem sendo acrescida. O mal é misterioso e aterroriza. Só não aterroriza o cientista escondido entre paredes assépticas, a isolar vírus, a traçar esquemas táticos, a vislumbrar esperanças, a chocar-se contra desilusões, a repetir, com o poeta, que cada nova tentativa é um fracasso diferente. É preciso usar nesta guerra — fala agora um cientista famoso — de todas as coisas que conquistaram mundos.

Admiro gente assim com a mais pura e selvagem simpatia de meu espírito.

Visitei há alguns anos o Instituto Pavlov, perto de Leningrado. Lá, em uma sala modesta e também fria, fui apresentado a um homem muito magro, desleixado no vestir, cabelos despenteados e de uma timidez de quem não tem o hábito de falar muito. Era um cientista famoso, chamava-se Victor Fiodorov. Pacientemente, ele me explicou a natureza das experiências que vinha realizando há longos anos, no sentido de tentar obter uma informação mais precisa sobre o câncer e a transmissão dos caracteres adquiridos. Contou-me com certa ternura a vida dos ratinhos assustados, que eu via dentro de um aparelho cheio de labirintos, detalhou-me suas idas e vindas indutivas e dedutivas, suas pistas falsas, seus equívocos, suas surpresas repentinas, suas observações novas para a ciência, fez-me enfim um relatório completo daquilo tudo que era a sua própria existência. Depois calou-se. Nesse ponto, naturalmente, ocorreu-me perguntar-lhe a que conclusão final chegara. O homem magro sorriu um sorriso decepcionado de criança que não ganhou presente, e respondeu-me: "Ainda não cheguei a qualquer conclusão; não há nada que me diga que eu haja contribuído para a cura do câncer".

Quando cheguei lá fora, num silêncio agravado pela neve e pelo grito estrídulo das gralhas no alto dos abetos, compreendi que não poderia esquecer aquele sorriso nunca mais. Não faço nada pelo bem de ninguém e, decerto, faço mal a algumas pessoas. Mas o sorriso do cientista Fiodorov, ao revelar-me a sua frustração ao longo de tantos anos de trabalho, pelo menos me acusa e não me deixa esquecer que vim ao mundo causando dores e sem procurar diminuir a dor de ninguém. Um inútil. Resta-me a vaidade vulgar de saber que não presto para nada, pois o bonito entre os intelectuais de hoje é ter compaixão da humanidade. Azar meu, que tenho, e nada faço.

Manchete, 22/08/1959

Música, doce música

Vinicius pediu piedade para os músicos de cafés, virtuosos da própria tristeza e solidão, desde que o Senhor também tivesse pena dos que buscam o silêncio e levam súbito pelos ouvidos uma ária da Tosca.

Mas isso foi no tempo do café-concerto. Depois o mundo piorou muito, e agora já não existe condição que faculte a uma criatura o direito de não ouvir música, a não ser na sonoterapia do túmulo. A música se fez compulsória como o imposto de renda e o trovão. O homem renunciou ao fatigante exercício do raciocínio, passando à categoria de caniço ouvinte. Ouço música, logo ainda não me enterraram.

Já a arte da conversação tinha acabado no século de Balzac. De uns tempos para cá, nem mesmo o pulverizado bate-papo, que pelo menos estimulava o convívio, é mais possível: no intervalo entre duas notas musicais cabe no máximo um palavrão. Não há tempo nem meio condutor para o diálogo. O homem moderno vai aperfeiçoando de modo operoso o dialeto que lhe permite comunicar-se com os semelhantes, e os mais ou menos semelhantes, com uma inesperada e simiesca economia de linguagem. E o resto é música, qualquer música.

De uma organização de ruídos, lenta e sofridamente, nasceu a música. Partindo da mesma rude matéria-prima que lhe agredia o ouvido, o grande elenco dos antepassados conseguiu elaborar uma arte auditiva. Com a música, o homem rezou aos deuses; pela música, antes da ciência psicológica, subiu ao céu das suas ramagens mais altas e desceu ao inferno de suas raízes; de música vestiu as dores, as alegrias, o degredo, a saudade. Por isso mesmo, todas as civilizações fizeram da música um culto de certa maneira ritualístico. Popular ou magistral, religiosa ou profana, o culto da música sempre teve horas certas; ou obedecia a impulsos profundos nas horas incertas. Tal qual a religiosidade, o alimento, o repouso e o amor físico. Era uma coisa séria.

A humanidade gozou assim de muitos séculos razoáveis, quando cada indivíduo tinha o direito de escolher a música que mais lhe falasse ao ouvido ou à alma, quando a alma queria música. Amava-se a música.

Com a invenção do gramofone, uma euforia nova percorreu os corações musicais do mundo todo: o aficionado iria ouvir enfim em tranquilidade as peças de seu favor. O amante do livro deixava de ser o único privilegiado possuidor de um tesouro portátil. No oratório doméstico, o devoto colocaria agora o santo de sua fé: Paul Whiteman, Scarlatti ou Vicente Celestino. A todos deve ter parecido que se revitalizava o futuro da música. Cada diletante com o seu gênero na prateleira, seu estilo, seu instrumentista, seu encanto nacional ou regional, sem chatear ninguém, sem ser chateado.

Mas aconteceu o contrário. Com a industrialização dos aparelhos de rádio e o posterior surto eletrônico, a música passou das mãos limpas dos artistas ao poder comercial; e daí caiu na prostituição.

Em vez da diversidade que se esperava, veio a promiscuidade: as tendências se mesclaram, umas contaminando as outras. Em vez de seleção, vulgarização. Em vez de vitalidade, anemia. Em vez de verdades, mentiras. Em vez de talento, arranjos. Em vez de julgamento, promoção comercial. Principalmente: no lugar da possibilidade de cada um cultivar a música de sua preferência, hoje a gente ouve, querendo ou não, a música que nos é imposta.

Como o condenado a trabalhos forçados, passamos o dia atrelados à música. A música, boa, ordinária ou péssima, é lançada na praça para ser vendida e para ajudar a vender outras mercadorias. Na esperta suposição de que o homem médio está mal de amor, de finanças, de Deus ou de saúde, o tirano comercial nos inunda de torrentes musicais.

As leis de defesa do bem-estar público nada quiseram fazer contra o abuso do direito de tocar música. Nada mais se faz sem música, sobretudo a pior. Para comer maminha de alcatra ou caviar, paga-se tributo à impostura musical. Na churrascaria nos atroam com a dança da moda; no restaurante caro nos liquefazem em *muzak*.

Muzak! Essa palavra só perde em antipatia para o gênero musical que ela fielmente significa. Pois *muzak* não é só uma técnica de transmissão sonora, é mesmo um gênero, uma criação às avessas, um artesanato orquestral que consegue transformar em nada, mas o nada audível, todos os tipos e qualidades de música, da genial à débil mental.

Estamos de fato deliquescidos a esse ponto? Ou se equivocam a respeito do homem moderno os fabricantes de *muzak*?

Na Renascença, a música foi o alimento do amor, por engano sentimental, talvez. No fragmentado e desalmado mundo moderno, música e *muzak* passaram a ser o entulho dos ouvidos. Sua função é entrar pelo conduto auditivo e preencher o silêncio do vazio.

Bebe-se com música, compra-se uma joia ou um comprimido com música, assiste-se ao espetáculo com música, viaja-se na terra, no mar e no céu com música, paga-se a promissória com música.

Música e *muzak* suplementam a culinária medíocre, a sordidez do boteco, o alto preço da conta, o tédio do táxi, o medo do avião, o cansaço ou a incapacidade de existir. De manhã até o novo amanhecer, música e *muzak* chovem a cântaros. *Muzak* entorpece e enjoa a cidade grande; alto-falante conspurca a pequena; radinho de pilha ridiculariza a paz da roça.

Quem ainda terá bastante ouvido para chegar em casa e tocar seus discos de gosto?

Como era bom o tempo no qual a gente ia à música e a música não vinha a nós!

Que dinheirão fez o progresso com a cítara de Orfeu!

Manchete, 25/05/1968

O acidente

Foi há alguns anos. A tarde era preguiçosa e limpa, mas às duas da tarde me entregaram a carta que me fez o dia irremissível. Peguei um livro na estante e desci. Na esquina reli os termos lacônicos da carta e tomei o lotação: a letra promissória vencera, me vencera.

Durante a viagem até o gerente, fui lendo. Não gosto de ir a um banco sem levar livro de poesia. Dá mais coragem. Os poemas eram dum poeta inglês moderno, W. H. Auden, duma poesia menos tersa que a de Eliot, porém mais orgânica, mais viva. Ia lendo uma balada:

> *Let me tell you a little story*
> *About miss Edith Gee;*
> *She lived in Clevendon Terrace*
> *At number 83.*

Ela vivia em Clevendon Terrace, meio vesga do olho esquerdo, lábios pequenos e finos, ombros estreitos e caídos, busto não tinha nenhum. Usava um chapéu de veludo com enfeites, um costume de sarja cinza-escuro, dormia no sofá-cama dum pequeno quarto. Para os dias de chuva, tinha uma capa roxa de borracha e um guarda-chuva verde; fazia compras numa bicicleta de freio de pedal, guarnecida duma cesta. Para a igreja de Santo Aluísio, que não era longe, miss Gee fazia tricô em quantidade, indagando das estrelas se alguém por este mundo de Deus poderia dar-se conta de que ela existia em Clevendon Terrace com cem libras por ano. Uma noite sonhou que era a rainha da França e que o vigário de Santo Aluísio convidava Sua Majestade para dançar; mas uma tempestade caiu sobre o palácio, e ela se viu na bicicleta por um campo de trigo, enquanto um touro de chifres em riste, com a mesma cara do vigário, investia sobre ela; chegava a sentir o bafo do touro, e a bicicleta, por causa daquele freio de pedal, ia cada vez mais devagar.

Quando vinha o verão, as árvores ficavam bonitas como uma pintura, mas chegava o inverno, e elas lembravam ruínas. Miss Gee ia de bicicleta ao culto vesperal, com a sua roupa fechada até o pescoço, virando o rosto aos casais de namorados, que nunca lhe pediam para ficar. Sentava-se a um canto da nave, ouvindo órgão: o coro cantara tão docemente ao fim do dia. Ajoelhava-se depois, rogando a Deus que não a deixasse cair em tentação, mas dela fizesse por favor uma boa moça.

Um dia, com suas roupas abotoadas até o pescoço, miss Gee tocou a campainha do ambulatório do médico, contando-lhe que não se achava bem, que alguma coisa lhe doía lá dentro. Doutor Thomas a examinou duas vezes, lavou as mãos na bacia, perguntando-lhe: "Por que a senhorita não me veio aqui antes?".

Pois nesse mesmo dia, ao sentar-se com a família para jantar, fazendo com os dedos bolinhas de pão, doutor Thomas dizia:

O câncer é uma coisa engraçada: ninguém sabe a sua causa, apesar de ter gente que acha que sabe; é como um assassino que se esconde de tocaia para matar-nos. Mulheres sem filhos costumam tê-lo, e os homens quando se aposentam, como se fosse necessária uma saída para esse fogo criador reprimido.

Tocando a sineta para chamar a empregada, a senhora do médico falou: "Deixa de ser mórbido, meu bem". Mas ele disse ainda: "Vi miss Gee hoje à tarde, e acho que infelizmente ela está mais pra lá do que pra cá".

Miss Gee foi conduzida ao hospital, onde ficou na enfermaria de mulheres com sua camisola fechada até o pescoço. Quando foi colocada sobre a mesa os estudantes começaram a rir. Mr. Rose, o cirurgião, cortou miss Gee pelo meio, virando-se para os alunos: "Prestem atenção, por favor, senhores: raramente podemos ver um sarcoma em estado tão adiantado quanto este". Miss Gee foi então levada num carrinho a outro departamento, onde estudavam anatomia. Eles a penduraram do teto, e então os estudantes de Oxford cuidadosamente dissecaram seu joelho.

* * *

Passei a outro poema. Dizia que o desígnio é mais escuro e mais fundo que os vales do mar. Quando recai sobre um homem a sentença de abandonar sua casa, nada poderá detê-lo: nem macia mão de nuvem, nem mulher, nada. Através de porteiras e florestas, estranho entre estranhos, esse homem irá pelos riachos dos rochedos, sozinho como um pássaro das pedras, um pássaro inquieto. De noite, cansado, sua cabeça se inclina, e ele sonha com a casa, ceia de boas-vindas, beijo da mulher debaixo do lençol; ao acordar, no entanto, vê um bando de pássaros sem nome, e ouve pelas portas a voz de outros homens praticando outro amor.

O poema terminava quando eu ia atravessando a avenida Rio Branco: "Salvai esse homem da captura hostial", pedia o poeta, "do súbito salto do tigre na esquina; protegei sua casa, onde os dias são contados, protegei-a do raio e da ruína gradativa a alastrar-se feito uma nódoa; ah, convertendo o número de vago em preciso, trazei a alegria, o dia de seu retorno, feliz como a vinda da manhã, com a aurora inclinada".

"Doom is dark and deeper than any sea-dingle", isto é, "o desígnio é mais fundo e escuro que os vales do mar". Ouvi um grito de alarme e um barulho violento de freios. Senti uma pancada no traseiro, subi ao céu, caí esborrachado, o livro ainda na minha mão. Dessa vez, pensei, o desígnio me pegou pelas costas. Magicamente, quando me ergui, já estava rodeado por muita gente. Examinei-me, por fora não havia sangue; apalpei-me, não parecia ter quebrado algum osso. O motorista não tinha culpa, mas estava pálido. Os circunstantes, ah, os circunstantes ficaram decepcionadíssimos. Meio abobalhado, mas com um pouco de raiva, pedi-lhes desculpas por não me ter acontecido nada de grave. E entrei no banco, impávido.

Manchete, 17/08/1963

Le monocle de mon oncle

Os abismos são muito bonitos. Meu tio tem um abismo. O abismo de meu tio é muito bonito. No abismo de meu tio há lagartixas, vermes alados, latas de azeitona, A Noite, cobras, ossadas, sapos, uma bacia de esmalte, colarinhos duros, passarinhos de Grão Mogol, borboletas, o Teatro pelos ares da rádio Mayrink Veiga. Os urubus são aves de rapina? Os urubus são nus. Os urubus de antigamente sobrevoavam o abismo de meu tio. Meu tio também já foi uma ave de rapina. Nos cabarés da Lapa se condensava uma esperança desesperada. Na década de 1930 meu tio residia numa pensão de Copacabana e revoava sobre a placa de cobalto do verão. No abismo fazia até sol naquele tempo. O fox-blue ainda era azul. O saxofone ainda não adormecera sobre a cadeira de palhinha. Mas hoje só tem nevoeiro no abismo de meu tio. Ninguém pode ver direito o que existe no abismo por causa do nevoeiro. Só o psicanalista (análise infelizmente interrompida) foi lá e trouxe uma folhinha de 1932 com uma mulher dentro dum véu, uma escada partida, uma flauta enferrujada, um revólver, um porta-seios de minha avó. O resto estava em pedaços: um pedaço de estrela-do-mar, quase pulverizado, um pedaço de retrato de mulher no Passeio Público, um pedaço de pente, um pedaço de tinteiro de prata, um pedaço de braço.

O doutor disse que o abismo de meu tio nasceu quando ele nasceu; e ambos inenarravelmente traumatizados. Era contudo um abismo pequenino e engraçadinho, uma constelação de poeira revolvendo na réstia solar da fazenda de minha avó. Meu tio tomou leite com o abismo, comeu verduras frescas, bebeu cachaça, e os dois ficaram muito fortes. O abismo queria mais e devorou esquinas aurorais, bois, mendigos bíblicos, consultórios, sonetos chatíssimos, pensamentos soltos, entranhas, cabeleiras, operetas baratas, cento e cinquenta e três mulheres baratas, baratas, pulgas, percevejos.

O abismo de meu tio aprendeu a dançar: hoje não dança mais. Aos poucos o crepúsculo foi tomando conta, paralisando os gestos gentis do abismo de meu tio. Sabe-se que há caranguejeiras repugnantes em silêncio lá no fundo; os ratos roem as roupas da rainha; da irresistível bengala só resta o castão argentino. Tão feio e tão bonito o abismo de meu tio, tão tristonho às vezes, às vezes tão radical.

Pois no entanto, além, muito além do nevoeiro, firmando os olhos astigmáticos, meu tio vê na penumbra um foco de luz e um palco. É a grande revista musical de 1928, antes da crise do café. Coristas de pernas frescas dançam o cancã nas ribaltas nevoentas de meu tio. Meu tio sorri. É só. Súbito a orquestra se recolhe dentro dos caixotes para dormir. As coristas são aglutinadas em névoa absoluta. O olho direito de meu tio não vê mais nada; o esquerdo quer chorar uma lágrima de espermacete, que é logo partejada em forma de pedra ou bolinha de gude e rola i-ne-xo--ra-vel-men-te no chão do abismo.

Só meu tio não rola, só meu tio não cai. Enquanto não cair, ele não cai. O vento rascante do abismo faz balançar os membros de meu tio como um espantalho de cinema, e ele vomita, fica mais leve no vento que o leva e sobreleva acima do grande monturo, leve coisa largada na corrente do abismo — um trapo de homem. E esse vento move o mundo. Cédulas, bilhões de cédulas sem lastro, envolvem no vendaval meu tio sem o abismo.

Manchete, 25/05/1963

O vendedor de gravidade

Famoso neurologista me disse uma vez que Charles Chaplin era um gênio. Antes que me espantasse da grande novidade, acrescentou: "Não estou falando do ponto de vista artístico, mas só do aspecto neurológico". Acabou me explicando que, para cada gesto, há um único movimento perfeito: Chaplin executava infalivelmente os movimentos perfeitos. Disse para ele que também eu conhecia um caso genial, o do Nelson Fonseca, meu companheiro de peladas veteranas, só que o Fonseca executava infalivelmente o movimento errado. Um gênio às avessas.

Deixando de brincadeira, Pelé é outro ser humano que atinge a "genialidade" por intermédio dum sistema nervoso perfeito a serviço dum sistema muscular ágil e forte. Pelé está para o jogador comum como um avião a jato está para o avião convencional; ou como a eletrônica está para a eletrotécnica.

Pois é, a verdadeira fonte de renda de Chaplin e Pelé é o sistema nervoso, ao passo que o nosso Fonseca tem de fazer dinheiro, e bom dinheiro, editando *Sedução* e outras revistas fascinantes.

Há muito brinco de descobrir a verdadeira fonte de renda ou prestígio das pessoas. Existem sujeitos, por exemplo, que deviam colocar no primeiro plano duma declaração de bens esta verdade: falta de caráter. Ingressam em todas as profissões, mas o capital que multiplicam é a falta de caráter. Donde se vê que o sinal menos pode dar mais.

Conheço outros que vendem conversa, produto aparentemente exclusivo da Companhia Telefônica. Um deles levou o sistema à perfeição; dizíamos que ele conversava com um taxímetro ligado e mandava a conta depois. Pode parecer exagero, mas a verdade é que o artista em apreço construiu, a conversar, um palacete no Rio, uma casa de campo em Petrópolis, e uma boa vida por toda parte. Aliás, a classe bom-papo, de tanto conversar, brilhar e faturar, acabou castigada: criaram-lhe o emprego de *public relations*. Foi-se o encanto.

Às vezes penso nos humoristas. Bons ou maus, grossos ou finos, que seria deles se não existissem, para os dias de graças magras, o adultério, a efeminação, a embriaguez, a burrice, a sogra, a ilha deserta?

E que seria dos laboratórios farmacêuticos se tivessem fim a gripe e a tuberculose? Que seria dos advogados se a humanidade se descolasse da marema dos sete pecados capitais?

Vocês sabiam qual é a maior empresa do mundo? Maior que a General Motors, a General Electric e a United States Steel reunidas? Também não sabia, até que li há umas três semanas na *Time*: é a companhia telefônica dos Estados Unidos. Vende o quê? Conversa, como o *public relations*. Trocando em miúdos, vende principalmente negócios, amor e tédio — três poderosos produtos da prosperidade telefônica.

Mas o tipo que realmente me impressiona é o do vendedor de gravidade. O homem que não é nada especial: é grave. Não é bom nem mau: é grave. Nem estúpido nem inteligente: é grave.

Nem audacioso nem prudente: é grave. Integralmente grave. Pretensiosamente grave. Gravemente grave.

Desde o embrião ele é grave. Nem brilhante nem relapso no colégio: grave. Seus companheiros de juventude foram o que é o destino: um caiu de amores, um desandou a estudar, um deu para beber, um se matou, um entrou para o Partido Comunista, um escreveu sonetos, um foi plantar borracha no Ceilão, um desejava o tempo todo conhecer Paris. O grave continuou grave. Casou-se gravemente, nem frio nem quente. Procriou gravemente. Nunca mostrou ideias: bastava-lhe ser grave. Falava o mínimo com um máximo de gravidade. Não era a favor nem contra: era grave. Nem por merecimento nem por antiguidade foi subindo os postos: por gravidade. Era vê-lo e reconhecer que ele era grave. Tinha cabeça grave, olhos graves, ombros graves, pernas graves, voz grave, gestos gravíssimos. Competente? Sincero? Bom sujeito? Alegre? Triste? Que importam essas coisas frívolas quando um homem é grave! E como se chegar à verdade quando um homem está blindado numa gravidade inexpugnável!

Liberal? Conservador? Nada. Ele sempre acreditou, só acreditou, na lei da gravidade. A origem da vida é grave, o fim da vida é grave, durante a vida é grave. Quando lhe perguntavam a respeito duma situação, ele pensava duas vezes, contava até dez, e respondia que a situação era grave.

E assim ele foi, vai e irá. Andando gravemente num silêncio grave. Criando gravidade. Comprando e vendendo gravidade. Grave. Grave. Grave.

Manchete, 04/07/1964

A Idade da Comunicação

Foi-lhe posto o nome de Babel... Vamos mudar um pouco o texto do Gênesis antes de terminar a frase. Foi-lhe posto o nome de Idade da Comunicação, porque nela sucedeu a confusão da linguagem de toda a Terra. Ainda ficaria mais certo dizer "das linguagens", incluindo na confusão as comunicações orais, escritas, iconográficas, tácteis etc.

Considerável parte da humanidade fala ou arranha o inglês. Intérpretes bem treinados reproduzem com fidelidade os pensamentos de antípodas. As notícias dão a volta ao mundo antes que uma dona de casa faça chegar a uma vizinha a cortesia de um pedaço de bolo. Não há uma ilha perdida para Robinson, nem uma rota desconhecida para Ulisses. Uma pessoa pode ocupar todas as horas do dia informando-se do que se passa no resto do mundo. As palavras básicas de todas as comunidades e nações são as mesmas: paz, amor, liberdade, fraternidade, justiça, democracia, bem-estar, riqueza coletiva.

Mas a comunicação não se estabelece. Dizemos paz e fazemos guerra. Proclamamos o amor e puxamos as armas. Liberdade, fraternidade e justiça, relativas, são espaços vitais, apenas concedidos a quem está conosco. Bem-estar ou riqueza é apanágio da aristocracia argentária. Democracia é uma palavra da qual Thomas Jefferson fazia uso para anunciar uma recristianização que gorou em gestão.

O Senhor espalhou os babélicos por toda a Terra e eles cessaram de edificar a cidade; em vez desta, construíram a Aldeia Global e inventaram a Idade da Comunicação.

Mas é o velho apólogo que se repete: procura-se a Comunicação, isto é, um cego tenta agarrar num quarto escuro um gato que não está lá dentro. Conseguiu criar para isso diversos engenhos, laços, arapucas, jornais, rádio, televisão; faz discursos e ameaças, chia como um rato ou ronrona como gata no cio. Mas nada pode acontecer; a comunicação não é deflagrada.

As personalidades de marido e mulher são intensas e incompatíveis. Os pais assumem para com os filhos uma atitude ou canhestra ou violenta. Para a contestação os jovens não precisam saber o conteúdo daquilo que contestam. Os patrões, é claro, não possuem a mesma "cosmovisão" dos empregados. Alunos e mestres se divorciam no primeiro dia de aula. O mestre que entende demais os alunos passou para o outro lado; o que acata os pontos de vista do corpo docente passou a ser um vendido. Um partido usa um expediente comunicativo e faz a briga de Watergate. Um jogador de golfe sul-africano faz um papelão porque o seu *caddy* (humilde carregador de tacos) não era branco.

Os continentes brigam, as nações não se entendem, as raças se hostilizam, e o próprio idioma utilizado dos governos para com o povo sofre distorções babélicas. Apenas em um setor a eficiência da comunicação costuma atingir o ótimo: os produtos de consumo, mesmo quando inoperantes, são vendidos.

É a neurose global. Pois, mesmo ao nível de indivíduos, as comunicações internas são precárias. Comigo me desavim — como falava Sá de Miranda. Estamos por dentro, cada um de nós, cheios de ligações erradas, de informações falsas ou equívocas: nossas paixões famélicas não se comunicam com o nosso tíbio amor pelo conhecimento da verdade; nosso egoísmo não nos transmite sinal algum do que se passa com o próximo em naufrágio.

É a Idade da Comunicação.

Três homens lúcidos e de boa vontade, todos os três da família Huxley, preocuparam-se muito com as violências decorrentes da solidão humana.

Um deles, Aldous, recorda com amargura que no princípio do século parecia de todo evidente que os dias ruins tinham acabado, que a tortura, o massacre, a escravidão, a perseguição de heréticos eram coisas do passado.

Outro, o cientista Julian, demonstrou, de maneira ainda mais amarga, a viabilidade de uma família humana razoavelmente pacífica e compreensiva.

O terceiro, o velho Thomas Henry Huxley, propõe-nos a seguinte alegoria: suponhamos que a nossa vida e a sorte de todos dependessem do resultado de uma partida de xadrez. Nosso cuidado primário seria evidentemente aprender as regras do jogo e ficar de olho vivo na hora do xeque-mate. Pois, continuava o sábio, isso é uma verdade elementar: nossa vida e nossa felicidade dependem do nosso conhecimento das regras de um jogo infinitamente mais complicado que o xadrez. O tabuleiro é o mundo: as peças são os fenômenos do universo; as regras do jogo são as leis da natureza. O jogador com que nos defrontamos nos é desconhecido; mas sabemos que joga bem, com muita paciência, sem perdoar no entanto os nossos lances desatentos ou errados. Quem joga mal é posto em xeque, sem pressa, mas sem remorso.

É isso aí; na Idade da Comunicação ainda não aprendemos a jogar xadrez.

Manchete, 03/11/1973

Congo

Tua alma, minha amiga, é como a Bélgica suavizada de canais, mas a minha é como o Congo violentado, duma liberdade malnascida. Miséria misteriosa de meu sangue, suor negro de minha morte, martírio milenar de minh'alma, meu amor. A Bélgica é como a tua alma suave. O Congo é tumulto impenetrável, floresta de lama, felino ferido. Estou ao norte, ao sul, a leste, a oeste, crucificado em províncias paralíticas, em subúrbios de barro, onde se arrastam bestas mal abatidas, molambos de Lisala, senzalas de Lusambo, Usumbara profunda com seu zabumba fúnebre, Inongo, Malonga — minh'alma. Mas a tua é suave de canais. Um crime se articula na aldeia petrificada, um guerreiro de lança percorre o vale ardente. Mas em tua alma, minha amiga, há um príncipe melancólico pendido para o crepúsculo. No Congo, violência, vingança, o ídolo vetusto que se estraçalha, o pântano de sangue, o voo do corvo, o rio da raiva, a garra do belga, a madrugada de carvão, a cova de Cristo, a luz de Lumumba. Na Bélgica, a suavidade dos canais, meu amor.

Diário Carioca, 23/10/1960

Encenação da morte

Já ganhei da morte várias vezes, já matei em mim mortes de vários tamanhos e feitios. Preciso me explicar. Se daqui a um minuto posso estar vivo ou morto, daqui a um minuto, qualquer que seja a minha condição aparente, serei o ringue duma briga entre a vida e a morte. A todo momento sou apenas um ângulo, reto, agudo ou obtuso, entre a vida e a morte.

A vida nos quer, a morte nos quer. Somos o resultado da tensão ocasionada pelas duas forças que nos puxam. Esse equilíbrio não é estável. Amplo, diverso e elástico é o campo de força da vida, e vale a mesma coisa para o campo da morte. Se ficamos facilmente deprimidos ou exaltados é em razão das oscilações de intensidade desses dois campos magnéticos, sendo o tédio o relativo equilíbrio entre os dois. Às vezes é mais intensa a pressão da vida, outras vezes é mais intensa a pressão da morte. Não se diz com isso que a exaltação seja a morte e a depressão seja a vida. Há exaltações e exultações que se polarizam na morte, assim como há sistemas de depressão que gravitam em torno da vida. O estranho, do ponto de vista biológico, é que somos medularmente solidários com ambos os estados de imantação mais intensa, os da vida e os da morte. Não aproveitamos apenas a vida, mas usufruímos também as experiências da morte, desde que estas não nos matem. Tudo dependerá da resistência, não da nossa vontade, do nosso mistério: se o mergulhador descer um pouco mais a desigualdade de pressões lhe será fatal; se o centro de gravidade da torre de Pisa se deslocar mais um pouco, ela ruirá; enquanto não ruir, a torre *usufruirá* de sua inclinação, do mesmo modo que os mergulhadores vivem um estado de euforia nos estágios submarinos que precedem a profundidade mortal.

Mas a morte pode sobrevir não só de doenças, mas de acidentes ou duma organização de circunstâncias que chamamos acaso. Pois acho que a morte, por doença ou acidente, é sempre a mesma; quando se apodera de nós, seja por uma queda de pressão, seja por uma queda de elevador, é que se rompeu o equilíbrio; o centro de gravidade do sistema se deslocou o mínimo necessário; o mergulhador foi um pouco longe demais na sua ousadia pesada e eufórica.

A morte quer apossar-se de nós a todo instante. Ela mesma é a coisa instante. Para isso, reveste-se de todos os disfarces, representando ocasionalmente em nós papéis que se repetem por longas temporadas. Outras vezes, sua atuação é eletronicamente rápida e múltipla como um teatro de variedades: entre duas batidas do coração, a morte entra lá dentro, lá dentro de toda a tessitura humana, representa uma peça completa e se retira de cena, para retornar no intervalo de duas pancadas, com uma novidade, um novo guarda-roupa, uma nova encenação, um novo argumento. A esse alucinante virtuosismo teatral da morte devemos a perplexidade do conhecimento. Num único instante, simultaneamente, podemos ter a impressão de que agarramos afinal a realidade do mundo e que ela fugiu de nós para todo o sempre. E o que chamamos vida também aproveitou o intervalo entre as duas pancadas cardíacas para representar dentro de nós uma peça simultânea e diferente.

Ganhei várias vezes da morte, isto é, inúmeras vezes os papéis que a morte representou para mim não chegaram a ser convincentes ou não chegaram a fazer grande sucesso. Matei várias mortes. Muitas delas eram diáfanas como as asas da mais tênue borboleta; não existem palavras para relatar esses duelos microscópicos, instantâneos, sutis. Que se passa no coração entre duas pancadas?

Há no entanto mortes grosseiras que entram em nós, mortes rudes, que empolgam a representação das mortes delicadas; dessas mortes populares, sim, temos medidas humanas para falar.

As mortes que perseguem a infância são em geral grossas, estúpidas. No meu tempo, anterior aos antibióticos, disfarçadas em infecções purulentas, elas arrastavam uma criança por longos meses de sofrimento. Quando não venciam, extenuavam de tal forma a criança que a pobrezinha se predispunha a preferir a morte à luta pela vida.

Mas nem sempre as mortes que acometem uma criança são desse gênero brutal e infeccioso. Conheci quando menino, por exemplo, a presença da morte por afogamento, deleitando-me cariciosamente na intimidade da água, sendo a sensualidade da natureza uma das mais comuns representações da morte durante a infância.

Aos dez ou onze anos assisti também em mim a vivas representações da morte por santidade, a morte disfarçada na sedução que me provocavam, apesar duma certa doçura enjoativa, que aliás me salvou, um Guy de Fongalant ou um Domingo Savio. Meus pais nunca se deram conta de que estive a pique de ir para o céu quando me fiz santo, melhor, quando a morte representou para a minha alma, nova mas torva e dissentida, o auto da santidade.

Na adolescência, a morte pode advir do próprio sentido da palavra, pois *adolescere*, em latim, é crescer — e sabemos que o simples crescimento é uma tensão excessiva que pode ser mortal.

Entre doze e treze anos busquei sempre a morte acrobática, aonde me chamavam os espetáculos de circo e as aventuras de Tarzan. Essa morte era tão atraente que até hoje não me livrei da puerilidade de ter sido um maravilhoso ginasta de árvores, pedreiras e casas em construção.

Se até os dezoito anos conservei o prazer da morte esportiva, por excesso de velocidade ou de altitude, um ano depois o teatro da morte renovaria em mim seu elenco. Vivi então, até as nervuras da coisa, a lenta paixão da folha morta, rolando aqui, ali, imagem milenar do romantismo. Li-Po, Villon, Verlaine… Resmunguei a canção de outono ao vento mau que me levava pelas madrugadas imprevisíveis. Conservo ainda o sabor dessa morte por sujeição à literatura, na qual uma quadra outonal de todo alegórica fazia o principal papel num coração estraçalhado pela própria primavera.

A pantomina que se seguiu tem o título de morte por solidão, quando reproduzi em contorções íntimas a parábola do homem só. Conheci, ainda pela mesma época, a morte por assassinato, que não chegou a fuzilar-me; a morte por absurdo, que não chegou a provar-me; a morte por tuberculose, que nem cheguei a contrair; a morte por desregramento nervoso, que não chegou a enlouquecer-me; a morte por heroísmo, que parou a caminho; a morte pelo tango, que não chegou a danar-me; a morte por amor, que não chegou a incendiar-me, quase; a morte pela humanidade, que não chegou a crucificar-me. Quanto à morte por suicídio, no sentido convencional do termo, nunca se dignou a seduzir-me de frente; vislumbrei mal e mal um lago de parque, a vertigem dum topo, o engenho singelo do tambor, a tranquilidade da alma do veneno dentro do frasco.

Mas outro dia dei dentro de mim com uma morte tão madura, tão forte, tão homem, tão irrespondível, tão parecida comigo, que fiquei no mais confuso dos sentimentos. Esta eu não posso matar, esta é a minha morte. Encontrando Vinicius de Moraes daí a pouco, contei-lhe o ocorrido. Mas o Vinicius, que entende muito de morte, depois de questionar-me sobre os pormenores, disse que nesse terreno há sempre margem de erros, e que talvez tenha eu ainda de andar um bocado mais antes de encontrar a minha morte. Pode ser. Não sei. Quem sabe?

Manchete, 24/08/1963

A emulação do desastre

Carrinhos envenenados disparam pelo mundo, como se a velocidade louca fosse sinônimo de heroísmo ou virilidade. Quase sempre, tudo acaba mal numa curva.

Nunca entendi como as autoridades que constituem o Estado permitem até hoje corridas de automóveis.

Conhecemos hoje perfeitamente a força da propaganda, das promoções. Podemos mesmo medir que intensidade dar a uma campanha promocional a fim de que a mesma vença possíveis resistências da opinião pública. Sabemos que, atingido o ponto de saturação, a comunicação de massa pode levar a grande maioria para a direita ou para a esquerda, para cima ou para baixo, para o bem e para o mal.

Sabemos também que o mundo de hoje é maciçamente jovem, e que os jovens são particularmente permeáveis a pelo menos três tipos de emulação coletiva: a) a emulação de ideias e atos que dependam de energia ou bravura; b) a emulação de ideias e atos inconformistas; c) a emulação de ideias e atos ousados, desafiantes, heroicos.

Sabemos também que os jovens, nos tempos modernos, são

as vítimas mais numerosas dos desastres automobilísticos. As estatísticas americanas sobre os acidentes fatais na curta faixa de idade que vai de dezoito a vinte e cinco anos são estarrecedoras; a curva começa a descer depois disso, chega a seus menores índices em torno da idade de quarenta anos, quando o homem maduro se sente mais responsável pelos filhos, só voltando a subir no início da senilidade. Assim, temos o seguinte: é exatamente quando o homem está no esplendor de suas aptidões sensoriais, musculares e neurológicas, de dezoito a vinte e cinco anos, que ele se revela mais incapaz de evitar acidentes graves de trânsito. Por quê? A mais humilde das mães conhece a resposta exata, ao dizer: "Meu filho dirige muito bem mas é imprudente".

É nessa imprudência dos jovens que está a questão social dos desastres automobilísticos. Pode-se reduzir essa compulsão imprudente ou essa excessiva autoconfiança dos jovens?

Creio que sim; se os países utilizassem os meios de comunicação de massa para isso. Creio que sim, sobretudo se, num belo dia de lucidez universal, as nações civilizadas traçassem as diretrizes comuns de uma campanha nesse sentido e passassem a executá-las com o fervor que devemos esperar dos empreendimentos de salvação pública. O primeiro dever do Estado, me parece, é evitar a morte.

Mas, se temos todo o direito de acreditar que os meios modernos de comunicação e promoção seriam capazes de reduzir a mortalidade automobilística, o outro aspecto do problema é contundente e absurdo: é de todo incompreensível que as autoridades que constituem o Estado fiquem indiferentes à torrencial promoção que se faz em sentido contrário, aquela que promove o ás do volante, aquela que heroíza a imprudência. Todo campeão de corrida de automóvel é um herói desastroso. Mas o campeão é um profissional que se encaixa numa estrutura social (culpá-lo seria sandice), enquanto os Estados são os autores dessa estrutura e os responsáveis por ela.

Dado o conhecimento que temos da psicologia dos jovens (um livro aberto), dado o conhecimento que temos da força das emulações coletivas (outro livro aberto), dado o conhecimento que temos da estatística dos desastres (terceiro livro aberto), a indiferença e muitas vezes a conivência dos Estados nessa matéria é de desnortear as mais elementares proposições do bom senso.

O homem é livre, banca o maluco quem quer — diz um amigo meu, que é, diga-se, um aficionado de corridas, embora, diga-se também, seja um dos mais hábeis e ajuizados motoristas que conheço.

Mentira, o homem não é livre, nem aqui nem na China. Todas as polícias do mundo gastam fábulas do capital público para localizar, manietar e tentar recuperar o jovem que curte a sua maconha ou faz a sua viagem de LSD, talvez menos fatais que as viagens de carrinhos envenenados.

O homem, antes de tudo, não tem a liberdade de contaminar a água da fonte — e o que vemos até hoje na área da promoção automobilística é a contaminação diária e crescente, o desvirtuamento gradativo das noções de: coragem, de adestramento, de virilidade.

Há, em todos os períodos históricos, desvios e deformações da compreensão social que se arrastaram por dezenas de anos e muitas vezes por muitos séculos. Os mentecaptos já foram tidos por endemoninhados, merecedores de pancadas e privações. Um belo dia (um dia que também pode durar dezenas de anos) chega o momento da lucidez social, como luzes que se acendem numa cidade: mas como se podia bater em um louco! Que boçalidade!

Espero que muito em breve nossa geração seja considerada boçal por todas as suas conivências e omissões num setor social que promove a mutilação e a morte.

Manchete, 16/02/1974

Memorando de um dia

E eis que houve um tempo como um fruto partido pelo meio. E depois o fruto se partiu em quatro, em oito, em dezesseis, em centenas de pedaços, e esses pedaços compunham e descompunham o mundo. E coisas extraordinárias aconteciam. Houve um tempo dividido como um fruto.

E eis que esse tempo se chamou do cosmos e do núcleo. Pois o homem havia desencadeado a semente da matéria, onde ficavam hermeticamente fechados os raios do bem e do mal. Esse tempo se chamou do cosmos e do núcleo.

E eis que dividiram a crisálida pelo meio. E ligaram as metades por um tubo transparente, e ainda assim — *miracolo!* — a metamorfose da bruxa Cecrópia aconteceu. Neurose artificial dos caracóis. Constante de Planck. Zonas cerebrais (ratos brancos) de prazer, apetite, raiva, medo, desespero. Ácido DNA. E disse a esfinge de pedra: eu sou a energia dividida pelo quadrado da velocidade da luz. E eis que dividiram a crisálida pelo meio.

E eis que para os lados da África o fruto era escuro e quase passado. E pariu pouco a pouco os vermes, as formigas e os grandes lagartos da revolta. Nações nasciam do chão de lama (por baixo existia petróleo) e pela boca de fogo do simum. Homens partidos pelo meio possuíam uma cólera. Um dia mataram um homem chamado Lumumba. Sudão, Congo, Camarões, Gana, Guiné, Daomé, Gâmbia, Uganda, Quênia — negras palavras agudas depois do paraíso despótico das brancas palavras curvilíneas — Villiers, Ostende, Riviera, Paris, Califórnia, Copacabana, Mar del Plata. Para os lados da África o fruto era escuro e quase passado.

E eis que as coisas simples não eram impedidas de acontecer naquela intensidade. As crianças nasciam e nas lojas se vendiam a prazo bicicletas e patins — as crianças voavam nos jardins. Papagaios caçados nas ilhas mais verdes resmungavam frivolidades risonhas na solidão colorida de mulheres, maduras na exasperação do tempo e dos instintos. Sol gente nua beijo na relva filho no peito chuva cara amarrada da pedra antes da tormenta trabalho de mão prato de comida sim não livro canção caneca de vinho fogo na lareira remo no rio dança graça de cachorro banho de mar bo-ta me-ni-no me-ni-na u-va coisas simples não eram impedidas de acontecer naquela intensidade.

E eis que um dia uma pomba branca pousou no ombro de Fidel. Era Primeiro de Maio em praça pública. Pois é: uma pomba pousou no ombro do homem de negras barbaças na praça pública. Era a pomba pública? Uma linda pomba pública. Um dia uma pomba branca pousou no ombro de Fidel.

E eis que eu amava mais que a violência e a morte. Naquela intensidade extrema do mundo nuclear. Uma tarde fui simples, foi tão simples. Já havia bebido de quase todas as amarguras de minha vida. Desfiz minha casa e armei um casebre de argila e relva seca como fazem as aves, entre a terra e o céu. Vim e morei. Foi tão simples. Pois eu amava mais que a violência e a morte.

E eis que atravessei um vale de porcelana e aço. Cruzado

por um rio amarelo, outro azul. Vi o cacto da seca. A ferrugem da rosa de metal. A ratazana dos morros urbanos. Atravessei um vale de porcelana e aço.

E eis que tenho a fome de todos que têm fome. E isso é mentira. E eis que tenho a fome de todos que têm fome.

E eis que a humana criatura deu a primeira volta em torno de si mesma. Chamava-se Iúri. Representou no céu pela primeira vez a parábola do Poeta-Homem. Perdeu-se o memorando do primeiro círculo, copiado à imagem do Sol ou da Lua. E a memória de quem torneou a primeira roda da engrenagem trepidante. Primeiro halo. Primeiro pensamento sem princípio e sem fim. Primeiro possível-impossível. Primeira órbita. E o homem se fez astro, satélite dos outros homens todos, todos os mares, todos os rios, todos os vales, todos os animais, todas as plantas, todas as pedras, ah, todas as fórmulas contidas no enigma do Universo. E eis que a humana criatura fez a primeira volta em torno de si mesma.

E eis que houve um tempo como um fruto partido pelo meio e a esse tempo se chamou do cosmos e do núcleo. A crisálida, dividiram-na pelo meio. Para os lados da África o fruto era escuro e quase passado. As coisas simples não eram impedidas de acontecer naquela intensidade. E uma pomba branca pousou no ombro de Fidel. Atravessei um vale de porcelana e aço e tenho a fome de todos que têm fome. E eis que a humana criatura deu a primeira volta em torno de si mesma.

Manchete, 19/08/1961

Metamorfose às avessas

Ao acordar num oco de pau uma bela manhã, um inseto viu-se transformado em homem. Ainda sem consciência do que acontecera, tentou voar a uma árvore florida: os membros desajeitados golpearam ridiculamente o ar, as mãos estalando de encontro às coxas. Então viu que estava nu e sentiu vergonha e medo. Com folhas e cipó fez seu primeiro trabalho, uma tanga mal alinhavada.

Reduzido a duas pernas, a posição vertical o fatigava: tentou caminhar sobre os quatro membros e feriu os joelhos e as palmas das mãos nas pedras do caminho.

Pesava-lhe a cabeça, entronizada no pescoço longo e sem firmeza, apercebendo lá dentro um tumulto, como um bando de cupins invisíveis, querendo gerar em dor moral o primeiro pensamento — este: sou o rei dos animais. E sentiu um cansaço imensamente real.

O tumulto interior aumentava: era um zumbido de ideias confusas e partidas, a exigir do antigo inseto uma teoria geral do universo. Querer entender o mundo era reagir à insegurança que o ameaçava, como se um mosquito fosse compelido a elaborar a metafísica do sapo que o devora. O novo homem então sentiu nostalgia da condição de inseto, quando seria devorado pelo sapo com a naturalidade das leis cósmicas. Uma consciência incompleta era a doença que roía o homem, como se este visse não o sapo inteiro, mas a metade do sapo, não a ideia inteira, não a palavra inteira, mas as metades da ideia, da palavra, de tudo.

O homem que foi inseto caminhou com esforço, encontrando montanhas e vales, rios e florestas, pedras e pântanos, luz e sombra, a exaltação do vento e a mudez do ermo. Tudo isso passava pelas antenas de seus novos sentidos e prosseguia pela rede elétrica de seus nervos, em choques alternados de excitação e abatimento.

Ao mal-estar que resultava dessa inelutável sequência deu o nome de alma. E a alma, que ele não sabia o que era ou onde ficava, teve a necessidade insuportável de abrigar-se na mão de Deus.

Como Deus não fosse visível, deu o nome de Deus às coisas. Mas ficou insatisfeito, distante das coisas, já que era levado a procurar entendê-las.

Sem Deus, mas precisando de Deus, continuou, desamparado e vazio, sentindo fome, tristeza e desejo sexual ao cair da noite. Vomitou ao tentar comer um monte de esterco.

Uma coisa dentro dele mesmo o separava das outras coisas: era um pobre homem, um homem só, sob as estrelas. Dormiu pensando na morte.

Manchete, 24/09/1966

Para Maria da Graça

Quando ela chegou à idade avançada de quinze anos eu lhe dei de presente o livro *Alice no País das Maravilhas*.

Este livro é doido, Maria. Isto é: o sentido dele está em ti.

Escuta: se não descobrires um sentido na loucura acabarás louca. Aprende, pois, logo de saída para a grande vida, a ler este livro como um simples manual do sentido evidente de todas as coisas, inclusive as loucuras. Aprende isso a teu modo, pois te dou apenas umas poucas chaves entre milhares que abrem as portas da realidade. A realidade, Maria, é louca.

Nem o papa, ninguém no mundo, pode responder sem pestanejar à pergunta que Alice faz à gatinha: "Fala a verdade, Dinah, já comeste um morcego?".

Não te espantes quando o mundo amanhecer irreconhecível. Para melhor ou pior, isso acontece muitas vezes por ano. "Quem sou eu no mundo?" Essa indagação perplexa é o lugar-comum de cada história de gente. Quantas vezes mais decifrares essa charada, tão entranhada em ti mesma como os teus ossos, mais forte ficarás. Não importa qual seja a resposta; o importante é dar ou inventar uma resposta. Ainda que seja mentira.

A sozinhez (esquece esta palavra que inventei agora sem querer) é inevitável. Foi o que Alice falou no fundo do poço: "Estou tão cansada de estar aqui sozinha!". O importante é que ela conseguiu sair de lá, abrindo a porta. "A porta do poço!" Só as criaturas humanas, nem mesmo os grandes macacos e os cães amestrados, conseguem abrir uma porta bem fechada e vice-versa, isto é, fechar uma porta bem aberta.

Somos todos tão bobos, Maria. Praticamos uma ação trivial, e temos a presunção petulante de esperar dela grandes consequências. Quando Alice comeu o bolo, e não cresceu de tamanho, ficou no maior dos espantos. Apesar de ser isso o que acontece geralmente às pessoas que comem bolo.

Maria, há uma sabedoria social ou de bolso; nem toda sabedoria tem de ser séria ou profunda.

A gente vive errando em relação ao próximo e o jeito é pedir desculpas sete vezes por dia: "*Oh, I beg your pardon!*". Pois viver é falar de corda em casa de enforcado. Por isso te digo para a tua sabedoria de bolso: se gostas de gato, experimenta o ponto de vista do rato. Foi o que o rato perguntou à Alice: "Gostarias de gatos se fosses eu?".

Os homens vivem apostando corrida, Maria. Nos escritórios, nos negócios, na política, nacional e internacional, nos clubes, nos bares, nas artes, na literatura, até amigos, até irmãos, até marido e mulher, até namorados, todos vivem apostando corrida. São competições tão confusas, tão cheias de truques, tão desnecessárias, tão fingindo que não é, tão ridículas muitas vezes, por caminhos tão escondidos, que, quando os corredores chegam exaustos a um ponto, costumam perguntar: "A corrida terminou! Mas quem ganhou?". É bobice, Maria da Graça, disputar uma corrida se a gente não conseguirá saber quem venceu. Para o bolso: se tiveres de ir a algum lugar, não te preocupe a vaidade fatigante de ser a primeira a chegar. Se chegares sempre aonde quiseres, ganhaste.

Disse o ratinho: "Minha história é longa e triste!". Ouvirás isso milhares de vezes. Como ouvirás a terrível variante: "Minha vida daria um romance". Ora, como todas as vidas vividas até o fim são longas e tristes, e como todas as vidas dariam romances, pois um romance é só o jeito de contar uma vida, foge, polida mas energicamente, dos homens e das mulheres que suspiram e dizem: "Minha vida daria um romance!". Sobretudo dos homens. Uns chatos irremediáveis, Maria.

Os milagres sempre acontecem na vida de cada um e na vida de todos. Mas, ao contrário do que se pensa, os melhores e mais fundos milagres não acontecem de repente, mas devagar, muito devagar. Quero dizer o seguinte: a palavra *depressão* cairá de moda mais cedo ou mais tarde. Como talvez seja mais tarde, prepara-te para a visita do monstro, e não te desesperes ao triste pensamento de Alice: "Devo estar diminuindo de novo". Em algum lugar há cogumelos que nos fazem crescer novamente.

E escuta esta parábola perfeita: Alice tinha diminuído tanto de tamanho que tomou um camundongo por um hipopótamo. Isso acontece muito, Mariazinha. Mas não sejamos ingênuos, pois o contrário também acontece. E é um outro escritor inglês que nos fala mais ou menos assim: o camundongo que expulsamos ontem passou a ser hoje um terrível rinoceronte. É isso mesmo. A alma da gente é uma máquina complicada que produz durante a vida toda uma quantidade imensa de camundongos que parecem hipopótamos e de rinocerontes que parecem camundongos. O jeito é rir no caso da primeira confusão e ficar bem-disposto para enfrentar o rinoceronte que entrou em nossos domínios disfarçado de camundongo. Mas como tomar o pequeno por grande e o grande por pequeno é sempre meio cômico, nunca devemos perder o bom humor. Toda pessoa deve ter três caixas para guardar humor: uma caixa grande para o humor mais ou menos barato que a gente gasta na rua com os outros; uma caixa média para o humor que a gente precisa ter quando está sozinho, para perdoares a ti mesma, para rires de ti mesma; por fim, uma caixa preciosa, muito escondida, para as grandes ocasiões. Chamo de grandes ocasiões os momentos perigosos em que estamos cheios de sofrimento ou de vaidade, em que sofremos a tentação de achar que fracassamos ou triunfamos, em que nos sentimos umas drogas ou muito bacanas. Cuidado, Maria, com as grandes ocasiões.

Por fim, mais uma palavra de bolso: às vezes uma pessoa se abandona de tal forma ao sofrimento, com uma tal complacência, que tem medo de não poder sair de lá. A dor também tem o seu feitiço, e este se vira contra o enfeitiçado. Por isso Alice, depois de ter chorado um lago, pensava: "Agora serei castigada, afogando-me em minhas próprias lágrimas".

Conclusão: a própria dor tem a sua medida. É feio, é imodesto, é vão, é perigoso ultrapassar a fronteira de nossa dor, Maria da Graça.

Manchete, 27/07/1963

Nutrição: notas de um diletante

O pintor Augusto Rodrigues viajava pelo sertão de Pernambuco, quando sofreu um contratempo no automóvel ou no carro de boi. Enquanto esperava, entrou numa tapera, passando a entreter a caçula de numerosa família. A certa altura, fez aquela pergunta clássica: "De quem você gosta mais, do papai ou da mamãe?". A resposta da menininha raquítica: "Gosto mais é de carne".

Moral: Carência aguda de proteínas é mais forte que amor filial.

A comissão que estudou os males da desnutrição na Holanda, no inverno de 1945-6, informou que uma das grandes dificuldades encontradas no decurso do trabalho foi o estado psicológico das populações subalimentadas, pois a apatia e a irritabilidade são os caracteres que ressaltam do indivíduo submetido a uma restrição nutricional severa e prolongada.

Estados alternados de depressão e irritabilidade — isso não poderia ser uma síntese do comportamento do sertanejo nordestino?

Experiência de Minnesota, feita por um cobra e seus

auxiliares: rapazes submetidos a um regime de mil quinhentas e setenta calorias durante seis meses. Um dos aspectos pesquisados: diminuição da capacidade de trabalho, redução espontânea da atividade do desnutrido. Diminuição da força muscular do dorso: vinte e oito por cento; do antebraço: vinte e nove por cento. Nos casos extremos, o desnutrido não pode ficar de pé. Outro ângulo: um homem capaz de fornecer um trabalho de quatro mil e quinhentos quilogrâmetros passa a fornecer mil seiscentos e vinte e oito depois de três meses de regime reduzido. A perda chega a oitenta e cinco por cento ao fim de seis meses.

Aqui no Rio, um empresário verificou que os seus operários não estavam executando certa grande obra dentro do cronograma. Um dia matou a charada: os trabalhadores comiam mal, dormiam mal e já chegavam cansados ao serviço. Passou a oferecer à moçada duas coisas: café reforçado e repouso de meia hora antes do batente. Os cronogramas entraram nos eixos.

Aliás, isso tinha acontecido já em grande escala durante a construção da primeira rodovia pan-americana; os operários recrutados no local tinham baixíssimo rendimento de trabalho em relação aos operários provenientes dos Estados Unidos e Canadá. Suplementada a alimentação dos primeiros (da Costa Rica), o rendimento destes aumentou, chegando a igualar ao dos outros.

As disponibilidades alimentares dos Estados Unidos, do Canadá, da Austrália e da Nova Zelândia ultrapassam as necessidades. O resto é problema. Perto de três quartos dos víveres mundiais são utilizados pela Europa, União Soviética e América do Norte. A Ásia, que conta com quase metade dos homens, só dispõe de dezessete por cento dos alimentos. Mas, em matéria de números, o que mais espanta é este: os Estados Unidos, com seis por cento da população mundial, consomem um quarto dos víveres produzidos pelo globo.

"A fome e o amor constituem o germe de toda a história humana." (Buda)

A. Sauvy caracterizou os países subdesenvolvidos em dez itens, e um deles é a alimentação insuficiente, inferior a duas mil e quinhentas calorias.

Se o maior avanço da medicina depois de Pasteur foi a descoberta da ciência da nutrição, o maior atraso da medicina em nossos dias é a existência maciça de desnutridos. Temos hoje em todo o mundo uma consciência crua e estatística da desnutrição. Já a primeira assembleia das Nações Unidas, há trinta anos, foi consagrada a problemas agrícolas e alimentares. Mas a verdade é que ainda não se viu em parte alguma uma guerra fraterna e feroz contra a desnutrição.

E o pior de tudo é que muitas regiões ainda vivem em condições pré-pasteurianas.

Mas sabemos todos agora de dois pontos fundamentais: que a desnutrição, acarretando deficiências físicas e mentais, é um fator de desagregação social; e que a nutrição é um fator de desenvolvimento. Hoje, o entendido de nutrição é um produto híbrido: ou um nutrólogo que saca um pouco de economia ou um economista que saca um pouco de nutrologia. Respingados ambos com os salpicos da sociologia e demais ciências humanas.

Terra incultivada — já deve ter dito algum Confúcio do rio Turvo — é máquina parada. Terra incultivada é investimento letárgico; é uma espécie de cadáver congelado que talvez ressuscite um dia (em que condições?); é um investimento avaramente trancado nos cofres dos cartórios; é um papel que garante à família do proprietário perpetuar a posse de um morto-vivo. Dizer que a terra não cultivada nada significa para a comunidade é otimismo: significa muito, significa um sinal menos, uma subtração no produto interno bruto.

Acelerar e frear um veículo ao mesmo tempo não é racional,

mas é o que muitos países fazem: as máquinas modernas, urbanas e campestres, aceleram a produtividade; as terras incultas retardam essa aceleração.

As terras cultiváveis e não cultivadas opõem-se, por especificidade, a um dos aspectos basilares do desenvolvimento: a nutrição. Além de produzir zero no presente, elas multiplicam no futuro o estado da desnutrição, de ano para ano, com o simples aumento da natalidade. Ou seja: uma gleba que, em 1974, poderia fornecer alimentos para dez pessoas, ajudando a interromper o ciclo da desnutrição, teria que fornecer, em 1983, alimento para n pessoas, calculando-se n de acordo com a taxa de crescimento demográfico. A improdutividade, por definição, é estacionária, mas a improdutividade de uma terra boa é crescente. Faz crescer os dados aritméticos de um problema que não teve solução.

Por essa terrível exposição de motivos, creio, com candidez, que o dono de boas terras incultas deve uma prestação social ao desenvolvimento. Não se imporia a ele um ônus, mas se levaria até ele uma dívida virtual que, até hoje, por falta de formulação justa, não se vinha cobrando. Essa prestação (o exemplo é de diletante) poderia ser calculada em função do que a área incultivada poderia produzir anualmente dos três alimentos básicos da dieta brasileira: arroz, feijão e milho.

A desnutrição é uma pedra no caminho do desenvolvimento. Quando há uma pedra no caminho, há apenas duas atitudes: removê-la ou não se falar mais no assunto.

Manchete, 17/08/1963

Perfil a lápis

Morei em Ipanema, passei para o Leblon, virei serrano. Vou e venho.

Amo e desamo. As palavras me pegam. No fim resta o silêncio: sou vidrado na minha dor.

A ecologia era esta: vovô me dava doces. Vovô me deu um Menino Jesus de barro. Mamãe comprava palmito para a minha salada de alface. Papai fazia cadernos para que eu estudasse. Tia Zizinha cortava-me as unhas com muito carinho. Tia Nininha costurava meus calções de futebol. Tio Valdemar me levava para ver o Atlético, tio Tatá me dava pratas de cinco mil-réis. Tio João esgrimava comigo no fundo do quintal. Tio Antônio fez uma horta. Meu primo Hélio me deu o primeiro cigarro. Dolores, minha mãe regra-três, me defendia dos capetas maiores. E Isabel, também regra-três, olhava para mim com doçura e suspirava: "Coitadinho dele!".

No sentido publicitário do verbo, vou me vendendo depressa a ideias, pessoas, paisagens, climas, livros, objetos — o que existe no mercado. Quando morei em Ipanema fui ipanemense convicto; passei a ser lebloniano; fiz uma casa na serra, virei serrano.

Nunca tive centro de gravidade mental ou psíquico. Vou com todo mundo, todas as têmperas, todas as cores, todos os pratos do cardápio. Copiei um grifo de Stendhal: "Nunca tive consciência nem sentimento moral". Fiz meu o verso de Murilo: "Sou firme que nem areia em noite de tempestade".

Dou a alma pelo azul e traio o azul com o castanho.

Nasci para ser mundano, apesar de toda a minha desconfiança. Se soubesse dançar bem, não sairia do dancing. Amo acima de todas as coisas a sobriedade dos sentidos. Mas dou um boi para ficar *ubriaco*.

Não posso contemplar cartaz de propaganda turística sem me derramar pelas ravinas glaciais da Suíça, ou passar o verão no Marrocos, ou flanar pelo *chiaroscuro* de Praga, ou estender-me como roupa branca nas aldeias brancas de Portugal. Mas sou capaz de trocar tudo por um sono entre o jantar e a velhice.

Não é preciso qualquer eloquência para persuadir-me. Nasci convencido. Amarro minhas mãos para não bater palmas aos discursos idiotas. Prendo meus tornozelos a pesadas grilhetas para não frequentar locais absolutamente intoleráveis.

Fecho os olhos para não sorrir a quem não vai comigo ou me detesta; mas às vezes já é tarde.

Também às vezes agrido porque também amo a agressão. Às vezes choro porque chorar é um prazer irreprimível e o mundo gosta de lágrimas. Li os clássicos com saudade dos românticos.

Perdoo a mim mesmo porque é doce perdoar. E também me destruo porque é duro destruir. Sou vidrado na minha dor.

Estraçalho uma bacalhoada com um vigor lusitano, mas sei dedilhar uma travessa de caracóis com um racionalismo gaulês. E talvez gostasse de passar a pão e água.

A chuva me pega com facilidade. E quando chega o sol, faço-me uma ode de carne e vou tomar sol.

Se me dedico dois minutos a imaginar o amanho da terra, quero ir às honestas canseiras da lavoura, sou lavrador, bicho do chão, raiz. Mas já dei comigo consultando livros de mineralogia. E saio sempre voando quando passa o avião.

Pobre ser mercurial, escorro em tudo, rolo, desato-me e depois me recomponho, para escorrer de novo, rolar, desatar-me.

Às vezes dou comigo comprando uma casa no subúrbio, mas a poluição me desanima: compro um rancho nas lonjuras de Goiás. Ou abro uma salsicharia na avenida Ipiranga.

Vou e venho — é um direito, é uma obrigação que me impele, que me abusa, que perturba. Amo e desamo. Faço e desfaço.

Vi em Shakespeare um tonto quando li a antipatia de Tolstoi. No dia seguinte achei o russo um cego.

Passo para o lado de quem me ataca. Desculpo o bem e o mal que me fazem.

Redigindo publicidade, acabei me apaixonando pela técnica de fabricação de certos produtos.

As palavras me pegam. As imagens me pegam. As inflexões me pegam. Viro amigo de infância de qualquer desconhecido.

O mal e o ruim frequentemente ganham de mim. Chego a morrer com simpatia.

No fim de tudo resta o silêncio, que é a minha liberdade. O meu vazio.

Serei o bobo do universo?

Nem isso: só um bobo. Mas gosto de ser bobo.

Manchete, 02/03/1974

Como disse o homem

Que sei eu? A vida é um sonho; ao dormir, estamos despertos, e ao despertar, adormecemos. Nada torna um homem mais temível, mais implacável, do que a faculdade de ver as coisas. Melhor nada dizer que deixar de dizer o necessário. O mais importante na vida é não ter morrido. Amo a vida, mesmo quando a odeio. Se tivesse sido consultado, não teria desejado vir ao mundo, mas, já que aqui estou, vou demorar-me tanto quanto possível. Viver é nascer lentamente. O homem procura a sua densidade, e não a sua felicidade. A consciência é uma doença. Ter um corpo é a grande ameaça para o espírito.

Parece que cada um de nós tem duas vontades sempre opostas entre si: ao mesmo tempo, queremos e não queremos; condenamos e aprovamos; buscamos e fugimos; amamos e aborrecemos. O teu olho é a luz do teu corpo. Se o teu olho for simples, todo o teu corpo será luminoso. Tudo é dança. Todas as épocas que compreenderam o corpo humano, cultivaram e veneraram a dança. Na criatura humana tudo deve ser belo: a fisionomia, as roupas, a alma e o pensamento. O ministério é a fonte de toda a verdade e de toda a ciência. O homem pode decerto fazer o que ele quer, mas não pode decidir o que ele quer. É preciso sacudir a vida; do contrário, ela te rói. Tem sido, há muito, o meu axioma que as pequenas coisas são infinitamente as mais importantes. Tudo flui, nada permanece parado.

Nós que vivemos em países civilizados densamente povoados, especialmente nas grandes cidades, já não percebemos a falta que nos faz o calor da afeição humana. Quando estou no campo, gosto de vegetar com o campo. Jamais aconteceu, no decurso da minha vida, uma felicidade inesperada, um bem que não tivesse de conquistar.

Suave é a noite. A noite é a única coisa que a gente tem: é minha, é tua; o dia não é de ninguém. De dia eu faço, mas de noite eu sonho.

Minha terra é o mundo. Adoro conversar sobre rios, peixes e pescarias. Não sei como sou para o mundo, mas para mim mesmo, acho que não passo de um garoto brincando na praia, enquanto o grande oceano permanece desconhecido diante de mim. Minha face é a prisão do amor.

É preciso que ajudemos uns aos outros: é a lei da natureza. Sou um homem: creio que nada do que é humano me é estranho. Nasci povo, tinha o povo no coração. Não fazer o bem é pecar. Fico desesperado com os atos de violência juvenil. Ser homem é precisamente ser responsável. Liberdade quer dizer responsabilidade: é por isso que a temem quase todos. Será que a liberdade é uma bobagem?... Será que o direito é uma bobagem? Ser moço é uma carga muito dura, que só se aguenta porque moço tem força e resistência. Sê pródigo de ti: a lâmpada noturna esgota o seu óleo para dar luz ao mundo. O mundo só será salvo, se puder sê-lo, pelos insubmissos. O importante não é o que fizeram de nós, mas o que fazemos nós mesmos daquilo que fizeram de nós. Que me importa a minha vida! Quero apenas que ela reste, até o fim, fiel ao menino que fui. O homem sucumbirá pelo excesso daquilo que chama civilização. Nós, as civilizações, sabemos agora que somos mortais.

Quem dirá que eu não vivo satisfeito? Eu danço! Se há alguma coisa sagrada, o corpo humano é sagrado. Continuo puro: a cópula, a meu ver, não é mais grosseira do que a morte. Ver, ouvir, pegar são milagres; e cada partícula de mim mesmo é um milagre. Pedimos água, mas também pedimos comunicação. Não sei viver fora do amor. Saberei dizer amém a tudo o que possa acontecer. A beleza é a verdade.

São oito os pecados mortais do homem civilizado... oito processos que ameaçam destruir não só a civilização, mas o ser humano como espécie: superpopulação, devastação do ambiente, corrida do homem contra si mesmo, declínio de sentimentos e emoções, decadência genética, rompimento com a tradição, doutrinação da espécie humana, armas nucleares.

O importante é ser justo, que o resto virá por si mesmo.

Que é a vida? É como se me perguntasses: que é uma cenoura? Uma cenoura é uma cenoura, e nada mais se pode dizer.

Eu sou este mundo e como este mundo. Não há felicidade inteligente. A felicidade é um dom. Que sei eu!

(Este monólogo foi composto com frases das seguintes fontes: Bíblia, Upanixadas, Mário de Andrade, I. Walton, I. Newton, Montaigne, La Fontaine, Da Vinci, Ortega, J. Rostand, Malherbe, Valéry, Menandro, Gide, Fabre, Sartre, Michelet, Proust, Serna, Pasolini, Shaw, Whitman, Marx, Bernanos, Ovalle, Tchékhov, Matias Aires, Rachel de Queiroz, Shakespeare, C. Doyle, Stendhal, Saint-Exupéry, Hazlitt, K. Lorenz, Heráclito.)

Jornal do Brasil, 16/08/1987

Últimos apelos

Centra-se o segundo apelo de Schweitzer sobre o perigo da guerra. O autor dessa contundente trilogia de clamores manifesta que só tem um jeito de evitar a ameaça: a renúncia de Estados Unidos e União Soviética às armas nucleares. Ele recapitula a história: as bombas atômicas americanas, lançadas em Hiroxima e Nagasaki em agosto de 1945. A União Soviética possuiria uma bomba de igual poder destruidor em julho de 1949, ficando a paz, a partir desse momento, a depender do maior ou menor temor. Em outubro de 1952, a Grã-Bretanha fez explodir a sua primeira bomba atômica no norte da Austrália. Para reconquistar a superioridade, o governo americano autoriza a fabricação de uma bomba de hidrogênio, cujo poder deveria ser igual ao de várias bombas atômicas, sendo a primeira experiência efetivada em 1951. Em março de 1954, os americanos faziam estourar uma bomba H mais aperfeiçoada, em Bikini; ao mesmo tempo, os soviéticos efetuavam a explosão de uma bomba H em agosto de 1953.

A invenção do foguete de longo alcance foi posta a serviço

das bombas, podendo os beligerantes dispor de projéteis teleguiados. O doutor examina as características da guerra nuclear. Era vã, a seu ver, a esperança de que o conflito se limitasse a certas áreas, poupando-se outras; também não seria razoável esperar que as duas potências renunciassem a lançar logo no início da guerra as bombas mais poderosas sobre as grandes cidades. Textualmente:

> Quanto ao efeito das grandes bombas H, a bola de fogo que se forma no momento da explosão pode ter vários quilômetros de diâmetro. O calor é calculado em cem milhões de graus. Essas indicações deixam adivinhar quantas pessoas, numa cidade atingida, serão aniquiladas num instante pelo sopro da explosão, pelos estilhaços lançados, pelo fogo e pela primeira radiação, muito intensa, apesar de breve. A contaminação radioativa resultante da explosão cobriria uma superfície de quarenta e cinco mil quilômetros quadrados.

Diante de uma comissão parlamentar, um general americano declarou: "Se cento e dez bombas H são lançadas a dez minutos de intervalo sobre os Estados Unidos, cerca de setenta milhões de homens serão mortos e milhões de quilômetros quadrados inabitáveis pelo menos durante uma geração". Dessa forma, países, como a Inglaterra, a França ou a Alemanha, serão praticamente aniquilados por quinze ou vinte bombas H. "Só restaria rezar", disse Eisenhower. As nuvens de poeira radioativa tornariam problemática a existência humana (isto há trinta anos), sem que houvesse necessidade da utilização de bombas A e H.

Schweitzer examinava no segundo apelo o agravamento do perigo diante da possibilidade de outros países construírem bombas nucleares. Em 1959 chegara a vez da experiência francesa no deserto do Saara.

Schweitzer demonstrou que o conflito nuclear poderia surgir até de equívoco, um incidente desastrado. A rapidez necessária para interpretar os sinais do painel de radar implica a possibilidade de erro fatal. O exemplo é clássico. Estações de radar americanas assinalaram uma vez a presença de esquadrilhas de bombardeiros desconhecidos a caminho da América em velocidade supersônica. Diante disso, o general de bombardeio estratégico deveria mandar seus aviões em missão de represália. Temeroso da decisão, o general esperou. Pouco depois se verificava que as estações de radar tinham sido vítimas de uma falha técnica, como a nossa televisão.

Segundo Schweitzer, o perigo de que a guerra fosse iniciada a partir de erro seria maior no futuro, pois os foguetes supersônicos reduziriam as possibilidades de defesa do país atacado: "Em alguns segundos será preciso decidir se os pontos surgidos no painel são realmente foguetes, para que se tomem as medidas necessárias, que consistem no lançamento de foguetes defensivos, destinados a fazer explodir os foguetes inimigos... Um cérebro humano não pode ser encarregado disso, pois trabalha muito lentamente; é preciso confiar a tarefa a um cérebro eletrônico conjugado a um radar". Foi a esse ponto que nos levou o progresso: "Nossa vida dependerá de um cérebro eletrônico e de suas possíveis fraquezas". Por outra: poderemos mergulhar na guerra nuclear por uma estupidez científica.

O terceiro e último apelo de Schweitzer tem um valor relativo, pois seu tema é o exame das condições nas quais uma conferência de cúpula, que então se projetava, poderia realmente contribuir para o desarmamento nuclear. Ou seja: estava o mundo daquele tempo na situação em que nos encontramos agora, quando Estados Unidos e União Soviética fizeram umas primeiras concessões a respeito de desarmamento. Naturalmente, as armas são agora muito mais numerosas e poderosas, além do risco que se multiplica com mais países nuclearmente desenvolvidos. Albert Schweitzer achava que era preciso ser muito audacioso para ter esperança no futuro, mas que ele possuía essa audácia.

Jornal do Brasil, 17/01/1988

Depoimento

Uma vez eu estava em Londres numa sala comum da classe média inglesa: a lareira acesa, todo mundo com sua taça de chá, a família imersa naquela naturalidade (chega a parecer representação) com que os ingleses aceitam a vida. Os ingleses, diz o poeta Pessoa, nasceram para existir!

A certa altura, um garoto de uns dez anos começou a contar uma história de rua, animou-se e começou a gesticular. Só comecei a perceber o que se passava quando notei que aquele doce sorriso mecânico, estampado em cada rosto de todas as pessoas da família, sumiu de repente, como se uma queda de voltagem interior houvesse afetado o sorriso coletivo. Olhos de avó, mãe, tias e tios concentraram-se em silêncio sobre o menino que continuava a narrativa com uma inocência maravilhosa. Diante disso, uma das senhoras falou para ele com uma voz sem inflexões: "Desde quando a gente precisa usar as mãos para conversar?".

Vi deliciado o garoto recolher as mãos e se esforçar para transmitir o seu conto com o auxílio exclusivo das palavras. O sorriso doce de todos iluminou de novo a sala: a educação britânica estava salva.

Mas minha atitude diante do "problema da educação" continuava se afogando. Realmente, pensei, não precisamos das mãos para conversar; ora, se a gente obriga uma criança a abrir mão da mímica, a exprimir-se exclusivamente por palavras, essa criança aperfeiçoará sua capacidade verbal. Perfeito. Uma meta educacional foi atingida. Os ingleses sabem.

Mas mudemos o ambiente geográfico do problema. Imaginemos um garoto italiano de dez anos que fosse coartado pela família em seus gestos meridionais. Seria uma crueldade, uma afetação pedagógica, uma amputação social.

Daí, cheguei pela milésima vez à mesma conclusão que me espera no fim das reflexões desse gênero: os ingleses educam seus filhos para que eles venham a ser ingleses, os italianos, para que venham a ser italianos.

Em outras palavras: não existe Educação, mas uma atmosfera educacional. Melhor seguir instintivamente as sugestões desse ambiente, certas ou erradas, do que procurar estabelecer normas de educação intocáveis, universais. O erro grosseiro é deixar menino inglês comportar-se como italiano ou forçar o italianinho a comportar-se como inglês.

A reflexão pode parecer (e deve ser) irrelevante, mas é base de todas as ideias que me faltam sobre educação. Nunca cheguei a pensar nada sobre educação. Nunca concordei extensivamente com nenhum autor ou nenhum amigo a respeito de educação. Nunca tive opiniões sobre educação, principalmente de filhos meus.

Minha perplexidade começa exatamente no que deve ser o ponto de partida da certeza dos outros: só podemos educar para alguma coisa; dado um objetivo, procuramos fornecer à criança os meios de atingir esse objetivo.

Por exemplo: decido que meu filho deve estudar piano;

contrato-lhe um certo número de aulas por semana, obrigo-lhe a um certo tempo de exercícios diários. Mas o caso é que eu não posso decidir que meu filho deve estudar piano. Por que estudar piano? De duas, uma: se sou eu que gostaria que ele estudasse piano, o problema é meu e não dele, nada tenho a ver com educação; mas, se eu acho que seria bom para ele estudar piano, tenho de responder honestamente às seguintes questões: por quê? Para quê? Para ser um concertista? Um concertista mais ou menos ou o melhor do mundo? Para facilitar sua vida social?

Caso eu não responda a essas perguntas com convicção, estou blefando; e mesmo que as responda, não poderei nunca ter a certeza de que meu filho gostará de ser o melhor concertista do mundo ou de tocar um pianinho para divertir os presentes. Volto assim à minha patetice inicial: quando decido que meu filho deve estudar piano (ou inglês, sociologia, matemática) não tenho a menor certeza de que estou a educá-lo; apenas transfiro para ele ansiedades minhas ou ideias convencionais de minha classe.

Ora, dirão que educar não é impor obrigações mas captar as aspirações da criança. Se isso fosse uma verdade absoluta, os colégios andariam vazios e as praias cheias de crianças da manhã à noite. Admito, no entanto, que uma criança chegue para os pais e peça para estudar piano com a maior sinceridade; nesse caso, é ela mesma que se educa, que escolhe, certa ou errada, um caminho.

Minha perplexidade portanto é a seguinte: que só podemos educar uma criança para que ela atinja um objetivo é fora de dúvida; a dúvida é esta: desconheço os objetivos que devam ser atingidos. Sei que se vive e morre, mas desconheço os objetivos da vida; desconhecendo os objetivos da vida, desconheço os objetivos da educação. Para se viver e morrer, a educação é desnecessária.

Para quem acredita em Deus, não há problema; para quem acredita em dinheiro, não há problema. Mas eu não acredito nem em Deus nem em dinheiro. Logo, não posso educar meu filho para a eternidade ou para a segurança material. Se acreditasse que a finalidade da vida fosse o prazer, ou a arte, ou o poder, ou a obediência, ou o sacrifício, poderia educar meu filho. Faltando-me essas convicções, me perco.

Seria fácil dizer, com uma irresponsabilidade total, que o fim da educação é a sabedoria, a *sagesse*. Mas, que é a sabedoria? Só os sábios sabem, e os que passam por sábios, os que se recolhem desde o início da civilização às solidões escarpadas, dizem justamente que a sabedoria é aquilo que não se pode transmitir.

Julian Huxley, um racionalista de boa vontade, conta que presenciou uma prática impressionante numa tribo primitiva: as mães esfregavam as criancinhas nas pessoas de fora da família, a fim de que os recém-nascidos se acostumassem a aceitar o próximo. O cientista lamentava que essa tentativa de criar praticamente o amor ao semelhante fosse um exercício exclusivo daqueles selvagens. O lamento implica uma nostalgia da sociedade utópica. Não seria muito difícil fazer um santo de laboratório; mas eu não iria condicionar meu filho para o amor e a bondade e depois soltá-lo numa selva de asfalto. Na frase de Machado de Assis, o único consolo de levar uma cruz ao Calvário é ser crucificado nela — mas seríamos monstruosos se fôssemos educar para a cruz.

A criança de hoje viverá no mundo violento de amanhã, de ontem, de sempre. Para mim, o melhor é ainda não educá-la, isto é, deixar que a sociedade a amolgue com seus vícios, seu furor, seu egoísmo. Ela, a criança, responderá ao desafio. Se somos mentira, hipocrisia, preconceito, amor, medo, fraternidade, coragem e covardia, melhor deixar que a criança se cozinhe e tempere nesse caldeirão absurdo. É por medo que educamos, não é por amor; é por convenção que educamos, não é por entendimento.

Só espero que também a meus filhos ocorra pelo menos a mesma certeza que me mantém vivo: não existe nada, a não ser que a justiça e o amor sejam alguma coisa.

Desquitados que se amam

Casado e pai. Mas estava só na sua noite cheia de livros e nicotina. Nem a viuvez antecipada que põe certo desamparo nos homens solteiros, nem a inquietude contrafeita dos viúvos: uma solidão muda, que, embora a prazo fixo, sabe a infinda, como as desolações da alma nas travessias aéreas. Por um momento, a família se desprendera de sua autoridade de chefe; como se desprendera da aleivosia pecuniária dos fornecedores, das hesitações na escolha do jantar, das faxinas furiosas das quartas-feiras, dos horários, das aulas de professoras descontentes. A família descansava na montanha.

Um pai de família só em seu apartamento se parece mais a um menino filho de família, só, no apartamento de um amigo. Sem a mulher e as crianças, tudo aquilo que é seu não tem muita importância nem serventia. Restam-lhe os dois recursos: o do telefone (um alívio comprovar que os programas lá de fora não valem a pena) e o da geladeira, com o seu tédio glacial, onde uma perna de frango, um pudim de creme, uma talhada de abacaxi, uma folha verdíssima de alface podem, de quando em quando, mitigar-lhe a solidão, torná-lo de novo, nesse gesto estampado, um pai de família igual aos outros. Mas dessa vez bebeu, sem sede, meia xícara de água gelada, acidulando-a com umas gotas de limão, para contornar qualquer excesso de simplicidade, e fechou a porta de propósito com estrondo, antes de voltar à leitura.

Mas o tema da solidão continuava. O melhor para todo mundo, disse para si mesmo na apressada pausa de um parágrafo, é não se ter casado; uma vez casado, o melhor é não se descasar nunca mais. Essa ideia, torta e impublicável, não chegou a fatigá--lo. O mar fez silêncio enquanto um avião cruzou o bairro. A porta do elevador devolveu mais alguém ao convívio, amável ou monótono, de seus familiares.

O homem fechou o livro e foi abrindo aos poucos, como um leque, outros pensamentos juvenis. Por exemplo, há uma relação civil que é dura e desconcertante mas perfeitamente inútil: a cautelosa relação existente entre dois desquitados que acaso ainda se amassem. Impossível que certos desquitados não continuem se gostando, num segredo cruel, e se desejem com todas as humilhações do remorso. Haverá os que se amam sempre, antes, durante e depois das afrontosas formalidades legais do desquite; há os que penam de saudade umas poucas vezes, ou uma só vez presas de repente de um fogo que não consome, dor de amor no significado popular e pungente das canções radiofônicas.

O tempo é mais ostensivamente irreversível para eles, os desquitados. As sanções ditadas pelo sentimento de dignidade ou de ridículo tornam dramáticas essas vítimas de separações que se filtram nas figuras dos códigos, e conheceram as delongas vexatórias das salas de espera, os corredores mesquinhos dos cartórios, a bronquite dos juízes, o pigarro indiscreto dos oficiais de justiça. Mais que a letra da lei, é essa aparelhagem que os separa e os faz irremediáveis. Ou quase.

Assim, o homem só não lia mais, e espaceava nas adivinhações da solidão alheia, querendo entender os que se vão deitar (tantas vezes já em nova companhia, de súbito tão estranha e sem sentido) atacados de aguda compaixão e ternura por antigo companheiro ou companheira. Nem todos, talvez muito poucos, mas sempre existem casais desquitados que se amam e se vão amar ainda, timidamente, rudemente, isoladamente, cada um na sua redoma de reserva, ambos a sofrer a certeza de que cometeram um intolerável engano.

Por vezes, em noites vagarosas como esta, na hora talvez do grande rush, na execução automática dos gestos de ir para a cidade ou voltar a casa, os desquitados ficam patéticos, e odeiam a vida, e sentem a tentação amedrontada de parar. Ou de voltar. Mas se tece claramente contra eles uma trama pública; a sociedade que os cerca se compraz em oprimi-los com uma vigilância que, de um momento para o outro, pode transformar-se numa ironia irreparável. Não voltará, não terá bastante valor para voltar, impossível. Ou quase.

Ninguém ama porque a lei o obrigue a isso, mas por força de um desvario, suave como uma boa morte. Também não se para de amar pela força de uma disposição judicial que afasta o hábito de um corpo do hábito de outro corpo, o aprendizado de uma alma do aprendizado de outra alma. Duas criaturas, a despeito de tudo, tão humanas e que já poderiam ser agora bem mais pacientes.

Mas chegava de pensar em desquitados, sonâmbulos judiciais, bilaquianos pássaros cativos. Apenas, para terminar seu pensamento, lembrou-se de que uma vez, numa roda viril, um homem dissera com ênfase cômica e inesperada: "Estou convencido de que a gente se casa só para fugir à solidão". Um jovem senhor desquitado, presente a essa conversa boba, sorriu com experiência e sarcasmo, e enganchou nas consciências a interrogação final: "E você acha isso pouco?".

Manchete, 23/08/1958

Aparição

Ainda não deixei de pasmar-me com o que vi. Era sábado, por volta de onze horas, íamos de automóvel pela praia de Copacabana, rodando devagar. Além do controlador mercantil, dono do carro, estava comigo o professor-assistente de técnica de orçamento.

A manhã era perfeita entre as mais perfeitas que o Senhor reservou para Copacabana. Manhã dessas em que me vem sempre a vontade de ser abastado sitiante em Ribeirão Preto ou Alegrete, e de estar no Rio para umas férias em um dos hotéis envidraçados da avenida Atlântica. Manhã amorável que nos suaviza o ridículo de morar em uma cidade sem transporte, sem árvores e sem espaço. A viração marinha corrigia o ardor do sol.

E por ser tão bonita a manhã, arrepiamos o caminho de casa, na altura do Posto 6, fazendo a volta. O professor de técnica de orçamento nos contava uma história sobre um canário chapinha que tinha caído no alçapão, quando ele era menino.

— Até hoje sou doido por um canário chapinha.

Ele acabara de falar isso, quando uma freada brusca nos

sacudiu com turbulência dentro do automóvel. Olhei meu amigo ao volante para saber o que se passava, e surpreendi em seu rosto, que eu tanto conheço há longos anos, uma máscara nova. E como não me sinto capaz de descrever a expressão de sua face, passo logo adiante. Ele disse:

— Estou vendo.

Assim, estou vendo, sem complemento e sem reticências, como um cego que recuperasse a vista de repente. Olhamos para onde os seus olhos fugiam, e também vimos. Vimos a aparição candente caminhando em direção contrária à nossa. Três pares de olhos ficaram vendo.

Devia ter dezesseis para dezessete anos. Alta, loura, olhos claros, bela, terrivelmente bela.

Seu maiô de duas peças era cor de laranja. A pele de um dourado irrepreensível talvez indicasse a mistura de uma raça nórdica com outra morena. Os sapatos altos a faziam mais alta e, contraditoriamente, íntima e hierática. As formas, estas eram coisa de Deus. E como não é mais possível existir hoje em dia uma criatura tão definitivamente bela sem que os meios modernos de publicidade espalhem pelos quatro cantos do mundo a sua imagem, era de supor-se que, menina-e-moça quando se deitara na noite anterior, havia desabrochado mulher, e não se apercebera de que inaugurava um mundo novo quando saíra para a praia naquela manhã. Pois a displicência com que conduzia o seu corpo musical era absurda e a tornava mais forte, mais espetacular, mais devastadora.

Nós víamos, nós não éramos cegos. E aquele que conduzia o carro fez com ele uma curva ousada e começou a seguir a estrela da manhã. E a estrela caminhava ao lado de uma senhora de certa idade, possivelmente sua avó, e de um menino, possivelmente seu irmão. Mas aí notamos que as rainhas andam à frente de um séquito, e não apenas nós a acompanhávamos, humildes e deslumbrados, mas outros automóveis deslizavam em seu encalço, tudo dentro de um respeito que se parecia ao medo, tudo em silêncio, não fossem os alaúdes dos carros que forçavam a passagem para conseguir um lugar mais favorável junto ao fenômeno. E aqueles que não dispunham de viaturas, marchavam a pé, à frente, à retaguarda, ao lado, guardando uma certa distância, na calçada, na praia ou na rua.

O cortejo foi aumentando de maneira fabulosamente rápida. Sim, o acontecimento era de fábula. Ela caminhava entre a velha e a criança, olhava para os lados e para trás com temor, embora todos nós a pressentíssemos intangível. Janelas de apartamentos se abriam, faces consumidas pelo cotidiano se iluminavam de súbito com a visão.

No Posto 6, a situação ficara insustentável. Já éramos legião. A velha, assustada, passou a puxar a estrela pelo braço. Dirigiram-se ao clube Marimbás, onde, depois de conversar com um homem, refugiaram-se. Mas, quando ela apareceu lá em cima, na sacada, e foi contemplar os longes do mar, alguém do cortejo começou a bater palmas. E todos o imitaram, e os automóveis buzinaram alegremente, e o mar bramia, e a viração despenteava as amendoeiras, e Copacabana, tão habituada a ver as mulheres mais bonitas da Terra, registrou mais esse milagre de beleza surpreendente.

Manchete, 16/05/1951

Em face dos mortos

Os que morrem se tornam os meus maiores amigos. Horrível contemplar quem amo coberto de flores. No entanto, desde o momento que alguém me diz morreu, o morto se incorpora em uma perfeição de sentimentos.

O que morreu tem lugar marcado em minha vida. Já não existe entre nós a possibilidade de um aperto de mão, de um rancor, de uma carta extraviada, mas uma concordância de renúncias e propósitos. A penumbra em que repousam é a minha penumbra; a solidão que alardeiam é a solidão que escondo; esse mesmo círio há de estalar sobre a minha cabeça; as frases de pedra em latim são sempre as mesmas; e a grande e inexplicável lua dos mortos é a mesma grande e inexplicável lua que vai de minha infância à minha campa.

Muito cedo quis aprender o ofício de morrer, de confundir-me com os mortos no mesmo absurdo espanto. O que dei de mim aos vivos foi pouco e confuso; o que dou de mim a eles é o que recolhi da vida e agradeci à terra: a composição de um momento, por exemplo, à beira de um rio, tarde apenas habitada por uma estrela, incomensurável e frágil compreensão do incompreensível.

Minhas tardes, manhãs, as eleitas entre todas, como cartas de amor, pertencem aos mortos. Eu as deposito nas pálpebras do morto como um ramo de flores. Guardá-las seria ofender o morto, quebrar o pudor dos que se retiraram mais cedo e mais pobres. Teço uma coroa de afeições para os seus lábios, ponho-lhe nas mãos uns carinhos vividos, coloco-lhe aos pés caminhos que percorri, atribulações e alegrias do espaço, mais impenetráveis talvez do que os dias perdidos. Olho depois os meus pés já desanimados de caminhar.

Desfeito de minhas riquezas, já do tamanho de um defunto, lívido e abandonado como o próprio morto, posso descansar um pouco do meu sofrimento e conversar com ele.

Com que miserável ternura recordamos nossos hábitos passados. Ah, que simples e amável mistério era beber entre amigos no fundo de um bar enquanto chovia. Teu pijama vermelho era horrendo, que fazer! Desde menino sonhavas com um pijama vermelho. Aquele teu modo de tossir ao despertar. Nunca mais farás planos de viagem. De que lhe adiantaria a primavera de Paris!

Nós, os mortos, sorrimos no fundo do lugar-comum da morte. Os jornais, as estações de rádio, os ventos, as aves migradoras não nos informam nada. A injustiça ficou na terra e é injusto também estar morto. Temos apenas uns segredos a contar, uma indiscrição a dizer. Ficavas furioso quando fazias uma canastra real. Aquela mulher foi tua ou não foi?

À noite… As noites sempre foram dos mortos. Seus elementos armaram sobre as cidades, os campos, os mares, o eterno catafalco. As estrelas crepitaram em todos os velórios.

Morto, morto de minh'alma, boa noite. Vou recomeçar os trabalhos abjetos e os dias ruins. Muito mentirei mas não mentirei a ti. Estarei contigo, de surpresa, nos meus inexpugnáveis silêncios, na sombra de meus espelhos, em meus retratos velhos, em meus cabarés vazios. Prometo usar sempre tua morte em minha lapela como um distintivo. Falarei de tua morte em meu jeito de comer e beber. E quando morrer de todo, alguém há de murmurar: "A minha vez...".

Manchete, 30/05/1964

O reino das lembranças

Ilusão? Engano? Usarei a palavra contra a evidência: a certeza. Queria dizer o seguinte: ao deitar-me, suaviza-me às vezes a certeza de que o meu passado existe em algum lugar. Essa é a constante mais desarrazoada de minhas imaginações. Mas não tem o exaspero dos que se quebram de encontro ao fato consumado: é uma unção, um sentimento de inocência, uma certeza.

Quando pedia contas ao tempo, em minha adolescência, a náusea me desnorteava. Essa necessidade, fundamental em mim, de não perder o tempo, de transformá-lo em espaço, era intensa como a loucura. Inclinei-me sobre livros. Anotei em um caderno o desenvolvimento algébrico de meu desespero. É que o adolescente não é um poeta, é uma vítima da poesia. A lógica com que procurava salvar do naufrágio o meu passado levou-me ao limite extremo do abismo-lógica. Singular é que o presente só me interessava pela sua possibilidade de converter-se em passado, e assim, aparentemente, o exercício de viver só poderia ser para mim um cansativo comércio com a morte. Perdendo o minuto que passa, podia preservá-lo, recolhê-lo entre minhas lembranças, e só então apreender a sua fulgurante autenticidade. Confesso que mesmo o futuro, o que ainda não se transfigurou em saudade, pesava-me como se fosse vida desperdiçada.

Nesse procedimento taciturno existiria um desejo velado de suicídio? Não creio. Existia apenas a prefiguração da calma que hoje me faz amável, o momento que precede o sono, quando, em algum lugar, sei que o passado me espera e me convida e me dispensa de tantas realidades inacreditáveis. Porque o excesso de consciência é como o excesso de luz; o fulgor obsessivo do presente fatiga alguns espíritos.

Os objetos que se colocam em meu ângulo de visão, por simples e familiares que sejam, me obrigam a um excesso de concentração mais do que fisicamente doloroso. É como se estivesse no teatro, assistindo a uma peça conhecida, justamente no momento em que nos crispamos para ver o personagem praticar o seu irreparável erro.

Por outro lado, se fecho os olhos e os outros sentidos, deixo que me trabalhem a dor que me ocupa, a alegria que me movimenta, a ideia que me diverte, a ideia, a dor, a alegria me penetram, me preenchem, e me incompatibilizam com os gestos que me forço a fazer para continuar vivendo. Digo ainda: o mais simples e familiar, enquanto permanece duramente representado em minha consciência, é o que mais me paralisa e, se assim posso dizer, o que mais me irrealiza.

Dou um exemplo: vejo agora a parede áspera de um edifício. No instante em que a vejo, é como se ela também me visse, negando, consequentemente, a vida de meu ser. Para que eu volte à vida, devo retribuir a essa parede a sua natureza de lembrança, única dimensão em que as coisas não me negam. Acredito assim que o mundo exterior seja formado de lembranças.

O passado é o espaço de cada um. O que aconteceu é tarefa já cumprida, vida que se obtêve de percepções ilusórias, reino tranquilo dos emotivos. Eis por que estremeço todas as manhãs, quando o mundo se impõe a mim outra vez. No decorrer de um dia há ciladas suficientes para que o passado de um homem se transforme com violência. Preciso viver com atenção, escolher os meus passos, trocar este gesto por aquele, dizer esta e não aquela palavra, silenciar, ver, sentir, para não comprometer o que vou inventando para a memória.

Admito no entanto que às vezes o presente já tenha uma suavidade de lembrança. São raros momentos. Esse campo que vejo ao entardecer, plantado de um milharal que acabou de pendoar, com esse braço de rio barrento, essas vacas sólidas e plácidas, a linha dos eucaliptos na fímbria de um outeiro, onde se armou um aro azul, o único halo azul-azul do céu cor de chumbo, tudo isso veio encontrar-me em uma tal limpidez de alma, em um tal despojamento das ambições e dos medos nos quais nos destroçamos, que não consigo mais distinguir aquele fulgor obsessivo de que falava. Tem uma gravidade de lembrança. Possivelmente é uma lembrança. Já não sou eu que lembro e configuro as coisas: sou lembrado. Esse momento ao entardecer se lembra de mim e talvez guarde em uma dimensão desconhecida a imagem do que sou atravessando esse campo e refletindo todos os seus símbolos em uma quase perfeição. Me acomodo em uma gratidão feita de serenidade, porque o meu passado de repente se lembrou de mim e veio ver-me. A despeito de minha miséria, dos meus olhos turvos, alguma coisa em mim merece às vezes esse milagre. E eu o conservo como um amuleto que me protegesse do desastre cotidiano.

Manchete, 1/08/1964

Uma casa kafkiana

Kafka, segundo seu amigo Oskar Baum, imaginou a seguinte situação: um homem desejando criar uma reunião em que as pessoas aparecessem sem ser convidadas. As pessoas poderiam se ver e conversar sem se conhecerem. Cada um faria o que lhe aprouvesse, sem perturbar os outros. Ninguém objetaria à entrada ou à saída de ninguém; não havendo propriamente convidados, não se criariam obrigações para com o anfitrião. E, pronto, o espinho da solidão doeria menos.

Pois a casa de que falo é ainda mais kafkiana do que a casa bolada pelo criador das situações racionalmente absurdas ou intoleravelmente racionais. Em essência é a mesma casa, com uma diferença: os costumes há cinquenta anos impediriam a qualquer imaginação, mesmo à de Kafka, idealizar uma reunião social livre e descontraída como essa a que me refiro.

A casa kafkiana do Rio de Janeiro está situada, digamos, à beira da praia na zona sul; não há convidados: os frequentadores entram e saem à vontade. Permanecem em geral na varanda ou no salão, confortavelmente sentados, servidos por empregados atenciosos. Não chega a ser vedado aos frequentadores o acesso à copa ou à cozinha, mas não é o hábito, como em qualquer outra casa convencional.

O anfitrião nem sempre aparece; quem chega não é obrigado a cumprimentá-lo; quem sai não tem a necessidade de despedir-se; quem não o conhece nem de vista é recebido com a mesma cordialidade obsequiada aos frequentadores mais antigos.

Como não se trata em absoluto da casa da mãe joana, espera-se dos frequentadores um mínimo de urbanidade e compostura, mas, como se verá, a liberdade é incomparável. Não se pode comparecer nu em pelo, mas o uso de restritos biquínis é recebido com indiferença; é claro que, por parte dos homens, essa indiferença esconde com educada hipocrisia um entusiasmo... telúrico. Essa liberdade não condiciona qualquer preconceito contra o traje formal: ao lado de um senhor gordo de bermudas, não é de se estranhar a presença correta de um moço engravatado e abotoado no seu jaquetão; já mais de uma vez eu mesmo lá encontrei entre uma alegre juventude semidespida homens e senhoras vestidos a rigor.

O anfitrião e os empregados aparentam a maior imparcialidade se o frequentador está no momento tanto disposto a tomar um sorvete de chocolate ou um uísque escocês. Quem quiser pode almoçar ou jantar; quem não quiser não é instado para que coma ao menos alguma coisa. A gente pode entrar a qualquer momento e fazer uma refeição quando tiver vontade. Se você deseja comer uma extravagância — corações de melro trufados, por exemplo —, só aí a casa se formaliza um pouco: o próprio anfitrião é capaz de vir pessoalmente apresentar-lhe suas desculpas.

Umas das inestimáveis vantagens da casa kafkiana do Rio sobre as outras todas é a possibilidade de você entrar e ficar quieto, sem ter de conversar com ninguém; isso não impede que alguém lhe dirija a palavra, mas você pode demonstrar delicadamente ao outro que pretende ficar calado. Ele pode ser um chato e insistir. Sim, é claro, pode: nem Kafka nem o nosso anfitrião conseguiram imaginar uma reunião social sem chatos. Mas, quando lhe ocorre um chatoba em uma festa convencional, a sua saída é impossível ou complicadíssima; na casa de que falo, a saída é a simples porta da rua; o anfitrião e os outros não reparam, o próprio importuno fica humildemente resignado, sem guardar de você um ressentimento eterno.

Se você é uma pessoa preconceituosa, se faz diferenças para raças, classes, religiões, não está proibida de entrar nessa casa inimiga dos preconceitos: mas não creio que se sentirá à vontade em uma reunião onde se encontrem ao mesmo tempo a embaixatriz da Grã-Bretanha, o ex-prefeito do ex-Distrito Federal, um grupo da juventude transviada, um grave pastor metodista, uma prostituta tá-na-cara, um preto pobre, um milionário, um vigarista, uma linda criança de olhos celestes, um comendador português, um nazista, um comunista bigodudo e um general de exército imponente como uma declaração de guerra. Só aos despreconceituosos agrada essa mistura.

Pois essa casa existe, meu amigo, e você ainda não foi lá porque não quis. Aliás, não existe aqui no Rio só uma casa dessa espécie, existem muitas, e você mesmo já deve ter ido a várias delas com uma abominável inconsciência da liberdade de que você gozava.

Na verdade, quando Kafka falou a um amigo do homem que imaginava uma reunião com aquelas franquias todas, não estava a fazer outra coisa do que inventar a primeira taberna, o primeiro restaurante, o primeiro café ou o primeiro bar.

Você talvez não havia imaginado até hoje que só uma coisa o levava a uma reunião social: não o prazer ou a obrigação, mas a solidão. Ora, como as reuniões dessa natureza somente satisfazem às pessoas mediocremente imunizadas contra o sentimento de solidão, e esse não é o seu caso, você saía de lá mais aborrecido do que tinha entrado. O mesmo sentimento o fez também andar até os bares; mas você não notou que o bar e a reunião social são ao mesmo tempo iguais e diferentes: iguais, porque é a mesma fome de comunicação que organizou uma coisa e a outra; diferentes, porque no bar, se você também não saciar a sede que tem dos outros seres humanos, pelo menos tem a liberdade de entrar e sair à vontade, vestido a seu gosto, sozinho ou acompanhado, comendo ou bebendo o que desejar, e sobretudo sem ficar devendo nada a ninguém.

Manchete, 25/12/1965

Sono e insônia

Uma das expressões sutis da língua é *conciliar o sono*. Conciliar implica a ideia de harmonizar forças adversárias, agrupá-las no mesmo sentido, sem violência. O homem primitivo, quando se deita, fica dispensado dessa trama, passando direto da vigília para o sono, por mais duro que seja o chão ou o catre. Mas o homem moderno, o lamentável homem moderno, este se estende em um colchão de molas e vê o abismo interposto entre a insônia e o olvido. Quanto mais "moderno" ele for, mais dificilmente dormirá. Dormir virou problema, mais que isso, um drama individual encenado todas as noites. Conciliar o sono é um doce exercício; para o homem de nosso tempo, a expressão não tem mais validade; precisa se fazer violência para entrar no reino do sono. Para cobrir o abismo, ele lança a ponte dos barbitúricos, corroendo-se dia a dia no remorso de estar cometendo um pecado contra a sua natureza. Pois o sono já é o próprio tranquilizador, do qual todos nós poderíamos dispor; mas corrompemos a tal ponto esse medicamento espontâneo que somos obrigados a usar de um artifício fisiológico a fim de provocar uma outra ação fisiológica natural. É a própria perversão.

Conciliar o sono. Conciliar é compor em boa harmonia tendências discordantes. Como encontrar boa harmonia entre o esquecimento e os percevejos da mente moderna?

Sono é inocência, e o homem moderno é o amputado da inocência. Como conciliar o esquecimento e a usura? O esquecimento e a competição brutal? O esquecimento e a violência? O esquecimento e o terror?

Em termos mais concretos, como conciliar o esquecimento e a falta de dinheiro? O esquecimento e o medo de perder o emprego? O esquecimento e a conta do hospital? O esquecimento e a frustração? O esquecimento e a lembrança de uma catástrofe? O esquecimento e a sensação cancerosa de que o universo é um órfão abandonado?

Só os ricos poderiam dormir. Mas não dormem. Alguns porque, ainda mais intensamente, foram lançados no círculo infernal da competição; outros, sensíveis, porque não estão em boa paz com as suas consciências; outros...

Outros fazem parte de uma família curiosa: vivem em um mundo tão surdo, tão suave, tão tranquilizado, que o próprio sono deixa de ser um descanso e surge como um contratempo, um encontro desagradável, uma vida temporária, durante a qual não podem dar ordens aos criados. No sono, deixam de ser ricos. Por isso mesmo, embriagam-se de uísque ou de pílulas ou preferem fazer uma festa da própria insônia, receosos de abandonar o reino apenumbrado e macio em que vivem. Para eles, a realidade é tanto melhor quanto mais se assemelhar a um conto de fadas: tapetes fofos, ouro e prata, música emoliente, levitações dos sentidos, iguarias, bebidas mágicas, gênios solícitos que executam os caprichos? Trocar essas doces fantasias pela realidade humana do sono é trocar um sonho por um pesadelo.

Manchete, 05/11/1966

Buro(câncer)cracia

Para o capitalista, o inimigo máximo do mundo moderno é o comunismo; para o comunista, é o capitalismo. Para o historiador Toynbee (em livro que não li, mas citado há pouco tempo pela revista *Time*), o terrível inimigo que a humanidade terá de enfrentar nesses próximos anos, a força anticristã por excelência, será a publicidade — a publicidade em sua forma integral, ditadora suprema de todas as reações da massa. Para Chesterton, o dragão contemporâneo é o monopólio.

Não vou discutir os inimigos prediletos desta ou daquela tendência; passo para um plano mais abaixo. Pergunto: qual a coisa mais chata do mundo moderno?

Antes de tudo, restauremos a dignidade das palavras *chato, chatice, chateação*. Elas irromperam na linguagem diária por uma necessidade existencial: as velhas palavras *aborrecido, cacete, amolado* não fotografavam um estado de espírito irredutível, apanhado afinal em flagrante quando a chateação e seus derivados entraram para a língua. *Chato, chata, chateação, chatice, chatura, chatíssimo* eram significados existenciais que nos faltavam.

Dito isso, repito a pergunta: qual a coisa mais chata (não a mais angustiante, não a mais terrível, não a mais injusta ou humilhante) do mundo moderno?

Respondo por mim: a coisa mais chata do mundo moderno é a burocracia. O assunto não é novidade, pelo contrário, é usado; por isso mesmo, é preciso gastá-lo indefinidamente, até que se faça um buraquinho da espessura de um dedo na compacta estupidez da muralha burocrática. O câncer também não é novidade, e é por isso mesmo que nos preocupa todos os dias.

Como o câncer, ninguém é a favor da burocracia. Ninguém se sente responsável pela burocracia, assim como nenhum de nós se imagina responsável pelo câncer. Nos Estados socialistas, o povo pede clemência contra a burocracia; nos Estados capitalistas mais adiantados, a irrisão contra a burocracia é progressiva; os Estados subdesenvolvidos, em matéria de burocracia, são superdesenvolvidos, extraordinariamente complexos, como se administrassem não apenas um país de pés calçados e pés-rapados, mas o universo inteiro, com o sol e as outras estrelas.

O câncer é a multiplicação desordenada de células; a burocracia é a multiplicação desordenada de papéis. É possível que o câncer seja uma tentativa frustrada de corrigir algum defeito do organismo; a burocracia é exatamente isso, com toda a certeza, mas não corrige coisa nenhuma e acaba por matar o organismo. Pois afinal é o homem, o indivíduo com a sua personalidade particular, que a burocracia sufoca e mata. O homem é a sua fome, sua sede de prazer, seu medo, seu jeito de ver e viver; a burocracia, como o câncer, quer anular todos os defeitos e qualidades naturais do homem. Em vez de homem-fome, homem-prazer, homem-medo, homem bonito, homem velho, homem artista, homem comerciante, homem honrado, homem-pai-de-família, homem da cidade, homem do campo, homem triste, homem incorrigível — ele fica sendo, aniquiladamente, com uma primazia alarmante, o homem-câncer ou o homem-burocracia.

O câncer mata mais ou menos depressa; a burocracia, mais impiedosa, não tem pressa. De quanto mais tempo dispuser para comer teu tempo e teu gosto de viver, melhor para ela.

Em nome de quem ou de que princípio? Aí está o mistério: a burocracia, sem pai nem mãe, é duplamente bastarda.

Há indivíduos que executam leis, decretos e portarias com um prazer nefando, mas nunca existiu quem viesse a público para afirmar: "Eu, eu sou a favor da burocracia!". Há inimigos do comunismo, do capitalismo; há inimigos do Estado totalitário e outros do Estado democrático; há inimigos da religião e inimigos dos inimigos da religião; há inimigos de Machado de Assis e amigos de Machado de Assis; há inimigos da minissaia e amigos da minissaia... Neste mundo tão grande e variado, há campo para todos os conflitos e partidarismos; só não existe o amigo da burocracia. Pois mesmo assim, tiranizando todos, odiada por todos, quem manda é ela. E o câncer.

Manchete, 06/05/1967

A vida, a morte, o amor, o dinheiro

A vida — fora de qualquer dúvida.
A morte — fora de esquadro.
O amor — fora do alcance da razão.
O dinheiro — jogado fora.
A vida — fora o que não coube.
A morte — fora dos limites territoriais.
O amor — fora de si.
O dinheiro — fora o que se ficou devendo.
A vida — fora de ordem.
A morte — fora do ar.
O amor — do lado de fora.
O dinheiro — noves fora.
A morte — noves fora nada.
O amor — fora o perigo duma recaída.
O dinheiro — fora os gastos eventuais.
A vida — fora o que der e vier.
A morte — fora o que ainda pode acontecer.
O amor — fora o que passou despercebido.

O dinheiro — fora o imposto de renda.
A vida — fora o que a gente esqueceu.
A morte — fora de qualquer cogitação.
O amor — fora o que nunca se diz para ninguém.
O dinheiro — fora algum reajuste posterior.
A vida — fora o que ficou pelo caminho.
O amor — fora as noites passadas em claro.
A morte — fora de série.
O dinheiro — fora a sobretaxa.
A vida — fora o que isso prejudica a saúde.
O amor — fora o trabalho que dá.
A morte — fora a amolação pra todo mundo.
O dinheiro — fora o que a gente já pagou esses anos todos.
A vida — fora os erros de revisão.
A morte — fora o dinheirão gasto com as flores.
O dinheiro — fora o descontado na fonte.
A vida — fora certas crises de neurastenia.
O amor — fora o que ele/ela não disse.
A morte — fora de qualquer acordo.
O dinheiro — fora os emolumentos.
A vida — fora o que vem nas entrelinhas.
O amor — fora o que se perdeu.
A morte — fora o medo inconsciente.
O dinheiro — fora a pobreza que as pessoas escondem.
A vida — fora o tempo que se passa dormindo.
O amor — fora o tempo que se passa dormindo.
O dinheiro — fora o medo inconsciente.
A vida — fora os emolumentos.
A morte — fora o descontado na fonte.
O amor — fora de qualquer acordo.
O dinheiro — fora o trabalho que dá.
A vida — fora a amolação pra todo mundo.

O amor — fora algum reajuste posterior.
A morte — fora o trabalho que dá.
A vida — fora o imposto de renda.
O amor — noves fora nada.
A morte — fora o que isso prejudica a saúde.
O dinheiro — fora do ar.
A vida — fora a sobretaxa.
O amor — fora o que aconteceu antes.
A morte — fora o que a gente já pagou esses anos todos.
O dinheiro — fora do alcance da razão.
Fora de esquadro.
Fora de qualquer dúvida.

Manchete, 13/05/1972

Imagens

NOTURNAS — Ajeitei-me com a pequena valise no vagão mal iluminado. O gordo fumava charuto. O tempo gorduroso grudava-se em tudo. Teria passado minha estação de destino. Ignorava aonde ia, precisava descer, libertar-me do trem. Cheguei à plataforma com um medo frio; iria saltar no escuro, espedaçar-me decerto no abismo. Não tinha outra escolha. No momento que me despenquei, todos os movimentos ficaram em câmara lenta. Lento como pluma num remoinho, meu corpo descia pelo poço escuro. Agarrei-me ao capim do barranco e o mundo diminuiu de maneira fantástica; fiquei abraçado a uma calota terrestre. Se saísse, cairia fora do mundo, no espaço. Meus pés encontravam pedras pontudas fincadas na terra. Tateando o apoio, comecei a deslocar-me. Ao amanhecer cheguei a uma pequena cidade, com letreiros a gás na farmácia e na porta do hotel, onde entrei. Meu doloroso esforço no momento era lembrar se era ali o meu destino. O letreiro da farmácia, meio tremido, meio torto, deu-me um princípio de certeza. Devia ser ali. Mas por quê?

Da sacada do hotel examinei a praça. Atrás de descomunais

palmeiras, erguia-se a igreja barroca, branca, onde li: Pensão de Deus. Ah, era a minha mãe que eu buscava. Entrei de novo no hotel, dei o nome de minha mãe ao homem da portaria, que colocou os óculos sem aros, percorrendo com o dedo caloso as folhas do caderno sujo: "Foi-se embora ontem; como o senhor sabe, a semana de novena terminou".

Percebi o contrassenso daquela semana de novena, mas não disse nada. Com a frustração corroendo-me, procurei a estação. Sempre achei a estação (pensava). Tomei o trem e fiz mal de não ter perguntado a direção do mesmo, pois não sabia se corria para o ocidente ou para o oriente, e isso era insuportável. Topo qualquer parada, resolvi, no momento exato em que a composição encostava-se a uma plataforma ao lado de outra. Pela janela, descobri, na companhia de dois homens barbados, um médico que vi pela última vez num aeroporto estrangeiro, há muito tempo. Impossível que estivesse realmente ali. Ou eu é que não estaria? Não percebeu o sinal que lhe fiz. Desci do trem, gritei-lhe. Não mostrou a menor satisfação em rever-me. Estava bizarramente fardado, calçava botas de borracha até as coxas. Falou-me que combatera seis meses, atolado na lama, armado de alfanje. Despediu-se de repente e friamente. Só então reparei que o meu trem havia partido. Talvez fosse melhor assim. Com um barulhinho elétrico, o letreiro da estação disse em vermelho: só. Depois, em verde: só. E fiquei só e sem saber mais nada.

DIURNAS — Possuí janelas, e não riquezas. Minha primeira providência em casa nova é instalar as ferramentas de trabalho ao lado duma janela: mesa, máquina, dicionários e a paciência que não tenho. E outras bugigangas que se apegaram a mim: um globo de lata, um cachorrinho de barro, um Gorki de porcelana, uma cruz de madeira preta e três cachimbos que há muito esperam aparecer em mim o homem tranquilo do cachimbo. A janela também faz parte do equipamento profissional do escritor. Sem janelas, a literatura seria abafada e hermética, feita de desconjuntados pedaços de vida, de fruições e mágoas solitárias, das fúrias e penas desses simpatizantes de esquizofrenia.

Quando era menino, nunca olhava pela janela. Fazia parte da paisagem do quintal, ácido e alcalino a um só tempo, com seus mamoeiros bicados de passarinhos, o canto intermitente do tanque, as galinhas neuróticas em assembleia permanente e o azul sem o nada. Só chegava à janela em dia de chuva, amassando o nariz contra a vidraça, para contemplar o mistério portentoso da enxurrada.

Só à medida que ganhamos corpo, vamos aprendendo a conhecer a importância das janelas. Morei em muitas cidades e muitos bairros. Meus olhos deram para ruas quietas e frenéticas, pátios berrantes, morros, pedaços de mar. Vi coisas, muitas coisas, inumeráveis coisas. Vi um garotinho comandando o mundo de cima dum telhado; vi um afogado dando à praia; vi um homem batendo na mulher; vi uma mulher batendo num homem; vi madrugadas pálidas, outras chamejantes; vi poentes sonolentos; vi uma menina morrendo no pátio; vi as luminárias dos transatlânticos, que quase já não me inquietam mais; as traineiras operosas indo e vindo; vi um general a bater-se com um soneto; vi a tormenta, o sol, a tarde opalina, o verde, o cinza, o vermelho, o farol da ilha, o féretro e a moça saindo para as núpcias; vi a mãe voltando da maternidade com um filho; o bêbado matinal; o casal de velhinhos crepusculares, rompendo pela rua como um versículo do Velho Testamento. Vi através das minhas janelas todas as formas e cores e o opaco e a noite que chegavam para engolfar o mundo. Só não vi a linda mulher nua que os outros já viram de suas janelas.

Manchete, 11/03/1961

Fascinação da bagatela

O bom frei Godberto, bom e áspero, que tentou me ensinar latim e inglês, me advertiu em carta, quando eu ainda era verde, com uma palavra da sabedoria do Espírito Santo — *fascinatio nugacitatis*, a fascinação da bagatela. E foi pensando nisso que compus para homens e mulheres uma oração contra a frivolidade. Bem sei que a fascinação da bagatela é muito mais profunda, mas, de propósito, quis em minha prece ficar apenas na espuma da frivolidade, na bagatela, dizendo:

> Livrai-me, Senhor, da frivolidade de ser brilhante; da frivolidade de aparecer na televisão; livrai-me da frivolidade insidiosa de ter um apartamento simpático ou uma casa de campo que é um amor; da frivolidade de ter uma infância infeliz ou complicada livrai-me; livrai-me da frivolidade de dar entrevistas à imprensa; de elogiar o filme ou o livro da moda; de conhecer a ficha dos diretores de cinema; de me vestir bem; de não ligar para roupa; de conhecer o melhor restaurante e os melhores pratos; livrai-me da frivolidade de deleitar-me superiormente com a inteligência de

meus filhos; da frivolidade hábil de confessar aos outros os meus defeitos; de cultivar as frases que outros disseram sobre a minha personalidade, sobretudo aquelas que me diminuem aparentemente, mas não aos olhos do mundo; de considerar-me não compreendido livrai-me; da frivolidade de ter enfrentado graves problemas, íntimos ou criados pelas circunstâncias; de ter ido à Europa ou aos Estados Unidos; de falar bem uma língua estrangeira; de não ter preconceitos; de ser uma criatura independente; de nunca ter pedido nada a ninguém; da frivolidade de ter dinheiro no banco livrai-me; de ter uma saúde de ferro; de padecer de distúrbios do vago simpático; de ter-me na conta de excelente amigo; de possuir uma vista magnífica; de ter a vista cansada; de nunca tocar em álcool; de beber demais; livrai-me ainda da frivolidade de ser amigo do homem influente; de ser uma peste quando me enraiveço; da frivolidade de ser da alta sociedade; de detestar a alta sociedade; de ter sido convidado; de ter ido; de não ter ido; da frivolidade de quase ter morrido em um desastre; de ter extraído um cálculo biliar do tamanho de um ovo de passarinho; de sentir-me perfeitamente bem com as crianças; de ter cumprido rigorosamente o meu regime; de acordar com as galinhas; de acordar ao meio-dia; livrai-me da frivolidade de ter fascinação pela Índia ou qualquer outro mistério; de dar esmolas; de não ligar para comida; de ter almoçado com uma potência das finanças; de ter provocado paixões fulminantes, ah, essa é uma atroz frivolidade; de ser duro; de ser um sentimental que não aguenta uma gata pelo rabo; de ter nascido em Paris, Pernambuco, Minas Gerais, de ser brasileiro de quatrocentos anos; de ser filho de emigrante; de ter passado fome em certa época da vida; de dirigir automóvel muito bem; de ser simpático; de ser antipático à primeira vista; livrai-me ainda da frivolidade de nunca ter pedido dinheiro emprestado; de ser filho de uma família importante; de pertencer a uma família unidíssima; de ter sido o primeiro; de possuir uma discoteca fabulosa; de possuir uma discoteca selecionada; de falar que poeta é Goethe, música é Beethoven, pintor é Giotto; de entender o povo; de ter conversado com Ava Gardner ou Frank Sinatra; de ter a correspondência rigorosamente em dia; de nunca responder às cartas; de ter enganado a lei; de ser meio maluco; da frivolidade de jogar biriba muito bem livrai-me, Senhor; de achar Freud um gênio; de achar Freud um imbecil; de não levar desaforo para casa; de não perder uma boa estreia no teatro; de gostar de jiló; de odiar jiló; de ter muitos livros; de ter poucos livros; de colocar acima de tudo o meu senso de humor; de esconder a idade; de nunca esconder a idade; livrai-me da frivolidade de resolver o problema com um telefonema; de não ter medo da morte; de achar a vida muito boa; de achar a vida um pesadelo; de ser no fundo uma pessoa muito simples; de conhecer as melhores anedotas; de entender de cachimbo ou coisa parecida; de ser no fundo, embora ninguém acredite, um triste; de topar qualquer parada; de ter o meu retrato pintado por Portinari, uma das melhores coisas que ele fez; de ter horror a gente de mau gosto; de dormir feito uma pedra; de sofrer de insônia; de pertencer à Academia Brasileira de Letras; de não pertencer à Academia Brasileira de Letras; de ter um marido que chega sempre na hora; de ter uma mulher que faz tudo que eu quero; de ter um marido que nunca chega na hora; de ter uma mulher que manda em mim e resolve tudo; de ele (ou ela) ser ciumentíssimo; de ter um hi-fi fidelíssimo; de comigo ser pão, pão, queijo, queijo; livrai-me da frivolidade de ter pronunciado um discurso de grande sucesso; de não carregar embrulhos; de já ter andado rasgado, mas sujo nunca; da frivolidade doce e melancólica de parecer mais moço; livrai-me, enfim, Senhor, da frivolidade de não desejar parecer frívolo, amém!

Manchete, 06/07/1963

Amanhecer e anoitecer

É de manhã muito cedo, o sol se estende como um lençol, dois segundos só, depois se retira. Percebê-lo faz um pressentimento, uma reserva contra a vida. Tão cansado um homem, com o seu peito queimado de alcatrão, nunca mais fumasse. Quem se deu a todos os requintes da vulgaridade, pássaro arisco. Mas supor um animal pequeno demais para o seu peso, e arisco. Tão cansado um homem.

Acima da trégua da janela, o sangue esparso das amendoeiras, as pirâmides tumulares, a espinhela primitiva dos pinheiros, e no alto, lá no alto, o mar cinzento e trêmulo. Uma coisa bela e branca navegando. A luz se abre e se fecha, cálido e frio, tumbas e banheiras mornas, o corpo e o pensamento, irreconciliáveis como um pássaro e um peixe, ou como um pedaço de pente e um pente inteiro.

Se todas as mulheres ao longe andassem de vermelho; se houvesse uma certa disposição nos itinerários urbanos, como as evoluções em diagonal no bailado *Sherazade*. Se um homem cansado fosse ao amanhecer um menino cansado, seria um programa: sentar-se, por exemplo, no último suporte da escada do pintor. Mas, muito cansado, só conseguia pensar em outras formas de amanhecer. A mais desilusória no cabaré vazio, as galáxias de pó revolvidas na réstia de sol. Solidão dos drinques exaustos de Edgar. Saxofones de luz berrante. A mais tímida em Lagoa Santa sobre um pontão, em pleno hálito das águas sem espessura, os juncos com sua perfeição momentânea.

Outras formas de amanhecer, muitas outras, antes da distensão incruenta e retilínea do meio-dia. Um homem qualquer, sem retrato, sem dinheiro, sem corte, sem flores, sem enfeites. Um homem escuro, liso, indecifrável e oxidado como um canivete. Enfim, só o homem, com a sua barba crescendo durante o discurso, com as suas covas amarradas a tendões duros, com a pulsação duma chama, com um recado mal-entendido. Um homem amanhecendo com a força pressurosa do capim.

A mais perturbadora quando amanhecia sem querer amanhecer, o quintal de frutas ácidas, os anis matinais da lavadeira, um jornal ilegível na luz, o tanque a jorrar o seu canto apressado, e ele, um pequeno homem que se aparta. Pois também da meninice se amanhece para a noite. O menino levando o homem até o futuro. Ou porvir, pouco importa agora. Como também agora pouco lhe importa amanhecer hoje ou amanhã. Aparecer ou desaparecer.

O sol é viril, a noite é feminina, e eu não sei de onde me chega tanta incompetência de viver a hora do crepúsculo. Há o colégio interno com os eucaliptos altos, perfumes vegetais mesclados na brisa, o trisso das andorinhas nas cornijas da capela, as milícias da saudade em meu coração patético e pateta. Mas não é tudo.

Eu, que, a despeito de mim, aprendi a amar a vida, a respeitar as criaturas que se sentem à vontade neste mundo, nunca aprendi a amar o crepúsculo. Uma náusea começando, uma irrealidade que me enjoa corpo e alma, uma desconfiança animal, uma antipatia cósmica. Andei em muitas ruas, bebi vinhos fortes em cidades estrangeiras, cobri o rosto dentro de vagões de estrada de ferro, vi as figuras de minhas namoradas se desfazendo entre a luz e a noite, olhos arrogantes de repente humildes.

Inveja dos que sabem aonde ir na hora do crepúsculo. E nas viagens rodoviárias, quando os companheiros se calam entre árvores sombrias, e a música vulgar do rádio assume o mundo, e a gente se interroga, só com o sinal de interrogação, sem palavras.

Se entro no bar, autômato incoerente, coração de lata. Posso amar tudo, fingir-me de tudo, mas não naquela hora descompassada do ocaso, quando não é ainda, mas é quase. Grades em todas as janelas; todas as paisagens como se fossem recordadas com aflição; todos os pensamentos contraídos; todos os sentimentos minimizados.

Ah, meu Cesário Verde, meu irmão, como sou a tua alma portuguesa quando contemplo numa lembrança transversa a tua Lisboa ao anoitecer! Como falam comigo a soturnidade, o bulício, o Tejo, a maresia, o gás extravasado, os carros de aluguel, a cor monótona, o tinir de louças e talheres, os lojistas enfadados, as varinhas hercúleas, o peixe podre, as burguesinhas do catolicismo, o chorar doente dos pianos, o cheiro salutar e honesto a pão no forno, e Madri, Paris, Berlim, São Petersburgo, o mundo!

Robinson duma ilha crepuscular esperando o segundo naufrágio. Todos os dias. O céu cor de ratazana, a hora esquerda e torta, não ousando dizer o seu nome. Penso nos entardeceres do Paço, lentos, nos pavões imperiais de São Cristóvão, e nós todos, ainda mortos, poeira imperceptível no crepúsculo.

Manchete, 19/11/1960

Versos em prosa

No princípio do amor existe o fim do amor, como no princípio do mundo existe o fim do mundo. Existem folhagens irisadas pela chuva, varandas varadas de luz, montanhas de gaze azul amontoadas no horizonte, crepúsculos de ametista com palmeiras estruturadas para um tempo além de nosso tempo, pássaros fatídicos na tarde assassinada, ofuscação deliciosa dos sentidos no lago. No princípio do amor já é amor. Melancólica e perfeita é a praça com o seu quartel amarelo e o clarim sanguíneo do meio-dia. No princípio do amor a criatura já se esconde bloqueada na terra das canções. Navios pegam fogo no mar alto, defronte da cidade obtusa, precedida dum tempo que não é o nosso tempo. No princípio do amor, sem nome ainda, o amor busca os lábios da magnólia, a virgindade infatigável da rosa, onde repousa a criatura em torno da qual é, foi, será princípio de amor, prenúncio, premissa, promessa pressurosa de amor. No princípio do amor a mulher abre a janela do parque enevoado, com seus globos de luz irreais, umidade, doçura, enquanto o homem — criatura ossuda, estranha — ri como um afogado no fundo de torrentes profundas, e deixa de rir subitamente, fitando nada.

Isso se passa em salas nuas do oceano, em submersas paisagens viúvas, fiordes friíssimos, desfiladeiros escalvados, parapeitos de promontórios suicidas, vilarejos corroídos de irremediável ferrugem, cidades laminadas, trens subterrâneos, apartamentos de veludos e marfim, províncias procuradas pela peste, planícies mordidas pela monotonia do chumbo, babilônias em pó, brasílias de vidro, submarinos ressentidos em sua desolação redundante; e isto se passa sem testemunhas; e isso se passa até em criaturas inermes, anestesiadas em anfiteatros cirúrgicos, ancoradas em angras dementes, respirando através de alvéolos artificiais, criaturas que vão agonizando em neblina cinzenta, parindo mágoa, morte, amor. E isso se passa como os rios passam; como passa o circo em tumulto num povoado de crianças, como passa o mergulhador nos corredores pesados do mar, como passa o tempo, a doida cantando e a vida. E isso se passa até no coração embalsamado de putrefatas criaturas, confrangidas entre o rochedo e o musgo, e no aranhol sentimental de criaturas já meio comidas pelo saibro do tempo, no coração de Ariana, Diana, Pedra, mulher de Pedro, Consuelo, Marlene, Beatriz.

Amor. A morte. Amar-te. Até a morte. No princípio do amor existe o olhar, a escuridão, depois os galgos prematuros da alvorada. Duas retinas paralelas, vítreas, dois corpos paralelos, espelhos humanos que se refletem com intensidade, imagens que se confundem até chegar à criatura una, indivisível: escultura colocada no infinito. No princípio do amor o infinito se encontra.

No princípio do amor a criatura humana se veste de cores mais vivas, blusas preciosas, íntimas peças escarlates, linhas sutis, sedas nupciais, transparências plásticas, véus de azul deserto, tonalidades de céu, de pedra, corolas de nailon, gineceus rendados, estames de prata, pecíolos de ouro, flor, é flor, flor que se contempla contemplada por dois olhos turvos no estio, claros na primavera, como os rios que passam. E se é o outono amando (vermelho) o inverno, tanto faz, e se é o inverno dando-se todo à primavera, pouco importa: é estio, é flor, é como o rio que passa sob o manto de barro que lhe cobre a nudez, como o cavalo em pânico, o menino perdido, o tempo, a doida cantando e a vida.

No princípio do amor o corpo da mulher é fruto sumarento, tronco silvestre de onde desce a doçura da resina, gamo que se ergue nas suas pernas esbeltas. No princípio do amor o corpo da mulher é como o cântico dos cânticos. É como a polpa do figo, fruto, fruto em sua nudez sumarenta, essencial. Pois tudo no mundo é uma nudez expectante sob o manto — tudo no mundo — e nada é uma nudez tão expectante como o corpo da mulher na orla do amor. Hoje sob o manto laranja, de rosa amanhã, violeta depois de amanhã, verde-limão na quinta-feira, ah, mulher, mulher, corpo de mulher, todo o cortejo vegetal do sábado, até quando cai a tarde no domingo.

Fruto na sombra: é noite. Em torno existirá um anel de luar: mas é noite, noite por dentro e por fora do fruto. Noite nas laranjas de ouro da serrania, nos seios dourados de Eliana, nos pêssegos crespos do vale. Noite nas vinhas que se embriagam de esperar. Sangue contido nas veias, périplo inviolável do sangue, nudez da carne em seu tecido indecifrável, orvalho sobre o cristal inconsútil dos frutos, ramagens despenteadas, recôncavos expectantes, inflorescência de pés apontando o firmamento, cinzeladas umbelas, estigmas altivos, é noite, é treva, é flor, é fruto, é espera, é noite.

Mas nos seios dourados de Eliana amanheceu.

Manchete, 18/02/1961

Discurso à beira do caos

Ai, ai! Se amanhã eu não tivesse que escrever um texto de propaganda para uma companhia de cigarros; se não tivesse que terminar a tradução duma peça; se não tivesse que começar a adaptação dum livro infantil; se não tivesse de acabar a arrumação de mais dois ou três livros. Se os esquemas do mundo civil fossem menos implacáveis; se eu não gostasse tanto de futebol, da praia, de esperdiçar o tempo; se não fosse essencialmente um preguiçoso... Ah, não fossem essas compressões todas, e tantas outras, internas e externas, eu iria cair de cara e coroa na Renascença. Dava adeus aos amigos, aos patrões, ao Botafogo, à dona Janaína, agarrava meu Jacob Burckhardt, subia a serra de Petrópolis e ia bater em Florença.

Ouço o choro dos engajados: "A-li-e-na-ção! A-li-e-na-ção!". Respondo com alguma timidez:

Alienação em termos! O mundo moderno está fazendo uns quinhentos anos de existência! O mundo moderno está no fim! O incipiente humanismo está se liquidando em nome da tecnologia, assim como a teocracia absoluta se deixou embeber e alagar-se da onda humanista!

O coro dos engajados: "Uh! Uh! Uh!".
Peço um pouco de calma:

Meus amigos, vou para Florença (*vaia*), vou para Florença, para Paris, para Londres, para Roterdão (*vaia*)... porque ando confuso... porque não entendo mais nada... Mas de uma coisa vos posso assegurar: é na explosão espiritual renascentista (*risos*) que podemos encontrar os paralelos da agonia moderna (*tremenda vaia*). Eu digo *agonia*... Eu digo *agonia* no sentido etimológico (e unamuniano!) de luta! (*apoiados esparsos*).

O coro: "Po-e-ta! Po-e-ta! Pa-te-ta!".
Eu, humilde:

Poeta, talvez, por que não?! Mas poeta como aquele que tem a coragem de chamar o sol de sol e a flor de flor! (*risos*) Como vos dizia, sigo para a Renascença para encontrar no passado a lição das coisas presentes (*apupos*). Sigo para a Renascença para contemplar os primeiros veleiros que partiram em busca da conquista espacial! (*estupor*) Sim, onde principia a grande aventura cósmica, na significação física e na alegoria metafísica, senão nas inenarráveis viagens de circum-navegação! Gagarin, Glenn e Gordon são de novo Colombo, Cabral e Cortés travestidos de cosmonautas! (*palmas esparsas*) Sigo para a Renascença porque o telescópio eletrônico de Berkeley data de cinco séculos! E porque Einstein e sir James Jeans não seriam imagináveis sem a genialidade pioneira de um Copérnico ou um Kepler! É na Renascença, meus amigos, que surge o terror da bomba nuclear, quando as nove armas de artilharia vinham pôr em risco a sobrevivência da humanidade! Que é a fabulosa e moderna trama de telecomunicações (e aí está a Embratel, que não me deixa mentir), que é a própria cibernética de Wiener, senão a conflagração democrática da imprensa de Gutemberg! A parapsicologia repete as práticas mágicas de Paracelso! Na desintegração da forma de Picasso está a mesma busca de unidade que levou Da Vinci à integração! (*sinais de impaciência*) Eu vos digo, amigos meus, que o *libero arbitrio* e o *servo arbitrio* prolongam-se até os nossos dias, não mais como proposições teocráticas, mas como duras proposições do Estado! (*apupos e aplausos*) E vos digo ainda!... E vos digo ainda, continuando esse estupefaciente jogo de espelhos paralelos (*muito bem*), que o cisma religioso entre papistas e luteranos reproduz, mais do que se imagina, a divergência político-social de nosso tempo! Montaigne é pragmatismo e existencialismo! Rabelais é, *avant la lettre*, James Joyce, este mesmo Joyce que fez de Giordano Bruno um de seus personagens proteicos, intemporais e ubíquos! (*chega! chega!*) Sim, vou para a Renascença! Vou em busca das lições de Vesalius, pai incontestе da cirurgia moderna, pai do doutor Barnard e do doutor Zerbini! (*aplausos prolongados*) Vou em busca de Fracastoro, o primeiro e único médico a confessar que a ciência do coração só é entendida por Deus! Vou à Renascença ver o que se passa nas universidades, ardentes de curiosidade e tantas vezes sublevadas! Vou à Renascença ouvir a palavra profética de Ficino: "Quem poderia negar que o homem poderia de algum modo também fazer firmamentos, caso pudesse obter os instrumentos e a matéria celestial?". Vou à Renascença para ver um teatro agressivo! Uma pintura de pesquisa! Uma arquitetura funcional! Uma poesia concreta! Vou à Renascença para ver a Itália exportando know--how para toda a Europa e para as colônias semibárbaras da América! Vou à Renascença para ver os resultados do *New Deal*, da *New Frontier*, da *Great Society*!

Coro: "Chega! Fora, imbecil!".

Eu, cansado:

Amigos, um minuto para concluir. Vou à Renascença para assistir ao fim do universo circular! Ao fim da sociedade circular! Vou à Renascença, muito principalmente, para beber a lição de tolerância de Erasmo! (*aplausos*) Este prodigioso Erasmo, contra o atraso pedagógico, moderado e justo! Este prodigioso Erasmo cuja maturidade intelectual tem a idade do Brasil! Este prodigioso Erasmo, padre, fiel ao papa e à infalibilidade deste, mas a favor do casamento sacerdotal, do divórcio, do vinho francês, do uso do vernáculo nos ofícios litúrgicos, da união das Igrejas! Este Erasmo, se me permitem, tão pra frente! Este Erasmo sereno e simpático do retrato de Holbein, amigo do bom senso popular, inimigo dos fanatismos, das violências, das usurpações! Esse Erasmo que desejava uma práxis cristã, atos, e não teorias, de amor, simplicidade, paciência e caridade! Este Erasmo que dizia: "São Sócrates, rogai por nós!", e ao qual devemos dizer: "Santo Erasmo, rogai por nós! Rogai por nós nestes tempos de presunção doutrinária e intolerância! Rogai por nós nestes anos da graça em que também se celebra o quinto centenário do precursor de Napoleão, precursor de todos os homens fortes à testa dos negócios públicos, aquele Maquiavel que...".

O coro, frenético: "Lincha! Lincha! Lincha!".

Manchete, 13/05/1961

Declaração de males

Ilmo. sr. diretor do Imposto de Renda.

Antes de tudo devo declarar que já estou, parceladamente, à venda.

Não sou rico nem pobre, como o Brasil, que também precisa de boa parte do meu dinheirinho.

Pago imposto de renda na fonte e no pelourinho.

Marchei em colégio interno durante seis anos mas nunca cheguei ao fim de nada, a não ser dos meus enganos.

Fui caixeiro. Fui redator. Fui bibliotecário.

Fui roteirista e vilão de cinema. Fui pegador de operário.

Já estive, sem diagnóstico, bem doente.

Fui acabando confuso e autocomplacente.

Deixei o futebol por causa do joelho.

Viver foi virando dever e entrei aos poucos no vermelho.

No Rio, que eu amava, o saldo devedor já há algum tempo que supera o saldo do meu amor.

Não posso beber tanto quanto mereço, pela fadiga do fígado e a contusão do preço.

Sou órfão de mãe excelente.

Outras doces amigas morreram de repente.

Não sei cantar. Não sei dançar.

A morte há de me dar o que fazer até chegar.

Uma vez quis viver em Paris até o fim, mas não sei grego nem latim.

Acho que devia ter estudado anatomia patológica ou pelo menos anatomia filológica.

Escrevo aos trancos e sem querer e há contudo orgulhos humilhantes no meu ser.

Será do avesso dos meus traços que faço o meu retrato?

Sou um insensato a buscar o concreto no abstrato.

Minha cosmovisão é míope, baça, impura, mas nada odiei, a não ser a injustiça e a impostura.

Não bebi os vinhos crespos que desejara, não me deitei sobre os sossegos verdes que acalentara.

Sou um narciso malcontente da minha imagem e jamais deixei de saber que vou de torna-viagem.

Não acredito nos relógios... *the pale cast of throught*... sou o que não sou (*all that I am I am not*).

Podia ter sido talvez um bom corredor de distância: correr até morrer era a euforia da minha infância.

O medo do inferno torceu as raízes gregas do meu psiquismo e só vi que as mãos prolongam a cabeça quando me perdera no egotismo.

Não creio contudo em *myself*.

Nem creio mais que possa revelar-me em *other self*.

Não soube buscar (em que céu?) o peso leve dos anjos e da divina medida.

Sou o próprio síndico de minha massa falida.

Não amei com suficiência o espaço e a cor.

Comi muita terra antes de abrir-me à flor.

Gosto dos peixes da Noruega, do caviar russo, das uvas de outra terra; meus amores pela minha são legião, mas vivem em guerra.

Fatigante é o ofício para quem oscila entre ferir e remir.

A onça montou em mim sem dizer aonde queria ir.

A burocracia e o barulho do mercado me exasperam num instante.

Decerto sou crucificado por ter amado mal meu semelhante.

Algum deus em mim persiste

mas não soube decidir entre a lua que vemos e a lua que existe.

Lobisomem, sou arrogante às sextas-feiras, menos quando é lua cheia.

Persistirá talvez também, ao rumor da tormenta, algum canto da sereia.

Deixei de subir ao que me faz falta, mas não por virtude: meu ouvido é fino e dói à menor mudança de altitude.

Não sei muito dos modernos e tenho receios da caverna de Platão: vivo num mundo de mentiras captadas pela minha televisão.

Jamais compreendi os estatutos da mente.

O mundo não é divertido, afortunadamente.

E mesmo o desengano talvez seja um engano.

Manchete, 23/03/1974

Tens em mim tua vitória

Tenho olhos para não estar cego quando chegar, tenho mãos para pressenti-la no ar, quando chegar, quando de tudo que vivi chegar, todos os sonos e insônias, de minhas devassidões, anseios, aborrecimentos, quando a grande e pequenina morte que carrego comigo chegar.

Não sou ninguém, nem devia dizer que não amo a minha morte. Mas foge de mim um bando de palavras incontidas. Posso contemplar um rosto e não chorar, posso ver um dia nascer e morrer, e sorrir. Mas eu fui feito para morrer. Morrerei tudo.

A cidade não adivinha o eco de meus pés dentro de um muro. Meu amigo não sabe o que pensei quando me disse:

— Você se lembra dela?

— Qual?

— Aquela?

Nem mesmo sei eu o que penso, nem mesmo sei o que adivinho, quando sigo sem mim praticando os gestos da vida. (Posso amar muito o que os outros são, mas nunca posso dedicar-me a tudo que sou.)

Veio ter comigo muitas vezes. Desceu ao ombro do menino. Veio de mãos dadas com o perfume das acácias, quando um piano insinuava uma coisa qualquer, e eu já não farejava na cidade minhas costumeiras mágoas. Veio com a beleza e a melancolia, bateu às minhas costas nas praias, nos píncaros, nas barbearias, nas salas de aula, ou quando olhava, frágil de carinho, um cesto de peixes do mar. Tocou os tambores das paradas militares, foi o vento que vi esvoaçar o véu da noiva, agitou as bandeiras cívicas, inaugurou a estátua, inventou-me a ternura, a bondade, a minha fome.

Eu sou tudo ela. Se a esqueço, não me esquece. E dorme em mim. E sonha em mim os piores sonhos deste mundo. Nunca pude dizer tudo o que eu quero porque ela não quer. Meu verso se fez trôpego e medido por causa dela. Meu riso se fez tímido. Meus passos foram passos tortos de bêbedo, minha sabedoria foi uma sequência de trevas, minhas afeições não valeram, meus amores ficaram inconclusos, minhas alegrias foram alegrias loucas de louco.

Vai comigo a morte; vou comigo à morte.

Quando olho o mar eu me canso; se leio poesia me aborreço; quando durmo não descanso; se me embriago me entristeço.

Exatamente do tamanho do meu corpo. Dei por mim, e meus dedos estavam cruzados. Havia um zumbido de moscas quando me deitei, e os círios pálidos nos meus pés mais pálidos.

Quando cheguei à boate, ela me disse: "Boa noite". Quando saí: "Vou dormir contigo". E eu lhe fizera caretas lúgubres quando a vi dentro do espelho.

Mísero e covarde, cheguei a amá-la, viva, inquieta, desatinada, cheguei a procurá-la nos cemitérios, nos teatros, nos campos de futebol, e marquei à tinta vermelha nos livros o seu nome.

Nunca mais.

Morte, tens em mim tua vitória.

Manchete, 13/04/1963

Na praia

Funciona esplêndida em cima da praia a máquina do sol. Largamente abre-se o espaço. Custa admitir que a vida se cava em escritórios depressivos, nas jaulas dos guichês, repartições, filas, cemitérios do ser humano. Amo essa distância, hoje verde, esse cheiro de sal lavado, essa inquieta serenidade. Seria um absurdo mitológico se um submarino atômico surgisse à tona e nos destruísse, a nós que apenas pedimos neste momento um pouco de intimidade com as raízes da vida.

Aqui dispomos dos instrumentos essenciais a um instante de equilíbrio: a persistência do coração, o trabalho do fígado e dos rins, a eliminar os venenos, água salgada, luz, muita luz, elementos suficientes ao mistério linear de viver e sentir. Não fosse uma gaivota faminta, nem perceberíamos esse espinho interior a denunciar as vastas carências do homem, sofrimento, pressentimento, aniquilamento.

Há pequenos vermes ocultos na areia para que a nossa tranquilidade não chegue a ser alarmante. Obrigações a cumprir, amores a sonhar, coisas a providenciar formam figuras abstratas que se deformam, frágeis, e se quebram. Baste o sol, baste o céu, baste a escura arraia da vida a dormir maldormida em nossas profundezas submarinas.

Penso em Ícaro às vezes, despenhando-se do rochedo a fim de legar ao mundo, segundo o bom senso da poesia, um fracasso importante. Em geral, nem penso: as nuvens me atrapalham o entendimento, os ventos me dispersam em outras idades, já não sei quem sou, enquanto uma esquadrilha de aviões parece conferir o meu corpo, esquecido agora de que é um triste corpo à espera dos monstros do meu juízo final.

Hoje o homem vive simultaneamente em todas as regiões da Terra. Dói-lhe o mundo inteiro como se fosse uma extensão sensível de seu corpo: os postes telegráficos e as ondas de rádio são as células nervosas deste imenso organismo a transmitir-lhe impressões e dores em forma de notícias. A primeira página do jornal é o gráfico dessa vida nervosa suplementar, estampando diariamente a curva de nossas tristezas universais, somando as parcelas do mundo em nosso comportamento mental e dividindo a nossa mal distraída atenção pelos quatro recantos da Terra. Nunca a unanimidade humana foi tão intensa. Estamos interessados em todos. Das experiências termonucleares às pesquisas sobre a dor reumática. Das multidões esfomeadas da Índia à pobre menina brasileira que furtou um pão. Das reviravoltas políticas da África às usinas de alumínio do Canadá.

Por isso mesmo, mereço este dia de praia e de sol, fechado por algum tempo nesta felicidade deslumbrante feita de egoísmo orgânico. Hoje eu não sofreria nem por mim mesmo. Nosso destino é morrer. Mas é também nascer. O resto é aflição de espírito.

Manchete, 13/12/1969

Coriscos

Se acaso, por um momento, teu coração, como o de teu pai, ficar vazio, arruma a casa, abre a janela, põe tua roupa nova — para que o vento a caminho, mais uma vez, te arrebate vivo.

* * *

Fotógrafo de parque faz instantâneo de eternidade.

* * *

Vinho farto e mulheres limpas consolarão do exílio o estrangeiro.

* * *

São seis os elementos: ar, terra, fogo, água, sexo e morte. Não, são sete: e lirismo.

* * *

Sabedoria... a máxima seria anoitecer como um bêbado e amanhecer como um abstêmio.

* * *

Maturidade é recolocar, em juízo, os dramas do adolescente.

* * *

Rebeldia é instinto de conservação do entendimento.

* * *

O diabo da escola da vida é a bagunça do método pedagógico.

* * *

O bom historiador que escreve mal devia entregar o seu material ao mau historiador que escreve normal.

* * *

Quase todos vivem em permanente rendição. Os melhores alternam períodos longos de rendição com tumultos libertários. E só os raros vivem em guerra permanente pela independência.

* * *

A verdade, esta mitômana.

* * *

O vazio me enche.

* * *

O grave do homem grave é que ele não está fingindo: é grave mesmo.

* * *

Fotógrafo de parque documenta para a posteridade o insuportável silêncio do anonimato.

* * *

Executados os exercícios da dor, os ofícios humanos se arrastam numa gelatina desculpavelmente ridícula.

* * *

A natureza para ser comandada precisa ser obedecida.

* * *

Quem jamais foi traído não sabe o que perdeu.

* * *

O povo é o silêncio. Serei o advogado desse silêncio.

* * *

O amor amplia o horror da morte.

* * *

Todo herói acaba chato.

* * *

Medo. Tem-se. Mas não se deixa ele mandar na gente.

* * *

Morte
Não estou pronto agora,
mas, se ela chegar agora,
estou pronto.

* * *

Homem sou: e um bom pedaço do que é humano me é alheio.

* * *

Mandamento marginal: não tirar ninguém de seu engano.

* * *

A vida não vale uma crônica.

Diário da Tarde, 1981

Posfácio
A vida não vale uma crônica
*Ivan Marques**

O que primeiro nos impressiona: escritas em boa parte há mais de meio século, as crônicas reunidas neste livro não perderam nada de seu frescor e de sua atualidade. O fascínio dessas páginas, como é próprio das grandes obras literárias, se renova e se expande a cada leitura. Com essa constatação, não se pretende apenas reiterar o lugar-comum da perenidade das criações artísticas, mas apontar de saída para um dado central e ao mesmo tempo paradoxal da obra de Paulo Mendes Campos: seu voo largo, a naturalidade com que, situando-se além do registro leve e descompromissado do cotidiano, suas crônicas atravessam amplos horizontes, atingem as alturas e descem às profundezas, numa linguagem sempre esmerada, límpida, precisa.

Esse traço, comum a toda a produção literária do escritor mineiro, se evidencia especialmente em suas "crônicas líricas e existenciais", conforme a classificação de Flávio Pinheiro,

---

* Ivan Marques é professor de literatura brasileira na Faculdade de Filosofia, Letras e Ciências Humanas da Universidade de São Paulo (FFLCH-USP).

organizador desta edição. Está claro que, mesmo nesse conjunto em que a crônica, escrito tão volátil, caminha em direção ao poema e ao ensaio, observam-se com abundância as marcas de época — gírias como "brotinho", "brasa" e "prafrentex" ou referências à Guerra Fria, à corrida espacial, ao desquite, ao elepê, à minissaia etc. —, sem as quais os textos deixariam de pertencer à sua linhagem. A crônica é, por definição, uma escrita do tempo, o registro, também ele efêmero, do tempo que passa. Em contraste com as lembranças do passado, obsessivamente revisitado, outra temática que se impõe aos praticantes do gênero é a das transformações causadas pela modernização, percebidas de modo quase sempre desconfiado e traumático. É o que se vê também nas páginas de Paulo Mendes Campos, observador e crítico de um tempo de mudanças, as vertiginosas décadas de 1950 e 1960.

Entretanto, a característica essencial dos escritos que temos em mãos é mesmo a sua capacidade de transcender tempos e lugares. Por essa razão, eles parecem pertencer a uma categoria à parte, distanciando-se dos voos breves ("borboleteios") que fizeram a tradição desse gênero simultaneamente literário e jornalístico — e brasileiro por excelência, como só o Brasil conseguiria ser, para glosar um chiste famoso do autor. Lirismo denso e reflexão aguda, perplexa — eis o que essas composições oferecem. Uma fala que diz respeito ao tempo, sem se circunscrever a ele, visando tanto ao encantamento como ao desencanto (desconcerto) do leitor.

Em "A vida ao rés do chão", ensaio clássico sobre a crônica incluído no livro *Recortes*, Antonio Candido chamou atenção para a "larga onda lírica" que, a seu ver, distinguia Paulo Mendes Campos de outros mestres dessa categoria, como Rubem Braga e os também mineiros Carlos Drummond de Andrade e Fernando Sabino. O lirismo que lhe é atribuído com frequência não é leve nem discreto, como costuma ser em mãos de cronistas, mas impetuoso, livre, esparramado, conforme enfatizam os vocábulos usados pelo crítico.

O berço dessa crônica é a poesia. A despeito do prestígio que obteve com sua obra de cronista, foi como poeta que o autor estreou na literatura, ao publicar, em 1951, *A palavra escrita*. Bastaria o título dessa coletânea de versos, sugerindo a valorização da forma poética e da dicção nobre, para suspeitarmos de sua ligação com o programa da chamada Geração de 45, que reagiu às liberdades conquistadas pela literatura modernista, propondo a volta a metros e modelos clássicos. Paulo Mendes Campos não só pertenceu cronologicamente a essa geração, como foi um de seus porta-vozes. Em 1947, no primeiro número da revista *Orfeu*, lançada pelos novos poetas, ele publicou o artigo "Pensamento poético", em defesa de uma concepção da poesia como arte da palavra.

Mas esse movimento — no qual se incluiu uma extensa legião de poetas, como Ledo Ivo, Bueno de Rivera, Geir Campos, Péricles Eugênio da Silva Ramos e o próprio João Cabral de Melo Neto — significou menos o retorno ao passado literário do que a afirmação de uma espécie de "neomodernismo", articulando valores da tradição e da modernidade. No livro de estreia de Paulo Mendes Campos, por exemplo, os decassílabos e as formas fixas convivem com os poemas em prosa e em versos livres. A mistura incoerente se expõe, quase como um manifesto poético, já na composição que abre o volume, o admirável "Neste soneto", no qual o criador do "verso certo" (construído nos moldes do árcade Tomás Antônio Gonzaga) confessa sua atração pelo "verso errado", chegando à conclusão de que as falas de seu canto não cabem "dentro de forma fácil e segura" — pois "minha emoção é muita, a forma é pouca".

Como essa poesia é pouco conhecida, mais do que à Geração de 45, o nome de seu autor ficou historicamente associado a outro grupo, formado por ele, Fernando Sabino, Hélio Pellegrino e Otto Lara Resende. Em Belo Horizonte, eles tinham o hábito de "puxar angústia", isto é, "descer ao fundo do poço escuro, onde se acham as máscaras abomináveis da solidão, do amor e da morte", conforme explicava Paulo Mendes Campos. Ainda jovens, em meados da década de 1940, migraram para o Rio de Janeiro. Mário de Andrade, amigo próximo e influência decisiva em suas carreiras, apelidou os rapazes de "vintanistas". Mais tarde, eles seriam batizados por Otto Lara Resende com um rótulo que se tornou famoso: "os quatro cavaleiros de um íntimo apocalipse".

Em 1960, depois de lançar três livros de poesia, Paulo Mendes Campos publicou *O cego de Ipanema*, sua primeira coletânea de crônicas. A atividade como cronista o deixou ainda mais ligado à herança do modernismo (que se recorde, aliás, a curiosa data de nascimento do poeta, fevereiro de 1922, coincidindo com o impacto da Semana de Arte Moderna). Por sua linguagem simples e seus temas rebaixados, com lastro no cotidiano, a crônica brasileira segue de perto a prosa modernista, e assim foi trabalhada por Mário de Andrade, Manuel Bandeira, Drummond e Rubem Braga. No caso de Paulo Mendes Campos, seria exagero dizer que ele decidiu arrastar na crônica seu lirismo outrora clássico e elevado. A linguagem "rés do chão" já estava de algum modo prevista nas mesclas vocabulares e formais de sua poesia. Do mesmo modo, com sua crônica lírica e existencial ele não descartou o tratamento rigoroso da linguagem, nem a preocupação com os grandes temas "da solidão, do amor e da morte". Acrescente-se ainda que em nenhum dos gêneros o autor descurou da reflexão crítica sobre os problemas de seu tempo e de sua realidade.

Poesia e crônica estão, pois, intimamente relacionadas. Uma demonstração explícita desse cruzamento está na série de crônicas que têm origem em poemas. É o caso, neste volume, de "O reino das lembranças", "Em face dos mortos" e "Tens em mim tua vitória", entre outros exemplos, em que a adaptação se limita muitas vezes a eliminar as quebras dos versos sem mutilar o texto original. O conteúdo filosófico dos poemas é transmitido sem perdas para a prosa, que em seus momentos mais agudos reflete igualmente sobre a angústia do homem no tempo — temática existencialista desde sempre cultivada pelo autor.

Ao distanciar-se do modelo tradicional da crônica que contém impressões e flagrantes do cotidiano, Paulo Mendes Campos ajudou a alargar os limites do gênero. Para ele, de fato, crônica podia ser tudo: tanto as digressões líricas e cômicas como as páginas de reflexão dedicadas à condição humana, às novidades do mundo moderno, às descobertas científicas e antropológicas etc. Leitor cultíssimo e atualizado, o cronista-ensaísta tem alma de pesquisador, vocação para inventar teorias e disposição para pensar sobre tudo — de modo obviamente descontínuo e diletante, com notável liberdade de espírito, a exemplo do que se vê nos ensaios de Montaigne ou nas divagações de Drummond em obras como *Passeios na ilha*, de 1952. Em algumas ocasiões prevalece a exposição racional de motivos e argumentos. Outras vezes o que vem à tona é uma "prosa primitiva" (título de uma das composições deste volume), que promove a mistura do estranho e do familiar, à maneira dos surrealistas, ou a acumulação selvagem de aforismos e imagens poéticas.

Para a crônica o poeta carreia símbolos, metáforas, rimas, assonâncias, ritmos, paralelismos, neologismos, vocábulos raros, sintaxe inesperada, todos os meios do seu arsenal. A valorização da palavra e de sua sonoridade continua em pleno vigor nos textos em prosa. "O retinir branco de uma ambulância estilhaçou o ar", escreve o cronista em "Sobrevoando Ipanema", atento aos efeitos da sinestesia. Aliterações ocorrem o tempo inteiro, como em "prenúncio, premissa, promessa pressurosa de amor" (crônica "Versos em prosa") ou no "grito estrídulo das gralhas" que atravessa o silêncio em "Gente boa e gente inútil". Uma das ideias fixas do escritor, o silêncio, vazio e abstrato por definição, ganha concretude na sucessão de imagens que pontua a historieta "Achando o amor": primeiro o silêncio "empapou tudo como gordura", depois volta "mais limpo, exorcizado" e finalmente se converte em "bola de sabão".

No gênero dito menor o autor de *O amor acaba* despejou a onda larga de seu lirismo. Movidos por uma espécie de embriaguez, seus textos frequentemente beiram o insólito e o extremado, sem a fascinação do prosaico que é tão marcante na crônica de linguagem simples e assunto trivial que se consagrou em nossa literatura. Por toda parte, vemos em operação o maquinismo de frases, aforismos e teorias (os achados do ensaísta), ao lado do engenho de metáforas, paradoxos, surpresas (os torneios do poeta). Com espantosa variação de recursos, sua prosa amplia imagens, desdobra conceitos e multiplica *ad infinitum* as possibilidades de sentido. O escritor parece devasso, dissipador — e faz mesmo questão de sê-lo —, mas o rigor das composições não deixa dúvida quanto ao controle que ele exercia sobre a sua arte e à consciência que tinha de todo o processo, inclusive do caráter indecifrável dos enigmas.

Na linguagem, dentre os procedimentos recorrentes, destaca-se a enumeração. Velho como os textos bíblicos, o recurso atravessou os séculos e, como mostra o famoso estudo de Leo Spitzer sobre a chamada "enumeração caótica", tornou-se marcante na poesia moderna, servindo para compor, como no caso de Walt Whitman, impressionantes catálogos de coisas heterogêneas — as coisas do mundo caótico e fragmentado em vivemos. Esse "espírito de bazar" se espalha por quase todas as páginas de *O amor acaba*. Listas enumerativas ocupam parágrafos e, por vezes, crônicas inteiras. Há diversas modalidades: das enumerações simples, que alinham palavras de mesma classe gramatical ou campo semântico (cidades, nomes de pessoas, coisas da natureza etc.), às caóticas, que misturam termos desconexos de um modo aparentemente desorganizado. Não é raro que venham acompanhadas de anáforas ou apoiadas em paralelismos. A enumeração baseada na justaposição dos itens (o assíndeto) é de longe a mais frequente, mas também ocorre a reiteração enfática da conjunção aditiva "e" (o polissíndeto), a separação dos vocábulos com pontos e, mais raramente, a enumeração sem vírgulas, que lembra as "palavras em liberdade" da vanguarda futurista.

Adequada à multiplicidade dos tempos modernos, a técnica, como se sabe, também é corriqueira na cultura popular, sendo bastante praticada, por exemplo, pelos cantadores nordestinos. Ao comentar seu emprego em *Macunaíma*, de Mário de Andrade, o poeta pernambucano Manuel Bandeira elogiou esse "processo rabelaisiano das enumerações verbais gostosíssimas", considerando-o como "o único meio de abranger toda a gostosura" das coisas existentes no país. Na obra de Paulo Mendes Campos, o Brasil — igualmente entendido como terra de contrastes, caldeirão de misturas, ausência de uniformidade (ou de caráter, nos termos de Mário) —, foi objeto de preocupação constante. "Nada lhe saciava o brasileiro coração", diz o narrador a respeito do protagonista da crônica "Despertar de José", na qual se amontoam comicamente uma série de enumerações caóticas. Desnecessário dizer que a fome de José, também comparada à dos personagens de Rabelais, pertencia na verdade ao próprio escritor.

Todavia, as listas de Paulo Mendes Campos não estão ligadas ao espírito taxonômico dos modernistas, nem se confundem com os inventários tão comuns na poesia drummondiana, pois a modalidade das coleções e catálogos é surpreendentemente rara em *O amor acaba*. O gigantesco leque de enumerações vai além das gostosuras brasileiras, desejando abarcar tudo que existe, toda a heterogeneidade do planeta. "Minha terra é o mundo", afirma o autor em "Como disse o homem", texto que alinha frases e pensamentos de múltiplas fontes (as inúmeras leituras que compõem seu substrato mental), reveladas em lista à parte no último parágrafo.

Se em sua fórmula tradicional, atrelada ao tempo e ao cotidiano, a crônica exprime ordinariamente um forte localismo, aqui ela se dispersa para outras paisagens — "Madri, Paris, Berlim, São Petersburgo, o mundo", conforme enumera o autor de modo progressivo em "Amanhecer, anoitecer" —, diferentes das cidades onde nasceu e viveu, Belo Horizonte e Rio de Janeiro, intensamente cantadas em outras crônicas. Mais do que urbano, nosso cronista se define como "mundano", e esse irresistível sentimento do mundo é que o conduz para o "vasto armazém de coisas heterogêneas" (a expressão é de Octavio Paz), a diversidade ilimitada do real que ele procura transmitir e reiterar por meio de suas listas.

A enumeração alarga o âmbito das coisas, transfiguradas pela força que irradia da mistura e da contaminação, e o que é particular alcança alto nível de generalidade. Essa ânsia de universalização explica ainda o uso frequente na obra de Paulo Mendes Campos de expressões sintetizadoras e totalizadoras: "tudo são milagres"; "para Deus, tudo dos homens é o mesmo folclore"; "todas as amarguras já vivi"; "abençoadas sejam as criaturas de todo o mundo"; "tudo é tentativa"; "tudo neste mundo passa e não tem importância", entre tantos outros exemplos. Na crônica "O cão na catedral", o cachorro do subúrbio, sem história e sem destino, sofre a vertigem de sentir, de uma só vez, os "cheiros de todo o universo". Já em "O cego de Ipanema", o desamparo vivido pela personagem passa a representar "todas as alegorias da noite escura da alma, que é a nossa vida sobre a Terra". A partir do drama anônimo, chega-se à tragédia cósmica e infinita, pois a própria Terra é vista como "um globo cego girando no caos".

Nessa conversão do pequeno ao grande, ou do familiar ao estranho (e vice-versa), o que parece interessar, contudo, não é o sentimento religioso do infinito ou a busca da totalidade, isto é, de uma unidade supostamente presente nas múltiplas manifestações da vida. Ao contrário, importa a percepção de que tudo no mundo se dispersa, pois tudo é frágil, transitório e contraditório, o que exige do cronista um olhar cético e desconfiado, um esforço constante de relativização das coisas. Não se trata de afirmar que "tudo é um", apostando, ao modo de Parmênides, na unidade e imobilidade do ser, mas de celebrar, com Heráclito, o movimento e a transformação que nunca cessam. Na crônica "Juventude de hoje, ontem e amanhã", o autor indica, valendo-se como de hábito da enumeração, o que lhe parece mais valioso na existência: "a força de ser, a multiplicidade do ser, a plasticidade do ser, a sutileza do ser, a vitalidade do ser, a beleza do ser, a grandeza do ser, a dramaticidade do ser…".

O drama do ser é a sua inevitável dispersão. A despeito das séries enumerativas e das fórmulas totalizadoras, Paulo Mendes Campos não pretende organizar o caos da vida sobre a Terra, harmonizar sem violência as forças que atuam no universo, ou integrar numa ordem a seu ver inexistente seres que nasceram para mover-se e desintegrar-se. Suas listas não são recursos classificatórios, mas catálogos absurdos nos quais o escritor projeta sua própria despersonalização, o desejo de estar em ambientes múltiplos, de ser tudo e todos, a exemplo de Fernando Pessoa e de tantos outros poetas que encenaram a fragmentação ontológica do sujeito moderno.

No autorretrato oferecido em "Perfil a lápis", o cronista se define como "ser mercurial", que escorre em tudo: "Sou firme que nem areia em noite de tempestade", afirma citando Murilo Mendes. Em "Canto fúnebre do carioca", lemos o discurso de um "homem-fantasma" que se desfez, se evolou, se dissolveu na cidade multiforme. Outros são atraídos para o mar, ou tragados pelo vento, desmanchando-se na natureza. Ser múltiplo, ser 350, como Mário de Andrade, era o desejo confesso de Paulo Mendes Campos. A crônica, espaço do outro e da diversidade, lhe deu a oportunidade de ser camaleônico e ubíquo, de comportar-se como a gaivota que sobrevoa o bairro de Ipanema, pousando em cenas e personagens diversas, ou ainda de ser plástico e elástico como a criatura feminina celebrada em "Rondó de mulher só": "somos irremediavelmente líquidas e tomamos a forma das vasilhas que nos contêm".

Eis que o cronista se confunde com o sacerdote, o profeta que viu todas as coisas sobre a terra. Reiterando a velha máxima, ele dirá que "nada do que é humano me é estranho". Entretanto, o saber constituído pelas crônicas — por meio de inversões, ironias, variações de perspectivas e, sobretudo, das enumerações — não pretende ser totalizante e sintético. Ao contrário, é a "nossa forma em desintegração" que desponta nesses quadros dinâmicos e multifacetados, ao lado de uma consciência fortemente negativa da realidade, que estremece as bases do próprio lirismo, isto é, o culto da beleza e a ilusão de que a vida tem sentido.

É, portanto, na linhagem dos pessimistas, fazendo companhia a Machado de Assis, Graciliano Ramos e, sobretudo, Drummond, que devemos incluir a figura literária de Paulo Mendes Campos. Nas páginas deste volume, encontramos com frequência balanços negativos como "não demos certo", "a vida é cheia de males", "o mundo está cheio de nós" e "nossa própria razão demonstra que somos um erro", entre outros exemplos. O pessimismo do autor se dirige tanto à natureza como à história, mas especialmente à "degradação de todas as coisas da Terra" promovida pelo homem. Assim como Baudelaire, o cronista se revela inimigo da civilização material, do progresso e suas demolições, das armas nucleares, da frieza dos laboratórios, da comunicação de massa, dos carros velozes, de tudo enfim que compõe o "ridículo do nosso tempo".

A prosa primitiva de Paulo Mendes Campos se revela, então, um veemente protesto contra o "fragmentado e desalmado mundo moderno", que para ele não era apenas o século XX, sua tecnologia e suas catástrofes, mas uma história iniciada há muito tempo, em Roma, e aprofundada na Renascença. Contra a razão e a ciência destruidoras, o cronista volta sua palavra embriagada pela loucura, ou simplesmente pelo desejo de pureza e inocência. De modo recorrente, propõe a comparação entre civilizados e selvagens, como se apenas estes, por não terem leis e preconceitos, sentissem o real sabor da vida, ou como se o escritor invejasse a inconsciência dos cães, dos galos e das gaivotas. Daí também o gosto pela contemplação da aurora, cuja morte ocorre para que o dia implacavelmente comece, ou a sua obsessão pelo domingo, tão diferente dos outros dias da semana, pois parece situado fora do fluxo cronológico — "alto e anterior ao calendário", como escreveu no poema de abertura do livro *O domingo azul do mar* (1958).

De um lado, a profusão de palavras, que exprime a multiplicidade caótica do real; de outro, a procura do silêncio, em meio ao excesso de barulhos do mundo. "Homem sou: e boa parte do que é humano me é alheio", escreve o cronista na série de aforismos que encerra este livro, corrigindo a fórmula anteriormente citada. Para fugir dos homens, ele sairá em busca do vento, que arrebata e dispersa, ou da cegueira que torna o mundo remoto e impreciso, a exemplo do que fazem as auroras e os domingos. Para estar de novo entre as criaturas humanas, o endereço perfeito é o bar, espécie de "casa kafkiana" onde todos podem entrar, onde cabem todos. Propondo uma liberdade infinita, o bar tão decantado pelo escritor é a melhor tradução de sua crônica abrangente e proteica.

Ser cronista — diríamos parafraseando a linguagem de Paulo Mendes Campos — é frequentar os bares, habitar todos os lugares, promover misturas, "enamorar-se do mundo". Ser cronista é dar à literatura as janelas sem as quais ela não teria vida. É adotar o ponto de vista dos cegos e dos bêbados. É "adorar o impossível", reinstaurar a desordem, viver "entre a beatitude e o horror". Ser cronista "é esvaziar o sentido das coisas que transbordam de sentido, mas é também dar sentido de repente ao vácuo absoluto", como diz o autor em "Ser brotinho". É anunciar desolações, como fazem os profetas. É defender o homem contra seu "destino obscuro". É amar todos os "serzinhos humanos" e ainda mais os passarinhos. Ser cronista não é apenas embalar o leitor com algumas doses de lirismo, ou diverti-lo com ditos espirituosos, mas atormentá-lo muitas vezes com desilusões, puxões de orelha e socos no estômago. Ser cronista é, a despeito de si mesmo, amar a vida — e escrever sobre seus dissabores, mesmo consciente de que "a vida não vale uma crônica".

Leituras recomendadas

CANDIDO, Antonio.
"A vida ao rés do chão". In: *Recortes*.
São Paulo: Companhia das Letras, 1993.

RESENDE, Otto Lara.
"Paulo Mendes Campos: enfim a grota". In: *O príncipe e o sabiá*.
São Paulo: Companhia das Letras, 1994.
"O jovem poeta setentão". In: *Bom dia para nascer*.
São Paulo: Companhia das Letras, 2011.

SABINO, Fernando.
"Domingo azul do bar". In: *Gente*.
Rio de Janeiro: Record, 1996.

WERNECK, Humberto.
O desatino da rapaziada: jornalistas e escritores em Minas Gerais.
São Paulo: Companhia das Letras, 2012.

Crônica
O amor começa

José Carlos Oliveira

Réplica ao belo poema de Paulo Mendes Campos publicado em Manchete *desta semana**

E quando começa o amor, Paulo?

Quando você chega. Quando um cálice quebra e o licor se derrama nuns joelhos, o amor pode começar. Quando as linhas do telefone se cruzam e um susto resplandece de lado a lado. Quando ele encontra em si antenas para ver que alguém está usando saltos altos pela primeira vez. Quando sentimos a falta da terceira datilógrafa à esquerda de quem entra, no escritório onde estivemos pela última vez há quatro meses. Quando amanhecemos para uma dourada favorabilidade e há galeras de alabastro na bandeja de prata. Nos olhos da aeromoça, o ouro da fortaleza quando a queda parecia inevitável: é quando o amor já começa imorredouro. Quando a viúva, de volta do cemitério, desata um sorriso pálido que se reflete, paterno, nos olhos do homem que

---

* A crônica de José Carlos Oliveira foi originalmente publicada no *Jornal do Brasil* (11/5/1964) como uma "resposta" a Paulo Mendes Campos.

passa. Quando recebemos uma carta de amor anônima e contra toda evidência escolhemos aquela que deveria tê-la escrito. Quando a mulher míope aparece sem os óculos e, sem querer, nossas pálpebras se afilam e tremelicam, solidárias. Quando os jornais publicam a foto do homem que comeu um gato vivo e tudo fazemos para que ela não leia os jornais nesse dia. Quando voltamos de um fim de semana em Petrópolis e uma janela fechada, no outro lado da rua, parece sorrir. Quando encontrares alguém que te viu certa vez num lugar onde não tens o hábito de ir, cuidado porque o amor pode estar começando. Quando na penumbra do cinema um perfil se entrega a quem perdeu o interesse no filme. Quando dois se encontram seguidamente num elevador e às vezes se cumprimentam, às vezes sequer se olham, o amor pode ficar apenas nisso, mas já começou. Se tens a impressão de que algo lentamente se inicia; se, contudo, nada fazes para precipitar esse início, deixando que o acaso confirme ou desfaça a tua suspeita; e se, uma noite, numa festa, embriagada mais pelos sentimentos contraditórios que lutam em seu coração do que pela quantidade de uísque que se permitiu beber, se ela se põe a dizer coisas incompreensíveis em inglês, então as tuas suspeitas tinham fundamento: ao menos para ela o amor já começou. O amor começa, Poeta, obedecendo à mesma lei que o liquida — lei que reza que dois e dois são cinco e que, de quatro em quatro milhões de anos, uma quantidade dada de fogo se congela em bolas autônomas, que rolarão durante algum tempo ao redor de um eixo proposto por ninguém e para nada.

1ª EDIÇÃO [2013] 2 reimpressões

ESTA OBRA FOI COMPOSTA PELA SPRESS EM ELECTRA E IMPRESSA
EM OFSETE PELA GEOGRÁFICA SOBRE PAPEL PÓLEN SOFT DA
SUZANO S.A. PARA A EDITORA SCHWARCZ EM FEVEREIRO DE 2022

A marca FSC® é a garantia de que a madeira utilizada na fabricação do papel deste livro provém de florestas que foram gerenciadas de maneira ambientalmente correta, socialmente justa e economicamente viável, além de outras fontes de origem controlada.